mtb

Alle handelnden Personen in dieser Ausgabe sind frei erfunden.
Ähnlichkeiten mit lebenden oder verstorbenen Personen wären rein zufällig.

Der Preis dieses Bandes versteht sich einschließlich
der gesetzlichen Mehrwertsteuer.

Umwelthinweis:
Dieses Buch wurde auf chlor- und säurefreiem Papier gedruckt.

Susan Mallery

Apfel, Kuss und Mandelkern

Roman

Aus dem Amerikanischen von
Gabriele Ramm

mtb

MIRA® TASCHENBUCH
Band 25881
1. Auflage: November 2015

MIRA® TASCHENBÜCHER
erscheinen in der HarperCollins Germany GmbH,
Valentinskamp 24, 20354 Hamburg
Geschäftsführer: Thomas Beckmann

Titel der nordamerikanischen Originalausgabe:
Christmas On 4th Street

erschienen bei: HQN Books, Toronto

Published by arrangement with
Harlequin Books II B.V./S.àr.l.

Konzeption/Reihengestaltung: fredebold&partner GmbH, Köln
Umschlaggestaltung: pecher und soiron, Köln
Redaktion: Daniela Peter
Titelabbildung: pecher und soiron, Köln
Illustration: Matthias Kinner, Köln
Autorenfoto: © annie b / STILLS Photography /
Harlequin Enterprises S.A., Schweiz
Satz: GGP Media GmbH, Pößneck
Druck und Bindearbeiten: CPI books GmbH, Leck – Germany
Printed in Germany
Dieses Buch wurde auf FSC®-zertifiziertem Papier gedruckt.
ISBN 978-3-95649-243-3

www.mira-taschenbuch.de

Dieses Buch ist all denen gewidmet, die unserem Land dienen. Den Soldaten, den Versorgungskräften, dem medizinischen Personal und all jenen, die manchmal den schwierigsten Job überhaupt haben: das Warten zu Hause. Mögen Sie alle wunderbare Feiertage voller Liebe und Glück verleben!

Außerdem widme ich diesen Roman meinen Cheerleadern – ihr seid großartig! Vielen Dank für all das, was ihr für mich tut.

Und natürlich widme ich dieses Buch meinen Leserinnen. Sie alle inspirieren mich tagtäglich! Im Gegenzug versuche ich, Ihren Traum von Fool's Gold wahrzumachen. Wie versprochen habe ich in diesen Roman eine Schnitzeljagd eingearbeitet: sechzehn Objekte, die von Leserinnen auf Facebook vorgeschlagen wurden. Sie finden die Liste auf der Freebies-Seite auf www.susanmallery.com – im „Members Only"-Bereich. Wenn Sie noch nicht dazugehören, können Sie jederzeit kostenlos Mitglied werden, die Registrierung dauert nur wenige Sekunden.

1. KAPITEL

Im wahren Leben ist Schnee längst nicht so idyllisch, wie es in Filmen oder im Fernsehen immer aussieht, dachte Noelle Perkins, als ihr schlitternder Wagen schließlich in einer Schneewehe zum Stehen kam. Sie war in die Berge hinaufgefahren, immer schön darauf bedacht, keine hektischen Bewegungen mit dem Lenkrad zu machen, als es dann doch passierte. Obwohl sie nicht einmal genau sagen konnte, *was* genau passiert war. Plötzlich war sie ins Schlingern geraten, und die Welt hatte sich um sie gedreht. Möglicherweise war dabei auch der eine oder andere Schrei ertönt, doch da sie allein im Auto saß, musste sie das ja niemandem verraten.

Sie blickte über die Kühlerhaube und sah, dass sie mit der Stoßstange in einer erstaunlich hartnäckigen Schneewehe steckte. Die gute Nachricht war, dass sie immerhin fast am Ziel angekommen war. Die schlechte, dass sie sich überlegen musste, wie sie nachher den Berg wieder runterkommen sollte.

Darüber zerbreche ich mir später den Kopf, entschied sie, als sie den Motor ausstellte und sich abschnallte. Jetzt musste sie erst einmal einen Welpen nach draußen lassen.

Noelle öffnete die Tür und wollte aussteigen. Im selben Moment wurde ihr klar, warum ihr Wagen sich plötzlich gedreht hatte: Schnee war offenbar ziemlich glatt. Als sie den Halt unter den Füßen verlor, schaffte sie es gerade noch, sich an der Fahrertür festzuklammern.

„Was für ein Mist!“, murmelte sie, nachdem sie ihr Gleichgewicht wiedergefunden und behutsam die Wagentür geschlossen hatte. Langsam und vorsichtig machte sie sich auf den Weg zum Haus am Ende der langen Auffahrt.

In diesem Jahr hatte der Winter in Fool’s Gold schon früh Einzug gehalten. Ende Oktober waren bereits einige Zentimeter Schnee gefallen, die jedoch noch einmal weggetaut waren. Anfang November hatte es erneut geschneit, und jetzt, Mitte des Monats, hatte es die nächsten Schneeschauer gegeben. Aber in der Stadt ist das noch was anderes, dachte sie, als sie merkte, dass sie schon wieder auszurutschen drohte.

Sie wedelte mit den Armen, und es gelang ihr tatsächlich, auf den Füßen zu bleiben, sodass sie ihren Weg fortsetzen konnte. In der Stadt, da waren die Straßen geräumt und die Bürgersteige gefegt. Dann wurde noch so ein Zaubermittel draufgestreut, damit es nicht glatt war. Folglich hatte sie dort auch nie Probleme.

Eine Kindheit in Florida und ein beruflich bedingter Umzug nach Los Angeles sind keine gute Vorbereitung auf einen echten Winter, überlegte sie, als sie es bis zur Veranda geschafft hatte. Dort glitschte sie wieder aus. Es gelang ihr gerade noch, das Geländer zu packen, während ihre untere Körperhälfte die Bodenhaftung verlor und sich schließlich fast parallel zur Erde befand.

Sie bohrte die Schuhspitzen in den Schnee, in der Hoffnung, irgendwie Halt zu finden. Schließlich gelang es ihr, die Beine wieder anzuziehen und sich aufzurichten. Ich komme mir wie eine Comic-Figur vor, dachte sie grimmig. Nur dass leider die durchaus reale Möglichkeit bestand, sich die Knochen zu brechen.

„So hatte ich mir das nicht vorgestellt", schimpfte sie laut. Dabei hatte Felicias Bitte eigentlich ganz harmlos geklungen. Weil alle unterwegs waren, war Webster, der acht Monate alte Welpe ihrer Freundin, allein zu Hause. Ob Noelle so lieb sein könnte, hinzufahren und ihn kurz rauszulassen?

Natürlich hatte Noelle zugestimmt, denn Felicia hatte Noelle auch schon so manchen Freundschaftsdienst erwiesen. Als Noelle am Labor-Day-Wochenende im September ihr Geschäft für Weihnachtsdekoration eröffnet hatte – The Christmas Attic – war Felicia wie selbstverständlich für sie da gewesen, war ihr beim Einräumen der Regale zur Hand gegangen und hatte ihr zudem wertvolle Tipps gegeben. Und als Noelle an der gemeinsamen Werbekampagne der städtischen Einzelhändler teilnehmen wollte, hatte Felicia ihr geholfen, sich durch den bürokratischen Dschungel zu kämpfen. Als Noelle sich Sorgen darüber gemacht hatte, dass sie wohl niemals einen Mann für … gewisse Stunden, geschweige denn die große Liebe finden würde, hatte Felicia ihr immer wieder versichert, dass es eines Tages passieren würde. Daher war es für Noelle selbstverständlich, sich um den jungen Hund zu kümmern, um sich bei ihrer Freundin zu revanchieren.

„Ich schaffe das schon“, redete Noelle sich ein, während sie die Treppe hinaufstieg. Erstaunlicherweise war die nicht rutschig. Was auch immer das für ein Zaubermittel ist, anscheinend benutzen sie es hier auch, dachte sie.

Sie ging zu den Blumenkübeln auf dem Geländer und tastete nach dem Ersatzschlüssel. Doch da war keiner. Sie kontrollierte sämtliche Kübel, fest davon überzeugt, dass Felicia ihr gesagt hatte, sie würde dort einen Schlüssel finden.

Nichts.

Weil sie nicht wusste, was sie tun sollte, ging sie erst einmal zur Haustür und hörte ein leises Schnüffeln.

„Hallo, Webster!“, rief sie.

Der Welpe jaulte aufgeregt.

Noelle griff nach dem Türknauf und stellte fest, dass er sich drehen ließ. Sie stieß die Tür auf.

Im nächsten Moment registrierte sie zwei Dinge gleichzeitig. Den sehr aufgeregten, fünfzig Pfund schweren Schäferhundwelpen, der auf sie zusprang, und den Seesack, der im Flur lag.

Automatisch streichelte Noelle den enthusiastischen Hund. Er leckte ihr die Hände und wedelte mit dem Schwanz, ehe er die Stufen hinunterstürmte und die Bäume an der Seite ansteuerte, um sein Geschäft zu erledigen.

„Es ist glatt", rief sie ihm hinterher, nur um festzustellen, dass er anscheinend über magische Pfoten verfügte, denn kurz darauf kam er im gleichen Affenzahn wieder zurückgerannt, ohne auch nur einmal auszurutschen.

„Braver Junge", sagte sie und umarmte den Hund.

Das erste Problem wäre damit schon mal gelöst, dachte sie. Jetzt blieben also nur noch der mysteriöse Seesack und die offene Haustür.

Der Beutel könnte Carter gehören, überlegte sie, Gideons dreizehnjährigem Sohn. Genauso gut könnte er aber auch der Beweis dafür sein, dass irgendein Verbrecher ins Haus eingedrungen war und in diesem Moment, während sie hier im Flur stand, dabei war, das Haus leerzuräumen. Was auch immer es war – sie würde es herausfinden.

Vorsichtig trat sie ins Haus, den aufgeregten Hund an der Seite. Neben der Haustür befand sich ein Schirmständer, aus dem Noelle sich jetzt den größten, am gefährlichsten aussehenden Schirm schnappte und ihn wie einen Schläger in die Hand nahm. Ich bin taff, redete sie sich ein. Schließlich hatte sie gerade Anfang des Herbstes einen Selbstverteidigungskurs absolviert. Allerdings hatte die Kursleiterin ihnen allen eindringlich geraten, Schwierigkeiten aus dem Weg zu gehen.

„Wenn Sie hier sind, um irgendetwas zu stehlen, dann haben Sie Pech! Ich habe die Polizei verständigt, und ich bin schwer bewaffnet", brüllte sie, während sie durch die große Diele in Richtung Wohnzimmer und Küche ging. Sie wusste, dass sich die Schlafzimmer jeweils an den Seiten des Hauses befanden, und dass es im Untergeschoss noch einen Wohnraum gab.

Webster fand Spaß an dem Spiel und wich nicht von ihrer Seite, während sein Schwanz in regelmäßigen Abständen gegen die Wand schlug.

„Kommen Sie einfach mit erhobenen Händen raus, dann passiert niemandem was!“, fuhr sie fort.

Anschließend hielt sie inne und lauschte. Aus dem Flur ertönte ein Geräusch. Mit erhobenem Schirm fuhr Noelle herum. Wenn nötig, würde sie dem Typen einen Schlag versetzen und dann machen, dass sie wegkam. Sie war sich sicher, dass Webster mit ihr wegrennen würde. Wahrscheinlich hielt er das Ganze für einen großen Spaß, der speziell für ihn arrangiert worden war.

Die Badezimmertür wurde geöffnet, und ein Mann trat heraus. Ein großer Mann, der nichts weiter als eine Jeans trug. In der Hand hielt er ein Handtuch, mit dem er sich seine frisch gewaschenen Haare abtrocknete. Und der Rest von ihm, überlegte Noelle, während sie die imposante, muskulöse Statur des Mannes anstarrte, ist wohl auch gerade frisch geduscht.

Sie blieb mitten im Flur stehen, während ihr mehrere Gedanken gleichzeitig durch den Kopf schossen. Erstens: Die wenigsten Einbrecher gingen während eines Raubzugs duschen. Das konnte sie zwar nicht wirklich belegen, aber sie ging einfach mal davon aus, dass es sich um eine Tatsache handelte. Zweitens: Auch wenn sie den Mann noch nie gesehen hatte, kam er ihr irgendwie bekannt vor. Drittens: Er war wirklich gut aussehend, mit dem hellbraunen Haar und den dunkelblauen Augen. Und hatte sie den Körper schon erwähnt? Denn der war auch fantastisch.

Sie starrten einander an, und Noelle dachte an ihre Liste. Richtig. Viertens … Sie senkte den Blick und musste schlucken. Der Mann hatte eine übel aussehende Verletzung an seiner linken Hand. Aufgeschürfte Haut, schwarze Fäden und …

„Oh, nein“, flüsterte sie, während sich um sie alles zu drehen begann. „Kein Blut. Bitte, alles, nur kein Blut!“

Es war schon ziemlich witzig, dass jemand, der so viel

durchgemacht hatte wie sie, beim Anblick von Blut in Ohnmacht fiel, aber so war es nun einmal. Ironie des Schicksals. Ihr Magen rebellierte, Schweißtropfen bildeten sich auf ihrer Haut, und Noelle wusste, dass sie nur noch eine Millisekunde davon entfernt war, aus den Latschen zu kippen. Wenn das geschah, dann, so vermutete sie, würde Webster ihr auch nicht mehr helfen können.

Sie ging in die Knie, um die Entfernung zum Boden zu verringern und sich damit hoffentlich einen dauerhaften Gehirnschaden zu ersparen.

Gabriel Boylan starrte auf die in sich zusammensackende Blondine. „Das ist genau der Grund, warum ich Kleinstädte hasse", erklärte er ihr, während er das Handtuch fallen ließ und zu ihr ging.

„Können Sie mich hören?", fragte er laut.

Sie deutete auf seine verletzte Hand. „Halten Sie die weg von mir."

Ihre Stimme klang schwach, und sie schien zu schwanken. Gabriel fluchte innerlich, als er bemerkte, dass die Frau, noch während sie zu Boden ging, weiterhin mit dem Schirm in seine Richtung fuchtelte. Na toll! Sein Bruder hatte sich in eine Verrückte verliebt.

Er schnappte sich den Schirm und entwand ihn ihr, bevor er sie am Arm festhielt. Sie stöhnte. Er registrierte ihr bleiches Gesicht und die schnelle Atmung und erkannte, dass sie kurz davor war, das Bewusstsein zu verlieren.

Weil er ohnehin müde und genervt war, hätte er nichts dagegen. Wenn die Frau bewusstlos war, machte sie vielleicht keinen Ärger mehr. Aber als Arzt war ihm natürlich klar, dass das die falsche Entscheidung war. Daher half er ihr so weit wieder auf, dass sie auf die Knie kam, bevor er ihren Kopf nach unten drückte.

„Kopf tiefer als das Herz“, befahl er. „Atmen Sie langsamer. Ihnen geht es gut.“

„Das können Sie überhaupt nicht wissen“, brachte sie heraus.

„Wollen wir wetten?“

Nachdem sie bei Bewusstsein zu bleiben schien, ging er zurück ins Bad und verband schnell seine linke Hand. Der tiefe Schnitt war hochempfindlich und blutete noch immer hin und wieder. Wobei er ja noch Glück gehabt hatte. Es war idiotisch gewesen, sich die Verletzung zuzuziehen, aber obwohl die Wunde schlimm aussah, würde er keinen bleibenden Schaden davontragen. Was wirklich wichtig war, schließlich brauchte er seine Hände, um seinen Lebensunterhalt zu verdienen.

Nachdem er den Verband angelegt hatte, zog er sich ein sauberes, langärmliges T-Shirt an und ging zurück in den Flur.

Die Frau hatte sich aufgerichtet und starrte ihm entgegen. Ihr Blick wanderte zu seiner Hand, bevor sie ihn hastig wieder abwendete.

„Danke, dass Sie das bedeckt haben“, sagte sie leise.

Er nahm an, dass sie von der Wunde sprach und nicht von seinem Oberkörper. „Gern geschehen.“

Der Welpe ließ sich neben ihr nieder und lehnte sich an sie, bereit für die nächste Runde – was auch immer es war, was sie hier spielten.

„Du kannst kein Blut sehen“, stellte Gabriel fest.

Die Frau zuckte zusammen. „Ich weiß. Es ist albern, war aber schon immer so. Man sollte meinen, dass man irgendwann darüber hinwegkommt, aber nein. Merkwürdigerweise habe ich keine Probleme, wenn ich Spritzen kriege, solange kein Blut fließt. In dem Fall muss ich die Augen schließen.“ Sie holte tief Luft und schaute ihn dann an. „Wer sind Sie?“

Gabriel runzelte die Stirn. „Hat Gideon dir das nicht erzählt?"

„Ich habe in letzter Zeit nicht besonders viel mit ihm gesprochen." Sie hielt inne, als müsste sie darüber nachdenken, wie lange es her war. „Ich habe ihn in der Stadt getroffen, aber wir haben uns nicht lange unterhalten."

Jetzt war Gabriel verwirrt. „Du bist nicht Felicia?"

Die Frau kam auf die Füße. Sie war groß und blond – zu dünn für seinen Geschmack, aber ansonsten ganz hübsch. Sie trug schwarze Jeans und ein albernes Sweatshirt, das mit winzigen Weihnachtsmannköpfen verziert war. Wie er schon vorhin festgehalten hatte – Kleinstädte taugten nichts.

„Nein, ich bin Noelle", antwortete sie. „Wer bist du?"

„Gabriel."

Er wollte noch etwas hinzufügen, doch sie riss die Augen auf. „Gideons Bruder?"

Er nickte, unfähig zu erklären, warum jemand, von dem er noch nie gehört hatte, im Haus seines Bruders Leute mit einem Regenschirm attackierte. Wobei es wohl keinen angemessenen Ort für ein derartig merkwürdiges Verhalten gab.

Sie lächelte. Worüber auch immer er sich gerade noch hatte beschweren wollen, es verpuffte in dem Moment, als sich ihre Mundwinkel hoben. Denn kaum hatte sie angefangen zu lächeln, hatte Gabriel das Gefühl, dass sich alles viel besser anfühlte. Seine Hand tat weniger weh, er war nicht mehr so müde, und das Bedauern darüber, hier nach Fool's Gold gekommen zu sein, schwand ebenfalls.

Wenn das kein Trick war.

Ihr Lächeln wurde noch strahlender. „Oh, wow! Ich wusste nicht genau, ob du wirklich kommen würdest. Du bist der Arzt, oder? Felicia hat erwähnt, dass sie dich über die Feiertage eingeladen hat, aber ich dachte, du würdest es nicht schaffen. Ich bin Noelle Perkins. Felicia und ich sind befreundet. Ich habe einen Laden in der Stadt, und ich kenne natürlich auch Gideon. Und Carter."

Der Sohn, von dem sein Bruder nichts geahnt hatte. Eine heikle Angelegenheit, dachte Gabriel.

„Gideon und Carter sind zum Einkaufen nach Sacramento gefahren. Felicia hat in der Stadt zu tun und mich daher gebeten, herzufahren und Webster rauszulassen." Ihr Lächeln schwand. „Oh, nein! Ich habe dich angegriffen. Das tut mir wirklich leid."

„Ist schon okay", beruhigte er sie. Hauptsächlich, weil er ja nicht zu Schaden gekommen war, und zum Teil, weil er sie noch einmal lächeln sehen wollte.

„Ich konnte mir nicht erklären, wieso die Tür offen war und der Ersatzschlüssel nicht dort lag, wo er laut Felicia hätte sein sollen."

„Gideon hat mir auch von dem Schlüssel erzählt, und ich habe ihn einfach benutzt."

„Natürlich."

Das Lächeln kehrte zurück, und Gabriel entspannte sich.

Sie bückte sich und hob den Schirm auf. „Ich habe vor ein paar Wochen einen Selbstverteidigungskurs gemacht. Nur ein Samstagnachmittag mit dem grundlegenden Kram. Meine Kursleiterin würde mich umbringen, wenn sie wüsste, was ich getan habe, daher wäre ich dir dankbar, wenn du die Sache für dich behalten könntest."

„Sicher, kein Problem."

Sie warf noch einen Blick auf seine bandagierte Hand, ehe sie schnell wieder wegsah. „Äh, was hast du da mit deiner Handfläche angestellt?"

„Ich war ein Idiot."

„Na ja, das kann jedem mal passieren."

„Ich hätte es aber besser wissen müssen."

Sie schenkte ihm noch einmal ein Lächeln. „Was? Wir anderen nicht?"

„Gutes Argument“, gestand er.

Sie schwenkte den Schirm. „Ich stelle den mal zurück“, meinte sie und ging den Flur entlang. „Willst du einen Kaffee?“

„Gern“, antwortete er und folgte Noelle, als sie in die Küche ging.

Sie holte Becher sowie zwei kleine, mit Kaffee gefüllte Kapseln heraus und wirkte dabei so, als würde sie sich hier gut auskennen.

Gabriel hatte sich noch immer nicht an den Gedanken gewöhnt, dass sein Bruder verlobt war und einen Sohn hatte. Wobei diese beiden Tatsachen nicht miteinander verknüpft waren. Carters Mutter war bereits gestorben. Was Felicia anging … Gabriel runzelte die Stirn, als ihm klar wurde, dass er nicht einmal wusste, wie sie und sein Bruder sich kennengelernt hatten. Die Tatsache, dass er seit über einem Jahr mit niemandem aus seiner Familie gesprochen hatte, könnte etwas damit zu tun haben.

Webster folgte Noelle und schaute sie hoffnungsvoll an, als sie kleine Löffel herausholte und die Kaffeemaschine anstellte. Sie musterte den Hund.

„Ich bin mir ziemlich sicher, dass du schon was zu fressen bekommen hast“, sagte sie zu ihm.

Er wedelte mit dem Schwanz.

Sie seufzte. „Du bist so verfressen! Na gut, ich gebe dir einen Hundekuchen.“

Webster bellte, als er das Wort hörte, und folgte ihr in die Speisekammer. Auf einem der Regale stand ein Plastikbehälter, gefüllt mit Hundeleckerlis in Knochenform.

„Aber nur einen“, erklärte sie ihm und wartete, dass er sich setzte, bevor sie ihn belohnte.

Er nahm den Hundekuchen vorsichtig in sein Maul und stürmte aus der Küche.

Gabriel sah ihm hinterher. „Er ist kein wirklicher Wachhund. Er hat mich reingelassen, ohne mich auch nur einmal anzuknurren."

„Er ist noch ein Welpe", meinte Noelle. „Felicia möchte, dass er eher friedlich als aggressiv ist. Eigentlich ist es Carters Hund, aber sie ist diejenige, die sich hauptsächlich um ihn kümmert. Er hat schon ein paar Stunden Hundeschule hinter sich, aber bisher scheint er noch nicht so wirklich viel gelernt zu haben."

Sie deutete zu dem großen Tisch, daher ging Gabriel hinüber und setzte sich. Noelle stellte einen Becher unter die Kaffeemaschine, ehe sie den Knopf drückte.

Danach lehnte sie sich gegen die Arbeitsplatte. „Du bist also über die Feiertage hier, um mit deiner Familie zusammen zu sein. Das ist doch nett."

„Ich habe sie seit einer ganzen Weile nicht gesehen", gab er zu und versuchte, sich zu erinnern, wann er das letzte Mal mit seinen Eltern und seinem Bruder zusammen Weihnachten gefeiert hatte. Muss mehr als zehn Jahre her sein, überlegte er. Fünfzehn Jahre? Noch länger? Vielleicht schon, bevor er aufs College gegangen war. „Du kannst mich gern über alles aufklären, was ich verpasst habe."

„Deine Eltern habe ich noch nicht kennengelernt", sagte sie munter. „Gideon kenne ich natürlich. Er ist vor mir hierhergezogen. Das war letztes Jahr. Ich bin erst seit dem Frühjahr in Fool's Gold." Sie zog die Nase kraus. „Da war der Schnee schon weggetaut. Ich glaube, ich muss ein paar Fahrstunden nehmen. Es ist viel rutschiger, als ich gedacht habe. Ich weiß, dass das mit dem Eis zu tun hat, aber ich hätte nicht geglaubt, dass es so … na ja, du weißt schon, *so* eisig ist." Beim Wort *eisig* malte sie Gänsefüßchen in die Luft.

Gabriel lachte. „Da kannst du dich ja noch auf einiges freuen."

„Du meinst, abgesehen von wärmerem Wetter?“ Sie drehte sich wieder zur Kaffeemaschine um und zog den Becher hervor. „Wie trinkst du ihn?“, fragte sie, schon auf dem Weg zum Kühlschrank.

„Schwarz.“

„Aha. Typisch Mann.“

Sie holte aromatisierte Kaffeesahne aus dem Kühlschrank, bevor sie Gabriel den Becher reichte und wieder zur Arbeitsplatte zurückkehrte. Ganz offensichtlich kannte sie sich hier in der Küche gut aus. Weil sie mit Felicia befreundet ist, überlegte er. Freundinnen trafen sich ständig zum gemeinsamen Kaffeetrinken. Vermutlich war das nicht anders, als mit seinem Kumpel loszuziehen, um ein Bier trinken zu gehen.

Nachdem sie eine weitere Kapsel in die Maschine getan hatte, stellte sie den Becher darunter und drückte den Schalter.

„Du weißt aber schon, dass Gideon zwei Radiosender gekauft hat, oder?“

Er nickte.

„Er moderiert jede Nacht eine Oldie-Sendung. Reichlich Songs, von denen ich noch nie etwas gehört habe, aber die meisten sind wirklich gut. Felicia kümmert sich um die Festivals hier im Ort. Sie ist sehr organisiert. Und Carter geht natürlich zur Schule.“ Sie blickte zu Webster, der zurück war und sie schwanzwedelnd anschaute. „Was ist mit dir, junger Mann? Irgendwelche beruflichen Pläne?“

Der Welpe bellte.

„Beeindruckend.“ Sie blickte zu Gabriel. „Tut mir leid. Ich rede mit allem und jedem.“

„Soll vorkommen.“

Ihr Kaffee war fertig, sie goss sich die Sahne dazu und stellte die Packung dann zurück in den Kühlschrank. Anschließend setzte sie sich Gabriel gegenüber und neigte den Kopf.

„Was kann ich dir sonst noch erzählen?", überlegte sie. „Ich habe ein schlechtes Gewissen, weil ich dich attackiert habe."

„Mit einem Schirm."

Sie lachte. „Ich weiß nicht so genau, ob es das besser oder schlimmer macht."

Ihm gefiel das Funkeln in ihren blauen Augen, wenn sie lächelte. Er wollte, dass sie weitersprach, denn der Klang ihrer Stimme beruhigte ihn. Das klang lächerlich, aber so war es nun einmal. Was er nicht verstand, war, warum. Warum ausgerechnet sie? Er war ständig von Frauen umgeben. Von Ärztinnen, Krankenschwestern und Pflegerinnen, Soldatinnen und Büroangestellten. Aber Noelle war irgendwie anders.

„Wie lange ist Carter schon hier?", fragte er.

„Seit diesem Sommer. Seine Mom ist ungefähr ein Jahr zuvor gestorben. Danach hat er in der Familie seines besten Freundes als Pflegekind gelebt. Soweit ich weiß, hatten sie das mit Carters Mom noch vor ihrem Tod abgesprochen. Aber sie bekamen Eheprobleme, und das hatte zur Folge, dass er in ein staatliches Heim kommen sollte. Carter hatte nicht viele Anhaltspunkte – nur den Namen seines Dads und dass der beim Militär gewesen war. Doch er hat Gideon gefunden und es geschafft, sich bis hierher durchzuschlagen. Ich glaube nicht, dass ich in seinem Alter schon so einfallsreich gewesen wäre."

„Ich auch nicht", gab Gabriel zu.

Er umschloss den Becher mit seiner gesunden Hand. Die Wunde in seiner linken Handfläche pochte im gleichen Rhythmus wie sein Herz. Wäre er sein eigener Patient, würde er sich empfehlen, etwas einzunehmen. Schließlich beschleunigte es den Heilungsprozess nicht, wenn man Schmerzen aushielt. Aber er wusste auch, dass er nicht auf sich hören würde. Er wollte nicht diese leichte Benommenheit verspüren, die mit Schmerzmitteln einherging. Außerdem war es noch nicht so schlimm, dass es nicht auszuhalten war.

„Du weißt aber, dass sie heiraten wollen, oder?“, fragte Noelle. „Gideon und Felicia.“

„Das habe ich gehört, ja.“

„Bisher stehen dazu noch keine weiteren Einzelheiten fest. Jedenfalls nicht, dass ich wüsste, aber ich kann mir nicht vorstellen, dass sie lange warten wollen.“ Sie hielt inne, und hob ihren Becher. „Vermutlich sollte ich dich vor ihr warnen.“

„Vor Felicia?“

Noelle nickte. „Sie ist wirklich sehr klug. Und selbst wenn du dir jetzt jemanden vorstellst, der hochbegabt ist, wirst du ihr nicht einmal annähernd gerecht. Sie ist mehr als ein Genie, wobei ich nicht genau weiß, wie man solche Menschen nennt. Und sie äußert offen ihre Meinung, was ich toll finde, was für andere aber durchaus überraschend sein kann. Sie sagt wirklich genau das, was sie denkt, das heißt, du brauchst dich in ihrer Gegenwart nicht zu bemühen, um den heißen Brei herumzureden. Oh, und sie ist wunderwunderschön. Wenn wir nicht Freundinnen wären, müsste ich sie hassen.“

Die letzte Aussage wurde mit einem Lachen begleitet.

„Du bist auch gut darin, deine Meinung kundzutun“, sagte er.

Sie schüttelte den Kopf. „Nicht wirklich. Ich versuche lediglich, ehrlich zu sein. Du weißt schon – keine Zeit mit irgendwelchen Spielchen zu vergeuden. Aber das ist manchmal gar nicht so einfach. Aber ich denke, die Welt wäre eine bessere, wenn wir uns alle ein wenig mehr an die Wahrheit halten würden.“

Sie hielt inne, und ihre Mundwinkel hoben sich. „Keine Ahnung, wo *dieser* Sermon auf einmal herkam.“ Sie stand auf. „So, ich sollte lieber mal zurück in meinen Laden, bevor ich anfange, dich mit meinen Theorien über den Sinn des Lebens zu langweilen.“

„Darüber hast du Theorien?“, fragte er, während er ebenfalls aufstand.

„Ein paar, aber glaub mir, die willst du gar nicht hören. Wie auch immer, ich muss auch deshalb in den Laden zurück, weil ich in einem Anflug von Sparsamkeit anstelle von regulären Vollzeitkräften College-Studenten als Aushilfen engagiert habe.“

„College-Studenten sind keine regulären Kräfte?“

„Nicht wirklich. Und vor allem dann nicht, wenn in den Bergen frischer Pulverschnee liegt. Ich lebe in ständiger Angst, zu meinem Laden zurückzukehren und ihn offen vorzufinden, ohne dass irgendjemand dort ist. Jedenfalls niemand, der für mich arbeitet.“ Sie verstummte. „Das ist echt verrückt, denn die Highschool-Kids, die manchmal bei mir aushelfen, sind wirklich sehr gewissenhaft. Anscheinend entwickeln sie sich wieder zurück, wenn sie neunzehn werden.“

Gabriel hatte keine Ahnung, wovon sie redete, aber das war nicht schlimm. Es beruhigte ihn schon, einfach nur ihrer Stimme zu lauschen. Außerdem war er dankbar für die Informationen über seine Familie. Man könnte natürlich sagen, dass er das längst alles hätte wissen müssen, doch dem war nun mal nicht so.

„Es war schön, dich kennenzulernen“, sagte Noelle jetzt. „Und es tut mir leid wegen des Schirms.“

Er wischte ihre Entschuldigung mit einer Handbewegung fort. „Kommst du klar, wenn du jetzt den Berg wieder runter in die Stadt fährst?“

Sie blinzelte ihn an, bevor sie die Augen aufriss. „Oh, Mist, Mist, verdammter Mist! Mein Auto steckt in einer Schneewehe fest.“

Mist war ihre Vorstellung von einem Schimpfwort? Amüsiert überlegte er, dass sie in Kandahar nicht eine einzige Stunde durchgehalten hätte.

„Ich vermute, du weißt auch nicht viel darüber, wie man im Winter Auto fährt?“, fragte sie.

„Doch. Ich habe mein Medizinstudium an der Northwestern University absolviert, und ich war mehr als einmal in Deutschland stationiert.“

„Oh, gut! Würde es dir dann etwas ausmachen, meinen Wagen aus der Schneewehe herauszufahren? Danach könnte ich ihn so wenden, dass er talabwärts zeigt, und dann müsste es gehen.“

Statt zu antworten, ging Gabriel zur Haustür. Obwohl er barfuß war, trat er hinaus auf die Veranda und betrachtete ihren Wagen, ein kleines ausländisches Modell, das mit der Schnauze im Schnee steckte.

Auf der Auffahrt waren Rutschspuren, und an einigen Stellen sah es so aus, als wäre Noelle hingefallen, als sie sich zum Haus vorgekämpft hatte.

„Das ist wirklich dein erster echter Winter, was?“

Sie gesellte sich zu ihm und meinte leicht beleidigt: „Ich habe andere Talente.“

Davon war er überzeugt, und am liebsten hätte er ihr versichert, dass die bestimmt sehr viel interessanter waren als ihre Fähigkeit, im Winter ein Auto zu lenken. Aber sie war eine Freundin seiner zukünftigen Schwägerin, dies hier war eine Kleinstadt, und außerdem würde er nicht lange bleiben. Alles gute Gründe, um lediglich zu sagen: „Daran zweifle ich nicht.“

Er trat zurück ins Haus und wartete, bis Noelle ebenfalls wieder drin war, ehe er die Tür schloss.

„Warte eine Sekunde, damit ich mir Stiefel anziehen kann, dann fahre ich dich zurück in die Stadt.“

„Du sollst dir doch nicht so viel Mühe machen!“

„Irgendjemand muss es tun, denn ich bezweifle doch stark, dass du es allein schaffst. Das Auto nur einfach in die grobe

Richtung der Stadt zu drehen, ist nicht wirklich eine gute Lösung."

Schicksalsergeben nickte Noelle dem netten, gut aussehenden Arzt zu, ehe der sich umdrehte und in einem der Gästezimmer verschwand. Sie seufzte. Das war einfach nicht fair! Er war Single – zumindest glaubte sie das –, sie war Single. Was sie sonst noch gemeinsam hatten, wusste sie zwar nicht, aber es gab da bestimmt etwas. Aber leider hatte sie ihn anscheinend nicht im Geringsten beeindruckt.

Okay, es gibt Schlimmeres, sagte sie zu sich selbst. Sobald die Hauptsaison in ihrem Laden vorüber war, würde sie eine Beziehung eingehen. Vielleicht sollte sie Mitglied in einem dieser Datingportale im Internet werden oder sich erkundigen, ob es hier in der Stadt Klubs für Singles gab. Und wenn alles nichts half, konnte sie noch ihre Freundinnen einspannen. Die hatten sich schließlich in letzter Zeit auch alle verliebt.

Vielleicht ist hier irgendwas im Wasser, überlegte sie, als Gabriel wieder auf sie zukam. Weil er jetzt Winterstiefel trug, überragte er sie noch ein Stückchen mehr.

„Die Schlüssel?", meinte er.

Gehorsam reichte sie ihm den Autoschlüssel. „Ich bin sicher, wenn ich erst einmal aus der Schneewehe befreit bin, komme ich zurecht."

„Das bezweifle ich", erwiderte er nur und zog sich eine Jacke an. „Du bist so lange eine Gefahr für den Verkehr, bis du wieder ebenes Gelände erreicht hast."

„Das ist nicht gerade schmeichelhaft."

Ein vielsagender Blick aus seinen blauen Augen traf sie. „Stimmt es etwa nicht?"

„Doch, aber musst du es so offen aussprechen?"

„Ich dachte, du magst Offenheit."

„Nicht so sehr, wie ich gedacht habe."

Nachdem sie sich davon überzeugt hatte, dass Webster sicher im Haus war, schloss sie die Haustür ab und folgte Gabriel zu ihrem Wagen. Gehorsam wartete sie, bis er das Auto aus dem Schnee befreit hatte, was ihm im ersten Anlauf ohne Probleme gelang. Die Reifen drehten nicht einmal durch – was Noelle als persönlichen Verrat ansah. Sobald sie wieder zurück in der Garage war, würde sie mit ihrem Wagen ein ernstes Gespräch unter vier Augen führen.

Gabriel stoppte neben ihr und öffnete die Beifahrertür von innen. Kaum saß sie, registrierte Noelle auf einmal, wie eng beieinander die Sitze montiert waren und um wie vieles breiter Gabriels Schultern im Vergleich zu ihren waren. Während sie sich anschnallte, blickte sie zu dem Mann auf dem Fahrersitz.

Er hat ein nettes Gesicht, entschied sie. Er wirkte ein wenig so, als wäre er ständig auf der Hut, und es lagen tiefe Schatten unter seinen Augen, was vermutlich auf seine Verletzung und vielleicht die lange Reise hierher zurückzuführen war. Aber er war jemand, zu dem sie instinktiv Vertrauen fassen würde. Wobei ihre Instinkte nicht unbedingt etwas waren, womit sie angeben konnte. Sie brauchte ja nur an Jeremy zu denken.

Lieber nicht, dachte sie schnell und blickte geradeaus.

„In diese Richtung?", fragte er und deutete mit seiner linken Hand nach vorn.

Prompt wurde ihr wieder ganz schwummrig. „Pass auf", murmelte sie. „Das ist wie eine Waffe."

Nach einem Blick auf seine bandagierte Hand meinte er nur: „Da ist so gut wie kein Blut zu sehen."

Sie lehnte sich zurück und schloss die Augen. „Allein das Wort an sich ist schon gefährlich. Ja, du musst dieser Straße ungefähr drei oder vier Meilen folgen. Dann, an der Kreuzung, biegst du rechts ab. Von dort folgst du einfach der Ausschilderung und landest direkt im Stadtzentrum."

Sie legte eine Hand auf ihren Bauch und ermahnte sich, nicht mehr an seine Hand zu denken. Da half nur noch Ablenkung.

„Du hast dir eine wirklich gute Zeit für einen Besuch hier ausgesucht“, erklärte sie, wohl wissend, dass sie jetzt anfangen würde, vor sich hin zu plappern, doch es war ihr egal. Plappern war immer noch besser als in Ohnmacht zu fallen. Oder sich zu übergeben. „Es gibt immer irgendwelche Festivals in Fool’s Gold, aber vor allem während der kommenden Feiertage. Es finden ein paar Paraden und natürlich ein Krippenspiel statt. Darauf freue ich mich besonders, denn da spielt auch ein Elefant mit.“

„Bei einem Krippenspiel?“

„Du brauchst gar nicht so ungläubig zu klingen! Du weißt doch gar nicht, ob bei der Geburt von Jesus nicht vielleicht auch ein Elefant dabei war.“

„Ehrlich gesagt bin ich mir da ziemlich sicher.“

„Priscilla gehört bei den Feierlichkeiten in der Stadt einfach dazu. Sie ist Teil unserer Gemeinschaft.“

„Priscilla, der Elefant?“

„Kennst du irgendwelche anderen Priscillas?“ Sie riskierte es, die Augen wieder zu öffnen, erleichtert, dass sich keine blutigen Bandagen in ihrer Sichtweite befanden.

„Nein, sie wäre die Einzige.“

„Okay, hier musst du abbiegen“, sagte sie und deutete zur Seite, als sie die Kreuzung erreichten. „Folge der Straße einfach bis in die Stadt hinein. Auf der Frank Lane musst du dann rechts abbiegen.“

„Wer war Frank?“

„Keine Ahnung, aber von dort geht die 4th Street ab, in der mein Laden liegt. Tja, wer war Frank? Ich nehme an, es gibt noch so einiges, was ich über die Geschichte der Stadt lernen muss.“

„Immerhin weißt du über den Elefanten Bescheid, das zählt doch bestimmt auch schon was."

Er ist nett, dachte sie und fragte sich, ob es ihr wohl gelingen könnte, ihn auf subtile Art und Weise auf einen Kaffee einzuladen. Oder zum Abendessen. Sie blickte verstohlen auf seine großen Hände, die auf dem Lenkrad ruhten, und überlegte, ob die Dinge wohl völlig aus dem Ruder laufen würden, wenn sie ihm eine Pyjamaparty zu zweit vorschlug.

Kurz darauf deutete sie auf ihren Laden, und Gabriel parkte den Wagen direkt davor.

Sie drehte sich zu ihm herum und wollte sich gerade herzlich bei ihm bedanken, als ihr klar wurde, dass es ein kleines Problem gab. „Wie kommst du denn jetzt zurück zu Gideons Haus?"

„Ich dachte, ich mache mich auf die Suche nach Felicia."

Sie riskierte einen kurzen Blick auf seine Hand, ehe sie schnell wieder wegschaute, aus Angst, doch noch ohnmächtig zu werden. „Schaffst du das?"

„Klar, kein Problem. Du musst mich nur in die richtige Richtung weisen."

Sie schaute ihm in die Augen und lächelte. „Ich dachte, das ist etwas, an das du nicht glaubst?"

„Da ging es ganz ausdrücklich nur um dich und das Fahren bei Schnee und Eis."

„Ich wäre jetzt ja gern beleidigt, aber die Sache mit der Schneewehe würde das wohl irgendwie unglaubwürdig machen, oder?"

Sie stiegen aus, und Noelle erklärte ihm, wie er zu Felicias Büro kam, bevor er ihr den Autoschlüssel reichte.

„Danke, dass du mich gebracht hast", sagte sie und wünschte, sie wüsste noch, wie das mit dem Flirten ging. Früher hatte das eigentlich für sie kein Problem dargestellt, aber anscheinend war sie aus der Übung. „Ich hoffe, wir laufen uns mal wieder über den Weg!“ Sie blickte auf den Schnee, der noch immer an ihrer Stoßstange klebte.

„Das hoffe ich auch.“

Sie richtete ihre Aufmerksamkeit wieder auf Gabriel und versuchte herauszufinden, was er dachte. Doch seine dunkelblauen Augen verrieten nichts über seine Gefühle. Er lächelte, winkte ihr kurz zu und drehte sich dann um, um in die Richtung zu gehen, in die sie gewiesen hatte.

Noelle blickte ihm hinterher. Als er um die Ecke verschwand, eilte sie zu ihrem Laden, blieb jedoch abrupt stehen, als sie das Schild an der Eingangstür sah.

Sind zum Skilaufen. Kommen Sie später noch einmal vorbei.

2. KAPITEL

Das Städtchen Fool's Gold wirkte auf Gabriel wie die Kulisse eines kitschigen, fürs Fernsehen produzierten Films, als er Noelles Anweisungen zu Felicia folgte. Es herrschte geschäftiges Treiben auf den Straßen, und sämtliche Leute, denen er begegnete, grüßten ihn auf irgendeine Art und Weise. Frauen gingen Arm in Arm, die Bürgersteige waren gefegt und gestreut, und sämtliche Schaufenster waren mit Truthähnen, Kürbissen, buntem Herbstlaub oder sonstigen Hinweisen auf Thanksgiving dekoriert. Das hatte alles einen nahezu surrealen Touch. Gabriel erwartete schon fast, von tanzenden Laternenpfählen oder singenden Waldgeistern eskortiert zu werden.

Als er seinen Bruder das letzte Mal getroffen hatte, war Gideon unterernährt, verletzt und mental am Ende seiner Kräfte gewesen. Gideon war von den Taliban gefangen genommen und fast zwei Jahre lang von ihnen eingekerkert worden. Er hatte mit mehreren anderen Amerikanern in einer Zelle gesessen und war, genau wie sie, regelmäßig gefoltert worden. Gideon war der Einzige, der überlebt hatte.

Gabriel hatte ihn im Militärkrankenhaus besucht, wo Gideon sich regeneriert hatte. Anschließend hatte sein Bruder den Dienst quittiert und war nach Bali geflogen, wo er versucht hatte, eine Art Normalität für sich wiederzufinden. Gabriel schaffte es irgendwie nicht, das Bild, das er von seinem Bruder als Soldaten beziehungsweise als gebrochenem Gefangenen hatte, mit dem Bild eines Mannes in Einklang zu bringen, der in einer Stadt wie dieser lebte. Was zum Teufel war inzwischen passiert?

Doch eine Antwort auf diese Frage würde er wohl erst dann bekommen, wenn er die Möglichkeit hatte, mit seinem Bruder persönlich zu sprechen. In der Zwischenzeit ging er weiter, bis er das Büro fand, nach dem er gesucht hatte. Dabei ignorierte er den stechenden Schmerz in seiner Hand und auch die Müdigkeit, die er verspürte.

Er ging hinein und marschierte einen Gang entlang bis zu dem Zimmer, das als Fool's Gold Festivalbüro gekennzeichnet war. Nachdem er einmal geklopft hatte, trat er ein.

Es war ein großer Raum mit einem imposanten Schreibtisch, Besucherstühlen und vielen bunten Postern, die für all die Events hier in dieser merkwürdigen Stadt Werbung machten. Doch was seine Aufmerksamkeit wirklich fesselte, war die groß gewachsene rothaarige Frau, die aufstand, als sie ihn sah.

Sie war hübsch. Nein, das war nicht das richtige Wort. Sie war umwerfend schön, mit grünen Augen und heller Haut. Ein eng anliegender Pullover betonte die perfekten Kurven. Sie riss die Augen auf, als sie um den Schreibtisch herumeilte.

„Gabriel! Da bist du ja. Noelle hat gerade angerufen und mir erzählt, dass du sie in die Stadt gefahren hast. Vielen Dank, dass du meiner Freundin geholfen hast! Bei diesen Wetterbedingungen ist sie keine besonders gute Fahrerin. Ich habe mein Möglichstes getan, um ihr theoretisch zu erklären, wie man auf einer vereisten Straße die Kontrolle über das Fahrzeug behält, aber ihr Weg scheint die Learning-by-Doing-Methode zu sein. Ich vermute, man lernt Autofahren im Winter wohl wirklich am besten durch praktische Erfahrung."

Sie hielt inne und legte ihre Hände auf seine Oberarme. „Du hast so viel von deinem Bruder in dir! Aber es gibt auch eine Reihe von Variationen. Wie interessant! Ich habe selbst keine Geschwister, daher beruhen alle meine Beobachtungen über die subtilen Unterschiede und Ähnlichkeiten innerhalb einer biologischen Einheit auf Erfahrungen mit Freunden oder Menschen, mit denen ich arbeite."

Noelle hatte ihn schon gewarnt, dass Felicia intelligent war. Offenbar war das kein Witz gewesen. Klug *und* schön, dachte er, während sie ihn anstarrte. Witzig, dass es trotzdem Noelles Lächeln gewesen war, das ihn heute am meisten in den Bann gezogen hatte.

Felicias Mund zitterte leicht, als ihr Lächeln langsam schwand. „Ich würde dich gern umarmen“, gab sie zu. „Oder ist das zu früh?“

„Tu dir keinen Zwang an“, sagte er und öffnete die Arme.

Felicia trat zu ihm und umarmte ihn fester, als Gabriel für möglich gehalten hatte. Er erwiderte die Umarmung und überlegte, dass Gideon mit dieser Frau alle Hände voll zu tun haben würde.

Sie machte einen Schritt zurück und deutete auf einen der Stühle vor dem Schreibtisch. „Wie war deine Reise hierher? Bist du müde?“ Sie setzte sich wieder.

„Alles okay.“

Sie starrte auf seine Hand. „Das ist die Verletzung, von der Gideon mir erzählt hat? Soweit ich verstanden habe, sind weder Sehnen noch Nerven verletzt?“

„Nein, ich hatte Glück.“

„Stimmt. Angesichts der Stelle hättest du auch leicht etwas durchtrennen können …“ Sie brach ab und seufzte. „Das weißt du ja viel besser als ich.“

„Vielleicht auch nicht.“

Sie grinste. „Tut mir leid. Wenn ich nervös bin, rede ich zu viel.“ Sie sprang wieder auf und ging zu einem Tisch am Fenster, um sich einen Karton zu schnappen. Als sie ihn auf den Schreibtisch stellte, sah Gabriel, dass darin knackige rote Äpfel lagen.

„Die sind hier aus der Gegend“, erklärte Felicia. „Die letzten Äpfel der Saison. Köstlich.“

Er nahm sich einen, biss jedoch nicht hinein.

Felicia setzte sich wieder. „Carter ist ganz aufgeregt und freut sich, dich kennenzulernen. Er und Gideon sind nach

Sacramento gefahren, zum Einkaufen." Sie machte eine kleine Pause. „Du weißt über Carter Bescheid, oder?"

„Gideons Sohn. Ja, er hat es mir erzählt."

„Gut. Es ist toll und interessant, ihn um sich zu haben. Okay, hin und wieder hat er einen Gefühlsausbruch, aber ich bin sicher, dass das an den Hormonen liegt. In der Regel ist er ein lustiger und netter Junge. Außerdem ist er verantwortungsbewusst. Er kümmert sich gut um Webster." Sie biss sich auf die Unterlippe. „Es tut mir leid. Du hast ihn noch nie getroffen, und meine Beobachtungen haben zu diesem Zeitpunkt keinerlei Wert für dich. Es ist nur so … deine Zustimmung bedeutet mir sehr viel."

Gabriel runzelte die Stirn. „Meine Zustimmung wozu?" Zum Hund? Zu dem Jungen?

„Ich werde deinen Bruder heiraten."

Ihre Stimme klang leise, zögernd. Gabriel wäre am liebsten aufgestanden und geflüchtet. Sie wollte seine Zustimmung, weil sie bald zur Familie gehören würde? Sollte das ein Witz sein? Wusste sie denn nicht, dass er seine Eltern seit über einem Jahr nicht mehr gesehen hatte und auch zu seinem Bruder kaum Kontakt hatte? Um diesen Besuch hier zu arrangieren, hatten sie mehr miteinander gesprochen als in den letzten zehn Jahren zusammengenommen.

„Ich bin sicher, dass ihr beiden sehr glücklich werdet", sagte er und hoffte, dass er freundlich klang und nicht so, als wäre er in eine Falle getappt.

„Das werden wir", versicherte sie ihm. „Gideon und ich passen gut zusammen. Wir beide lieben diese Stadt hier, und Carter natürlich. Ich war ebenfalls beim Militär, daher habe ich ein Grundverständnis von dem, was er durchgemacht hat, als er im Ausland war. Wir nehmen unsere Beziehung ernst, genau wie das Konzept einer Familie, und außerdem herrscht zwischen uns eine ausgezeichnete sexuelle Chemie."

Sie machte eine kleine Pause und zog die Augenbrauen zusammen. „Letzteres hätte ich jetzt nicht sagen sollen. Das ist eher ein Thema für ein Gespräch unter Freundinnen."

Trotz des Schmerzes in seiner Hand, trotz der Erschöpfung, die ihn zu überwältigen drohte, musste Gabriel lachen. „Na, das kann ich gerade noch verkraften", meinte er. „Allerdings möchte ich keine weiteren Details hören. Schließlich reden wir hier über meinen Bruder."

Sie lächelte. „Ja, natürlich. Ich möchte nicht, dass du dich unwohl fühlst." Ihr Lächeln schwand. „Deine Eltern werden auch bald hier sein."

„Habe ich schon gehört. Es wird ein richtig großes Familien-Weihnachtsfest." Er blickte zu seiner Hand. Ein winziger Blutstropfen war durch die weiße Bandage gesickert. Der war wahrscheinlich der Grund, warum Noelle fast ohnmächtig geworden war. Sie ist wirklich ein Leichtgewicht, dachte er belustigt. Keine dreißig Sekunden würde sie seinen Arbeitstag überstehen. Wobei er auch wirklich nicht wollte, dass sie das zu sehen bekam, womit er sich während der letzten zehn Jahre tagtäglich hatte auseinandersetzen müssen.

„Meinst du, du könntest mir erzählen, wie sie so sind?"

Es dauerte einen Moment, ehe er begriff, dass Felicia von seinen Eltern redete und nicht von seinem Leben als Traumatologe in der Army.

„Ich bin mir nicht sicher, was du wissen möchtest", gab er zu und richtete seine Aufmerksamkeit wieder auf seine zukünftige Schwägerin. „Meine Eltern waren immer sehr traditionell. Mom kümmerte sich um den Haushalt, und Dad hat uns allen gesagt, was wir zu tun haben."

Felicia runzelte die Stirn. „In dieser Aussage stecken reichlich Informationen, aber ich verstehe sie nicht so ganz." Sie wedelte mit ihrer rechten Hand. „Ich mag zwar intellektuell hochbegabt sein, aber meine Sozialkompetenz ist leider nicht so gut ausgebildet. Mir geht es vor allem darum, dass sie eine gute Beziehung zu Carter aufbauen und nicht versuchen, Gideon auszureden, mich zu heiraten."

„Großeltern sind doch darauf programmiert, ihre Enkelkinder zu lieben", beruhigte er sie, beeindruckt von ihrer Offenheit. „Und was dich angeht – was soll man an dir nicht mögen?"

„Danke für das Kompliment. Ich könnte dir eine lange Liste mit all meinen Fehlern anfertigen, aber ich weiß, dass du danach gar nicht gefragt hast." Sie holte tief Luft. „Ich bin wirklich ziemlich nervös. Von eurer Mutter spricht Gideon immer voller Zuneigung, aber bei eurem Vater liegt die Sache anscheinend ein wenig anders."

„Und dabei war er der gute Sohn", meinte Gabriel trocken.

„Und du nicht?"

Gabriel hielt nicht viel davon, die Vergangenheit aufzuwärmen, und würde jetzt sicherlich nicht damit anfangen. „Unser Vater war Ausbildungsoffizier, Drill Sergeant. Für das Militär sicherlich super, für Kinder die Hölle." Immerhin hatte Gideon auch immer zur Army gewollt. „Pass nur auf, dass er Carter nicht herumkommandiert."

Felicia nickte. „Wir haben eine Routine entwickelt, die uns allen zugutekommt. Ich werde darauf achten, dass wir uns die bewahren."

Er machte den Fehler, seine verletzte Hand abzuknicken, und musste ein Fluchen unterdrücken. „Ich sollte dich wieder arbeiten lassen. Wann machst du Feierabend?"

„Um fünf." Sie sah ihn an. „Du bist bestimmt müde. Ich kann dich jetzt auch schnell nach Hause fahren, wenn du möchtest."

„Nein, nein, ist schon in Ordnung", erklärte er. „Ich werde ein bisschen in der Stadt herumspazieren, bis du fertig bist."

Er gab ihr seine Handynummer und stand auf. „Es ist schön, dich kennenzulernen, Felicia! Mein Bruder kann sich glücklich schätzen."

Ihre Miene wurde weicher und ein Ausdruck, den man wohl nur als Liebe bezeichnen konnte, erschien in ihren Augen. „Ich bin der Glückspilz. Ich freue mich auch, dass ich dich endlich kennengelernt habe." Sie grinste. „Immer wenn Gideon schlechte Laune hat, dann erinnere ich ihn daran, dass er sich einen Bauch mit dir geteilt hat. Ihm ist diese Vorstellung so unangenehm, dass er sich dadurch von dem, was ihm Sorgen bereitet, ablenken lässt."

Gabriel war Arzt, doch selbst er dachte nicht gern daran, im Bauch seiner Mutter gewesen zu sein oder sich den Platz mit seinem Bruder geteilt zu haben. „Du bist eine merkwürdige Frau. Wie ich schon sagte, Gideon hat eine gute Wahl getroffen."

Sie kam um den Schreibtisch herum und umarmte ihn noch einmal. „Ich freue mich so, endlich eine Familie zu haben", sagte sie. „Selbst wenn es nur eine angeheiratete ist."

Dieses Mal hatte er keine Probleme, die Umarmung zu erwidern. Felicia war definitiv nicht das, was man gemeinhin als normal bezeichnete, aber seiner Meinung nach wurde ‚normal' ohnehin überbewertet. Er hatte das Gefühl, dass sie und sein Bruder so zueinanderpassten, wie Paare zueinanderpassen sollten. Verzichte auf deinen üblichen Zynismus und sei einfach glücklich für die beiden, ermahnte er sich. Das war zu dieser Jahreszeit schließlich angebracht.

Er verließ ihr Büro und begann, einen Spaziergang durch die Stadt zu machen. Der Himmel war zwar klar, doch es war kalt, und daher war Gabriel froh über seine dicke Jacke. Den stechenden Schmerz in seiner Hand und das gelegentliche Stolpern vor Müdigkeit ignorierte er einfach. Ein paar Stunden würde er noch durchhalten müssen. Wenn er erst einmal wieder in Gideons Haus war, konnte er sich ins Bett legen, ein paar Tage lang schlafen, und wenn er dann aufwachte, würde es ihm wieder gut gehen. Zumindest war das der Plan.

In der kleinen Innenstadt herrschte an diesem Nachmittag geschäftiges Treiben, obwohl es mitten in der Woche war. Es gab viele verschiedene Läden, unter anderem einen Coffeeshop namens Brew-haha. Er ging hinein, um sich einen Kaffee zum Mitnehmen zu holen, und da er gerade dabei war, gönnte er sich auch noch einen Cupcake. Anschließend wanderte er am Park entlang und sah dann Noelles Geschäft auf der anderen Straßenseite. Ohne zu wissen, was er eigentlich vorhatte, ging er über die Straße auf den Laden zu.

Noelle stand im Schaufenster und befestigte gerade ein Schild vor dem geschmückten Weihnachtsbaum. Anscheinend suchte sie eine Aushilfe. Als sie ihn entdeckte, lächelte sie und winkte ihn hinein.

Der Laden war groß und hell erleuchtet. Es gab mehr Weihnachtskrimskrams, als sich ein Mensch je wünschen konnte. Die Balken an der Decke vermittelten den Eindruck, als würde man sich wirklich auf einem Dachboden befinden – schließlich hieß der Laden so – und zwei oder drei Spielzeugeisenbahnen ratterten am Rand entlang durch das Geschäft. Es duftete nach Äpfeln und Zimt, und im Hintergrund erklang Weihnachtsmusik. Ein paar Frauen stöberten in einer Ecke, in der, wie es schien, die größte Teddybären-Sammlung der Welt ausgestellt war.

„Hast du Felicia gefunden?“, fragte Noelle.

„Ja.“ Er lachte leise. „Du hattest recht. Sie ist klug.“

„Und schön. Eine ziemlich ärgerliche Kombination, aber sie ist meine Freundin, und ich mag sie sehr. Was mich, davon bin ich überzeugt, zu einem besseren Menschen macht.“

Noelle lachte, während sie das sagte. Ihre blauen Augen leuchteten fröhlich und glücklich. Jeder hat Geheimnisse, dachte Gabriel, doch er würde vermuten, dass Noelles Geheimnisse eher harmloser Natur waren. Keine bösen Geister, die sie umtrieben, kein großer Verlust, den sie verkraften musste. So war das zu Hause. Gewöhnliche Menschen, die ein gewöhnliches Leben führten. So wie fast alle Soldaten hatte er die Vorstellung genossen, dass irgendwo noch solch ein gewöhnliches Leben existierte. Das Problem war, dass er nicht wusste, ob er dahin zurückkehren konnte oder nicht.

„Was hat es mit dem Schild auf sich?", fragte er. „Haben dich deine College-Studenten etwa wirklich sitzenlassen?"

„Du glaubst es nicht! Als ich zurückkam, war der Laden geschlossen. Meine beiden studentischen Aushilfen waren verschwunden, um sich im Pulverschnee oben in den Bergen zu vergnügen. Ich muss mich sehr beherrschen, um nicht darauf zu hoffen, dass sie stürzen und sich einen Arm brechen."

Noelle musterte den großen Mann, der vor ihr stand. Schon als sie ihn vorhin gesehen hatte, war er blass gewesen, doch jetzt hätte sie schwören können, dass er geradezu grau wirkte. Die Schatten unter seinen Augen schienen noch dunkler geworden zu sein, und sein Mund wirkte so angespannt, dass sie annahm, er litt unter heftigen Schmerzen.

„Geht es dir gut?", fragte sie.

„Ja, ja. Ist nur der Jetlag. Felicia nimmt mich nachher mit, wenn sie um fünf Feierabend macht."

Noelle zuckte zusammen. Das war erst in drei Stunden. „Es ist mein Fehler", meinte sie reuevoll. „Ich hätte nicht zulassen sollen, dass du mich in die Stadt fährst."

„Und ich konnte nicht zulassen, dass du selbst fährst und einen Unfall baust."

„Vielleicht hätte ich es auch ohne Unfall geschafft."

„*Vielleicht* ist in diesem Fall das entscheidende Wort. Mir geht es gut."

„Ohne dich beleidigen zu wollen, aber du siehst nicht gut aus. Bist du sicher, dass ich dich nicht zurückfahren soll?“ Sie hob abwehrend eine Hand. „Vergiss es. Ich weiß schon, was du sagen wirst.“

Das Schlimmste war, dass er recht hatte. Bis sie nicht ein bisschen mehr Übung hatte, sollte sie wirklich nur auf den geräumten Straßen hier in der Stadt fahren. Doch sie konnte den armen Mann doch nicht vor Erschöpfung umfallen lassen!

„Komm mit“, sagte sie und bedeutete ihm, ihr zu folgen.

Sie führte ihn in ein Hinterzimmer, wo sie zusätzliches Inventar gestapelt hatte und wo sich außerdem eine kleine Pausenecke mit einem Sofa sowie einem Tisch und vier Stühlen befand.

Den Tisch hatte sie auf einem Flohmarkt in der Stadt erstanden. Noelle liebte die dunkle Mahagoni-Oberfläche und die eleganten Tischbeine, doch was sie am meisten faszinierte, war die Schrift, die sich in die Oberfläche eingedrückt hatte. So, als hätte der vorherige Besitzer viele Stunden an diesem Tisch mit dem Schreiben von Briefen zugebracht.

Jetzt zog sie eine Decke von dem Stapel, der auf einem der Stühle lag, und faltete sie zur Form eines Kissens, bevor sie auf das Sofa zeigte. „Es ist gemütlicher, als es aussieht.“

Gabriel schüttelte den Kopf. „Mir geht es gut.“ Irgendwie wirkte er eher misstrauisch und nicht sonderlich daran interessiert, sich auszuruhen.

„Du bist schon fast bewusstlos. Dies hier ist ein Geschäft für Weihnachtsdekoration. Da würde ich wirklich ungern erklären, warum ein fremder Mann mitten in meinem Laden zusammengebrochen ist.“ Sie nahm noch eine Decke. „Du hast doch nichts weiter zu tun, bis Felicia dich abholt. Komm schon. Niemand stört dich hier.“

„Du versuchst, mich zu überreden. Ich bin doch kein streunender Hund, den du retten musst.“

Sie grinste. „Ich kann nicht anders. Ist wahrscheinlich so eine Art Mutterinstinkt."

Er murmelte etwas vor sich hin, bevor er schließlich doch zum Sofa ging und seine Jacke auszog. Er legte sich hin, war allerdings zu groß, um sich auszustrecken. Also drehte er sich auf die Seite, und auf diese Weise musste er sich auch nicht allzu sehr zusammenrollen. Noelle breitete die zweite Decke über ihm aus.

„Du brauchst ja nicht zu schlafen."

„Werde ich auch nicht."

„Natürlich nicht. Ich komme kurz vor fünf wieder."

Sie verließ den Lagerraum, um sich wieder ihren Kunden zu widmen. Die beiden Frauen kauften beide einen Teddybären. Eine Familie mit einem Kleinkind kam herein und wollte mit ihr über die Modelleisenbahn reden. Zehn Minuten später verließen sie den Laden wieder, nachdem sie nicht nur die Eisenbahn, sondern auch drei Weihnachts-DVDs und eine Engel-Puppe für ihre jüngere Tochter gekauft hatten. Noelle ging auf Zehenspitzen zurück ins Lager, um nach ihrem Gast zu schauen.

Gabriel hatte die Augen geschlossen und rührte sich auch nicht, als sie näher kam. Gut, dachte sie, und verschwand wieder nach vorn in den Laden. Er brauchte den Schlaf. Das war die beste Medizin. Auch wenn sie niemals eine derartige Wunde wie er gehabt hatte, wusste sie so einiges darüber, was ein kranker Körper brauchte, um sich zu erholen.

Der Nachmittag ging schnell vorüber. Noelle war entweder mit Kunden beschäftigt oder überlegte, was sie nachbestellen musste und welche Events noch geplant werden mussten. Das ist wichtig, wenn man im Einzelhandel arbeitet, dachte sie. Etwa zehn Minuten vor fünf ging sie in den Lagerraum und blieb vor dem Sofa stehen. Gabriel sah nicht so aus, als hätte er sich überhaupt bewegt, doch seine Gesichtsfarbe wirkte nicht mehr ganz so grau, und auch die Spannung war ein wenig von ihm gewichen. Sie legte ihm eine Hand auf die Schulter.

„Hey", begann sie mit leiser Stimme. „Es ist fast ..."

Abrupt kam er hoch, die Augen erschrocken aufgerissen. „Was?"

Sie schlug einen leisen, ruhigen Ton an. „Ich bin's, Noelle. Du bist in meinem Laden. Du hast geschlafen."

Er musterte sie mit seinen dunkelblauen Augen. „Ich habe mir die Hand verletzt, nicht den Kopf."

„Wollte ich ja nur mal kurz checken", erklärte sie, während sie sich aufrichtete und zum Kühlschrank ging. Sie nahm einen Krug mit Wasser heraus und schenkte ihm ein Glas ein. „Ich habe mit Felicia telefoniert, um ihr Bescheid zu sagen, wo du steckst. Sie ist in ungefähr zehn Minuten hier."

Er schwang die Beine auf den Fußboden. „Sie hätte meinetwegen nicht eher Feierabend machen müssen."

Noelle reichte ihm das Glas. „Es ist fast fünf. Du hast drei Stunden geschlafen."

Gabriel nahm das Glas. „Ich war müde", gab er zu. „Danke, dass du mir Asyl gewährt hast."

Sie drehte einen der Stühle zu ihm herum und setzte sich. Wie immer am Ende des Tages waren ihre Füße froh über jede Pause.

„Das war doch das Mindeste, was ich tun konnte", erwiderte sie. „Du hast mich den Berg hinuntergefahren. Natürlich hätte ich dich auch mit dem Schirm erlegen können, habe es aber nicht getan, daher schuldest du mir vielleicht doch etwas."

„Wohl kaum."

Er trank das Wasser. Währenddessen versuchte Noelle, nicht darauf zu achten, wie anziehend ein verschlafener Mann sein konnte. Sein hellbraunes Haar war zerzaust, seine Miene entspannt. Bestimmt würde sein Misstrauen schon bald wieder zurückkehren, doch es war nett, ihn einen Moment lang zu erleben, ohne dass er seine Deckung hochgefahren hatte.

Wie es wohl wäre, sich an ihn zu schmiegen, seine Arme um sich zu spüren und mit ihm auf dem Sofa zu kuscheln, schoss ihr durch den Kopf. Es kam ihr wie eine Ewigkeit vor, seit sie zuletzt eine Beziehung gehabt hatte, dabei war es erst zwei Jahre her. Lange genug, um sich einsam zu fühlen.

Gabriel trank das Glas leer und stellte es dann auf den Tisch. „Danke für alles“, sagte er und deutete auf die Decke und die Couch. „Du hattest recht.“

„Habe ich meistens.“

Seine Mundwinkel zuckten. „Und dabei noch so bescheiden.“

Sie zuckte mit den Schultern. „Mit dieser Bürde kann ich leben.“

Jetzt lächelte er richtig. „Denkst du an eine Heiligsprechung oder nur an eine geschmackvolle Gedenktafel?“

„Wir werden mit einer Gedenktafel anfangen.“ Sie musterte ihn. „Du bist noch immer erschöpft. Jetlag?“

Er nickte. „Ich war die letzten beiden Tage unterwegs.“

„Von wo bist du gestartet?“

„Deutschland. Dort gibt es ein großes Militärkrankenhaus.“ Es sah aus, als wollte er noch mehr sagen, doch er schwieg.

„Wie bist du zurück in die Staaten gekommen? Mit einem Militärtransport?“

„Zum Teil. Anschließend mit einem normalen Flug. Allerdings hatte es in Chicago geschneit.“

Sie schaute sich die Schatten unter seinen Augen und den angespannten Mund an. „Deine Hand tut weh“, stellte sie fest. „Soll ich dir eine Tablette holen?“

„Nein, mir geht’s gut.“

„Stimmt doch gar nicht." Sie vermied es tunlichst, auf seine bandagierte Hand zu blicken. „Du scheinst vergessen zu haben, dass ich die Wunde vorhin gesehen habe."

„Wie sollte ich das vergessen? Du bist in Ohnmacht gefallen."

„Bin ich nicht, nur fast. Das ist ein Unterschied."

Er lehnte sich auf dem Sofa zurück und sah ein wenig entspannter aus. „Aber kein großer."

„Du versuchst, das Thema zu wechseln."

Eine Augenbraue fuhr in die Höhe. „Ach ja?"

„Ja, weil du nicht hören willst, dass es nicht besser wird, nur weil du dich wie ein Macho-Idiot verhältst."

„Aha. Das ist also deine ärztliche Meinung?"

Sie ignorierte den Einwand. „Schmerz ist Stress, und Stress verhindert die Heilung. Ich lese viel", fügte sie hinzu, weil sie noch nicht bereit war, ihm zu erzählen, dass sie nur allzu gut wusste, wovon sie redete. „Würde es helfen, wenn ich verspreche, es niemandem zu erzählen?"

„Nein."

„Du bist echt stur."

„Bekomme ich dafür auch eine Gedenktafel?"

Sie hob beide Hände. „Na gut, dann werde eben nicht gesund! Behalte doch deine offene Wunde. Ist mir doch egal."

Langsam stand er auf. Sie war groß, doch er war größer. Hier im Lagerraum wirkt er noch männlicher, dachte sie. Irgendwie fehl am Platz, aber auf gute Art und Weise. Wenn das möglich war.

„Ich sollte draußen vor der Tür warten", sagte er und griff nach seiner Jacke. „Damit Felicia nicht noch nach einem Parkplatz suchen muss."

„Meinst du, du schaffst das?", fragte sie und dachte daran, dass er seinen Bruder lange Zeit nicht gesehen hatte. „Dich mit all diesem emotionalen Kram auseinanderzusetzen? Wenn es dir zu viel wird, sag Felicia, dass du dich noch immer von dem Blutverlust erholen musst. Sie wird dich dazu zwingen, dich hinzulegen. Oh, aber wenn du das tust, dann widersetze dich ihr nicht! Sie kann eine ganze Menge."

Wieder blitzten seine Augen auf. „Was denn?"

„Furchterregende militärische Sachen. Du weißt schon – wie man dich zu einer Brezel verformt und dazu bringt, wie ein kleines Mädchen zu schreien."

„Das hätte ich nicht von ihr gedacht."

„Stimmt aber. Sie ist zwar nicht so gut wie Consuelo, aber sie hat durchaus beängstigende Fähigkeiten."

Gabriel musterte sie einen Moment lang. Sie spürte die Hitze seines Blickes und hoffte, dass er darüber nachdachte, wie er ihr die Kleider vom Leib reißen und sich mit ihr vergnügen konnte. Doch er beugte sich nur vor und küsste sie auf die Wange.

„Danke, dass du nicht mit dem Schirm auf mich losgegangen bist. Und für das Nickerchen."

„Jederzeit", murmelte sie und unterdrückte ein Seufzen. Anscheinend fand Gabriel sie doch nicht unwiderstehlich. Wie schade.

Sie ging mit ihm zur Ladentür und wollte gerade sagen, dass sie hoffte, ihn bald wiederzusehen, als eine ältere Dame sie bat, ihr bei den Weihnachtskugeln zu helfen.

„Ich komme sofort", versprach sie ihr und drehte sich herum, um noch etwas zu Gabriel zu sagen.

Der war jedoch bereits verschwunden.

3. KAPITEL

„Tolle Aussicht“, meinte Gabriel und deutete mit der Bierflasche in die Dunkelheit hinter der Veranda, die das Haus seines Bruders umgab. Am Tage waren die Berge zu sehen, doch jetzt konnte man nur noch die Umrisse der Bäume und den Sternenhimmel ausmachen. Aus dem Haus drang ein schwacher Lichtschein, der gerade ausreichte, dass Gabriel den Mann neben sich und das Verandageländer erkennen konnte. Dahinter erstreckte sich nur die tiefschwarze Nacht.

Das Abendessen war angenehmer verlaufen, als er erwartet hatte. Carter hatte den Großteil der Unterhaltung bestritten. Er hatte eine Reihe von Fragen gestellt, ehe er von seinem Tag und seinen Freunden erzählt hatte. Er ist ein netter Junge, dachte Gabriel. Ausgeglichen und freundlich. Auch Felicia hatte sich bemüht, die Unterhaltung nicht abreißen zu lassen, doch sie hatte dabei immer ein Auge auf Gideon gehalten. Wahrscheinlich aus Sorge, dass das alles zu viel für ihn werden könnte.

Nach dem Essen hatte sie die Brüder aus der Küche gescheucht, damit sie sich „austauschen“ konnten. Sie waren hier nach draußen auf die Veranda gegangen, wo es kalt und still war.

„Ich mag das Licht“, sagte sein Bruder.

Gabriel dachte an all die Dachfenster im Haus. Er kannte keine Details zur Gefangenschaft seines Bruders, aber er wusste, dass man Gideon unterirdisch eingekerkert hatte. Daher ergab es durchaus Sinn, dass er jetzt so viel Himmel wie nur irgend möglich sehen wollte.

Gabriel trank einen Schluck Bier und war sich des pochenden Schmerzes in seiner Hand bewusst. Später, wenn es Zeit war, ins Bett zu gehen, würde er eine Tablette nehmen. Natürlich nur irgendetwas Rezeptfreies, überlegte er und dachte dann, dass Noelle sich über ihn lustig machen würde, wenn sie davon wüsste.

„Nett hier", sagte er. „Du hast gut zurück ins Leben gefunden."

„Ich hatte Glück. Als ich das erste Mal in Fool's Gold zu Besuch war, hatte ich nicht vor, mich hier niederzulassen. Verdammt, ich hatte nicht einmal vor, mich *irgendwo* niederzulassen. Aber dann sah ich, dass die beiden Radiosender zu verkaufen waren, und dachte mir, das könnte ich doch mal probieren."

„Weil du ja so viel vom Radio verstehst."

Gideon grinste. „Ich habe viel gelernt. Mir gefällt, was ich tue."

„Aber Oldies?" Gabriel erschauderte. „Warum?"

„Das ist noch richtige Musik. Nicht jeder hört gern LL Cool J."

„Die verpassen dann aber was. Carter mag meine Musik auch lieber als deine."

Sein Bruder legte den Kopf zurück. „Das vermutest du."

„Vielleicht, aber ich habe bestimmt recht."

„Jeder hat so seine Fehler." Sein Bruder drehte sich zu ihm herum. „Er ist beeindruckend, oder?"

„Ja."

„Ich würde ja gern die Lorbeeren dafür einheimsen, aber das kann ich nicht", gab Gideon zu. „Den Grundstein hat seine Mutter gelegt. Sie hat das besser hinbekommen, als ich es jemals gekonnt hätte. Als sie krank wurde, musste er leider sehr schnell mehr oder weniger erwachsen werden."

„Spricht er viel von ihr?"

„Manchmal. Felicia hat nichts dagegen. Sie ermuntert ihn, immer ein Foto von ihr bei sich zu haben und von ihr zu erzählen. Auf diese Weise bleiben die Erinnerungen wach."

„Sie ist auch toll."

Gideon nickte. „Ich verstehe immer noch nicht, wieso sie mich liebt, aber sie tut es. Sie ist ausgesprochen loyal. Und entschlossen. Als ich mich damit abgefunden hatte, niemals mehr Teil einer Familie zu sein, war sie umso entschlossener. Sie war sogar bereit, Carter bei sich aufzunehmen und allein großzuziehen." Er klang sehr beeindruckt und ein wenig ehrfurchtsvoll. „Ich wollte sie nicht in mein Leben lassen, aber ich konnte gar nicht anders. Und nachdem ich dann irgendwann aufgehört hatte, gegen sie anzukämpfen, war es ganz leicht, mir einzugestehen, wie sehr ich sie liebe."

Gabriel verstand das Konzept von Familie. Er hatte auch mal in einer gelebt, hatte Freunde, die Familien hatten. Er verstand auch, dass Menschen einander liebten. Einige Bindungen waren unausweichlich, aber romantische Liebe? Die war all die Mühe doch gar nicht wert. Das Leben war heikel und unberechenbar und konnte jeden Augenblick vorbei sein. Warum sollte man sich also mit der Liebe abplagen?

„Du hast einen weiten Weg zurückgelegt", sagte er jedoch nur.

„Ich hatte nicht mehr geglaubt, dass ich es schaffe", gestand Gideon ihm. „Aber diese verdammte Stadt hat mich geheilt. Ich weiß nicht, wie, aber es ist ihr gelungen. Nach und nach habe ich angefangen, mich hier einzubringen." Er lachte leise. „An fast jedem Wochenende findet irgendein Stadtfest statt. Warte nur, bis du siehst, wie sie hier Weihnachten feiern. Das ist ein echtes Aha-Erlebnis." Er sah Gabriel direkt an. „Ich weiß, dass du nur hergekommen bist, weil du dich verletzt hast, aber ich bin froh, dass du da bist."

Gabriel hatte Mühe mitzuhalten. Als Kind war Gideon offen und freundlich gewesen, aber seine Zeit bei der Spezialeinheit im Militär hatte ihn verändert. Der erwachsene Gideon, an den er sich erinnerte, war ein wortkarger Soldat gewesen – ein Mann, der sich eher den rechten Arm abgehackt hätte, als über seine Gefühle zu sprechen. Und doch saß er jetzt hier und redete über Zugehörigkeitsgefühle, über Liebe und Verbindungen.

„Ich glaube, ich sollte überprüfen, ob in deinem Nacken irgendwo ein Chip versteckt ist, mit dem du ferngesteuert wirst", murmelte er.

Gideon lachte wieder. „Keine Angst, ich bin nicht von Aliens gekapert worden. Ich bin der, der ich immer war. Bevor alles andere passiert ist." Sein Lachen schwand. „Manchmal ist es noch hart, aber Carter und Felicia haben viel Geduld mit mir. Ich komme schon zurecht."

Klingt vernünftig, dachte Gabriel. Klang zwar nicht nach seinem Bruder, aber gesund. „Was passiert als Nächstes?", wollte er wissen.

Sein Bruder trank einen großen Schluck Bier. „Wir überstehen den Besuch unserer Eltern."

Das war etwas, worüber Gabriel ungern nachdachte. „Wie lange bleiben sie hier?"

„Bis nach Weihnachten. Sie haben sich in der Stadt eine Ferienwohnung gemietet, das heißt, sie wohnen nicht hier."

„Immerhin etwas." Allzu lange konnte er die Gegenwart seines alten Herrn nicht ertragen.

„Wie fühlst du dich?", fragte Gideon.

Gabriel wollte ihm gerade erklären, dass nicht jeder mit seinen Gefühlen hausieren ging, als er sah, dass sein Bruder zu seiner Hand blickte.

„Es tut weh."

„Wie ist das passiert?"

Gabriel lehnte sich auf seinem Stuhl zurück. „Ein paar Neunzehnjährige haben sich betrunken."

„So fängt es immer an."

„Du sagst es. Mein Patient und seine Kumpel fingen an, sich zu prügeln, und er fiel dabei durch die Glasscheibe eines Fensters. Sie haben ihn direkt ins Krankenhaus gefahren, was ihm das Leben gerettet hat. In ihm steckte ein riesiges Stück Glas, und ich habe vergessen, dass ich leider nicht über Superkräfte verfüge, als ich es mit bloßen Händen herausgezogen habe."

Völlig idiotisch. Er hatte es gewusst, und alle anderen in der Notaufnahme hatten es auch gewusst. Von einer Sekunde zur anderen war aus einem vernünftigen Arzt, der tat, was getan werden musste, um den Patienten zu retten, selber ein Patient geworden, dem das Blut nur so aus der Hand gespritzt war.

Gideon hob seine Flasche. „Wir alle haben mal schwache Momente."

„Aber nicht in dieser Form." Er hatte versucht, sich weiter um den Teenager zu kümmern, doch es war nicht möglich gewesen. Sein Team war eingeschritten, und ein anderer Arzt hatte den Jungen versorgt. Gabriel hatte versucht, seine eigene Blutung zum Stillstand zu bringen, bis die Krise vorüber war und man sich, ohne jemanden anderes zu gefährden, um ihn kümmern konnte. Leider hatte er mehr Blut verloren, als irgendjemandem bewusst gewesen war.

„Es endete damit, dass ich selbst eingewiesen werden musste", brummte er missmutig und stieß noch einen leisen Fluch aus. „Was habe ich mir nur dabei gedacht?"

„Du hast gar nicht gedacht", mutmaßte sein Bruder. „Du hast einfach reagiert."

„Aber völlig idiotisch und nicht so, wie ich es hätte tun sollen." Es war sinnlos, über eine Vergangenheit zu schimpfen, die er nicht mehr ändern konnte. „Ich habe ja noch Glück gehabt – es werden keine dauerhaften Schäden bleiben. Aber es tut höllisch weh. Mein Commanding Officer meinte, es wäre an der Zeit, mal nach Hause zu fahren und eine Weile Urlaub zu machen, also bin ich jetzt hier." Sonst hätte er während der Feiertage gearbeitet, so wie er es jedes Jahr tat. Er meldete sich immer freiwillig, damit die anderen mit ihren Familien zusammen sein konnten. Dieses Mal hatte er keine Wahl gehabt.

„Es tut mir leid, dass du dich verletzt hast, aber ich freue mich, dass du hier bist", meinte Gideon.

„Du brauchst ja nur jemanden zu haben, der dir Dad vom Leib hält."

„Das auch. Obwohl ich annehme, dass wir Carter in seine Richtung schubsen können. Offenbar können Großeltern ihren Enkeln nicht widerstehen."

Ein interessanter Plan. „Hast du keine Angst, was der alte Herr bei deinem Sohn anrichten könnte?"

Gideon lächelte. „Nein. Felicia passt schon auf ihn auf. Sie ist ziemlich taff und leidenschaftlich. Ich würde mich nicht mit ihr anlegen."

„Gut zu wissen. Dann gehe ich ihr lieber aus dem Weg."

„Solange du weder Carter noch mich bedrohst, ist alles in Ordnung. Oh, ich nehme mal an, dass der Hund jetzt auch unter diesen Rettungsschirm fällt."

Gabriel wollte etwas sagen, doch das Wort Schirm erinnerte ihn an die Frau, die er vorhin getroffen hatte. Noelle, die bereit gewesen war, das Haus ihrer Freunde mit nichts weiter als viel Mut und einem Regenschirm zu verteidigen.

Er war froh, dass sie ihren Irrtum schnell eingesehen und ihn nicht attackiert hatte. Wäre er wirklich ein Einbrecher gewesen, hätte sie in ernsthaften Schwierigkeiten gesteckt. Aber er hatte keine Bedrohung dargestellt, und er musste zugeben, dass sie dagegen eine unerwartete Ablenkung dargestellt hatte.

Einen Moment lang erlaubte er sich, darüber nachzudenken, wie dieser Abend wohl verlaufen würde, wenn statt seines Bruders jetzt sie neben ihm sitzen würde. Er grinste. Zum einen würden sie bestimmt nicht so weit auseinandersitzen. Und sie würden sicherlich auch nicht reden.

„Wie sehen deine Pläne für die Zeit nach dem Urlaub aus?“, fragte Gideon. „Bleibst du dabei?“

Mit *dabei* meinte sein Bruder die Army. Sein Lächeln verschwand.

„Ich weiß es nicht.“

Bisher war er immer davon ausgegangen, dass er zumindest so lange bleiben würde, bis er seine zwanzig Dienstjahre voll hatte. Zu dem Zeitpunkt wäre er immer noch jung genug, um einen regulären Job in einem Krankenhaus anzunehmen. Aber in letzter Zeit war er sich nicht sicher, ob er wirklich so lange aushalten wollte. Oder konnte.

Es liegt an den Flügen, dachte er grimmig. All die Jahre, in denen er verletzte Soldaten aus dem Irak und aus Afghanistan begleitet hatte. Eigentlich hätten sie gar nicht transportiert werden dürfen, aber sie hatten die intensivere Behandlung benötigt, die man nur in einem stationären Militärkrankenhaus bekam. Also hatte man sie notdürftig zusammengeflickt und ausgeflogen. Er und sein Team hatten Stunde um Stunde damit zugebracht, eine Krise nach der anderen zu bewältigen. Sie mussten dort unter äußerst beengten Bedingungen agieren, und der Zustand der Patienten war immer äußerst kritisch. Weil der Raum knapp war und möglichst wenig Gewicht mitgenommen werden durfte, war auch die Ausrüstung eher dürftig ausgefallen.

Wenn er nicht hin- und hergeflogen war, dann hatte er in einem der Feldlazarette gearbeitet. Die Soldaten, die an der Front gekämpft hatten, litten unter posttraumatischen Belastungsstörungen, während die, die für sie sorgten, von sekundär traumatischem Stress, dem Mitgefühls-Erschöpfung-Syndrom, geplagt wurden. Es laugte einen Menschen aus, wenn eine endlose Parade von Verwundeten an ihm vorüberzog, wenn er ständig mit allen möglichen Widrigkeiten kämpfen musste, nie wusste, ob es schließlich gelungen war, einen Patienten am Leben zu erhalten. Selbst die Versetzungen in das deutsche Krankenhaus hatten keine wirkliche Erleichterung dargestellt.

Gabriel wusste, dass er genau aus diesem Grund jetzt hier war. Er war erschöpft und ausgebrannt. Was die Wahrscheinlichkeit erhöhte, dass man Fehler machte, und die Verletzung an seiner Hand war der beste Beweis dafür. Er hatte eine Pause gebraucht, daher war die Einladung seines Bruders ihm gerade recht gekommen. Und wenn man Weihnachten mit der Familie verbrachte, brauchte man auch keine weiteren Erklärungen abzugeben.

Die Tür hinter ihnen wurde geöffnet, und Felicia gesellte sich zu ihnen. Sie ging zu Gideon und legte ihm eine Hand auf die Schulter. Sofort presste er seine Finger auf ihre.

„Es tut mir leid, dass ich euch störe“, sagte sie mit leiser Stimme. „Ich wollte euch beiden reichlich Zeit lassen, damit ihr wieder zueinanderfindet. Eine starke Beziehung zwischen Brüdern wäre nicht nur für euch beide heilsam, sondern würde auch Carter einen guten Einblick geben, wie Geschwister untereinander agieren.“

Gideon lächelte. „Wie konnte ich dir je widerstehen?“

Felicia erwiderte sein Lächeln. „Konntest du ja auch nicht – jedenfalls nicht, was den körperlichen Aspekt betrifft. Du hast nur Widerstand geleistet, als es darum ging, dein Herz zu verschenken, und das hat dich daran gehindert, deine Gefühle zuzugeben. Ich bin froh, dass du jetzt offener geworden bist. Wir werden Kinder haben, und ich möchte, dass Carter sich nicht nur als Bruder wohlfühlt, sondern auch als Mitglied der Familie. Ich möchte nicht, dass er sich ausgestoßen fühlt.“

„Aber um uns all das zu erzählen, bist du nicht nach draußen gekommen.“

„Nein. Deine Eltern haben gerade anrufen."

Gabriel spürte, wie er sich verspannte. „Um uns mitzuteilen, wann sie hier sein werden?"

Felicia schaute ihn an. „Ja. Sie sind so aufgeregt, mich und Carter kennenzulernen, dass sie beschlossen haben, direkt durchzufahren. Sie sind nur noch etwa eine Stunde von Fool's Gold entfernt." Sie wandte sich wieder an Gideon. „Ich wusste, dass du dich gern mental auf ihre Ankunft vorbereiten willst."

Gideons gute Laune schwand. Er sprang auf und marschierte ans andere Ende der Veranda. Dort blieb er stehen und machte kehrt.

Gabriel konnte dieses Bedürfnis, die Flucht anzutreten, gut nachvollziehen. Ihm ging es genauso. Leider konnte er nirgendwo hin. Obwohl … in der Stadt hatte er ein paar Hotels gesehen.

Nein, ermahnte er sich. Heute Abend würde er nicht mehr wegfahren. Morgen früh stand jedoch auf einem ganz anderen Blatt.

Die Familie Boylan konnte ihre Wurzeln, was den Dienst fürs Vaterland anging, bis zum Bürgerkrieg zurückverfolgen. In jeder Generation verpflichteten sich die Boylan-Männer der Army. Sie waren keine Offiziere, waren nicht berühmt für ihre Heldentaten. Aber sie opferten sich für ihr Land auf und besaßen die entsprechenden Medaillen, die von ihrem Mut Zeugnis ablegten.

Schon von Kindesbeinen an hatte Gideon Soldat werden wollen, während Gabriel ganz andere Vorstellungen gehabt hatte. Als Junge hatte er davon geträumt, die Welt zu sehen, großartige Museen zu besuchen und andere Kulturen zu studieren. Gideon war laut und athletisch gewesen. Gabriel hatte dagegen lieber gelesen, statt in der Baumhausfestung zu spielen, die ihr Vater für sie in einem ihrer Gärten gebaut hatte. Er zog das Theater dem Baseball vor und das Debattieren dem Football.

In dem Sommer, in dem er und sein Bruder fünfzehn geworden waren, hatte sein Vater ihn auf eine lange Wanderung mitgenommen. Als sie allein im Wald gewesen waren, hatte Boylan senior von Gabriel wissen wollen, ob er schwul sei.

Gabriel wusste, dass er anders war als sein Bruder und sein Vater, aber es gab noch mehr Jungs wie ihn. Jungs, die nicht nur auf einen Ball einschlagen wollten. Und das hatte nichts damit zu tun, ob er Mädchen mochte oder nicht.

Er hatte erklärt, er sei nicht schwul, und gleichzeitig gewusst, dass sein Vater ihm nicht glaubte. Das Gute daran war, dass Gideon, als er mit einer Cheerleaderin auf dem Rücksitz des Familienautos erwischt worden war, einen Monat lang Hausarrest bekommen hatte. Als man Gabriel jedoch in einer sehr eindeutigen Situation mit der Tochter des Pastors ertappt hatte, war er mit einem anerkennenden Schlag auf den Rücken und unerwartetem Lob davongekommen. Es gab also durchaus den einen oder anderen Ausgleich.

Doch alles in allem war es nicht leicht gewesen, der Sohn seines Vaters zu sein. Jetzt, so viele Jahre später, als er in der Kälte darauf wartete, dass seine Eltern eintrafen, redete Gabriel sich ein, dass es nicht nötig war, die Flucht in die Berge anzutreten. Er hatte zwar keine Spezialeinheiten-Ausbildung genossen wie sein Bruder, aber er konnte sich durchaus vorstellen, ein paar Wochen in der Wildnis zu überleben. Wobei eine derartige Flucht jetzt natürlich nicht zur Debatte stand.

Wie ein Empfangskomitee hatten sie sich alle auf der Veranda eingefunden. Sogar Webster, der zwar keine Ahnung hatte, warum sein Rudel draußen in der Kälte zitterte, aber glücklich darüber war, dabei zu sein.

Ein in die Jahre gekommener Ford Explorer fuhr vor dem Haus vor und parkte. Gabriel beobachtete, wie seine Eltern ausstiegen.

Sein erster Gedanke war, dass sie älter waren, als er sie in Erinnerung hatte. Es war Jahre her, und man sah es – bei seinem Vater mehr als bei seiner Mutter. Sein zweiter Gedanke war, dass sein Vater irgendwie kleiner wirkte. Er war nicht länger die imposante Figur, die er einmal gewesen war.

Es war nicht leicht gewesen, mit einem Drill Sergeant als Vater aufzuwachsen. Es wurde ein bestimmtes Verhalten erwartet, das andere Kinder nicht an den Tag legen mussten. Norman Boylan war immer eher Schreckgespenst als liebevoller Vater gewesen, jedenfalls als Gabriel noch klein gewesen war. Als er den Mann jetzt ansah, stellte er fest, dass er selbst mindestens sechs Zentimeter größer war. Sein Vater stellte keine Bedrohung mehr dar – er war nichts weiter als ein Mann, der auf die sechzig zuging und der einmal der Mittelpunkt der kleinen Welt seines Sohnes gewesen war.

Karen, Gabriels Mutter, war durchaus noch attraktiv. Schon immer hatte sie eine weiche Seite gehabt, und die entdeckte Gabriel auch jetzt, als sie ihre beiden Söhne musterte. Gleich darauf wanderte ihr Blick zu Carter, und Tränen traten ihr in die blauen Augen.

Sie war diejenige gewesen, die getröstet hatte, diejenige, die versucht hatte, zu erklären, warum Gabriels Vater all diese Regeln aufgestellt und sie mit eiserner Faust durchgedrückt hatte. Gideon hatte ihre Umarmungen und Küsse akzeptiert und war dann, geheilt, wieder losgelaufen. Aber Gabriel hatte sich dem widersetzt, hatte sie gefragt, warum sie, statt ihren Mann in Schutz zu nehmen, nicht versuchte, ihn zu ändern. Er erinnerte sich noch genau an ihre Antwort. „Es ist nicht so einfach, einen Mann zu ändern. Das wirst du aber wohl erst verstehen, wenn du älter bist.“

Felicia und Carter waren die Ersten, die die Treppe hinunterliefen. Karen umarmte ihre zukünftige Schwiegertochter, bevor sie die Hände auf Carters Schultern legte. Webster gesellte sich zu ihnen und rannte zu Norman. Gabriel erwartete, dass sein Vater den aufgeregten Welpen ignorieren würde, doch stattdessen hockte er sich hin und streichelte ihn, ehe er ihm befahl, sich hinzusetzen. Webster, wie alle jungen Rekruten, gehorchte.

„Lass uns in die Stadt fahren, um uns zu betrinken", sagte Gideon, während er und Gabriel die Stufen hinuntergingen.

„Wie wär's, wenn wir uns in Marokko betrinken?"

Gideon grinste ihn an, streckte seinem Vater aber die Hand entgegen. Gabriel folgte seinem Beispiel. Was sie sagten, war „Dad", aber der Tonfall implizierte ein „Sir."

Norman versuchte gar nicht erst, sie zu umarmen. Er musterte seine beiden Söhne, ehe er zurücktrat, als ihre Mutter auf sie zustürmte.

„Meine Jungs!", rief sie und streckte die Arme aus, um Gideon und Gabriel an sich zu ziehen.

Sie kostete die Umarmung voll aus, während Gabriel ihr sanft den Rücken tätschelte und darauf wartete, dass all die Emotionen abebbten. Schließlich trat sie einen Schritt zurück und wischte sich die Tränen ab.

„Ich kann es nicht glauben, wie lange es her ist, dass wir alle zusammen waren", sagte sie mit zitternder Stimme. „Es ist so wunderbar, euch zu sehen!" Sie drehte sich zu Felicia herum. „Vielen Dank, dass du uns eingeladen hast."

„Wir freuen uns, dass ihr hier seid", murmelte Felicia.

Gabriel wartete. Nach allem, was er bisher mitbekommen hatte, sagte Felicia normalerweise weitaus mehr. Die eine oder andere Feststellung über die Wichtigkeit von Familienbanden oder eine unvermutete Beobachtung über Beziehungen. Aber es kam nichts weiter.

Gideon beugte sich zu ihm. „Sie versucht, sich unseren Eltern zuliebe zurückzuhalten."

„Sie werden sowieso früher oder später herausfinden, dass du ein Genie heiraten willst."

„Sie möchte, dass es lieber später passiert, damit sie sie nicht verschreckt."

„Sie ist wunderbar. Sie wird ihnen gefallen."

„Das habe ich ihr auch gesagt", meinte Gideon. „Aber sie hört nicht auf mich."

Gabriel hätte sie gern beiseitegenommen, um ihr zu sagen, dass Gideon nicht darauf aus war, die Zustimmung seiner Eltern einzuholen, aber er bezweifelte, dass Felicia sich dann besser fühlen würde. Sie würde es wohl selbst herausfinden müssen.

Auf dem Weg ins Haus gesellte Norman sich an Gabriels Seite.

„Na, schiebst du immer noch eine ruhige Kugel in deinem Krankenhaus-Job?", fragte sein Vater und schlug ihm kumpelhaft auf den Rücken.

Gabriel dachte an den Horror, den er tagtäglich zu sehen bekam, an die endlosen Stunden, die er arbeitete, und daran, dass es nie einen leichten Tag gab. Er erinnerte sich an die unzähligen Male, da er gezwungen gewesen war, einem mutigen, jungen Soldaten sagen zu müssen, dass der sein Bein, den Arm, das Auge oder noch mehr verloren hatte. Er dachte an die Schreie und das Blut und wusste, dass es sinnlos war, über irgendetwas davon zu sprechen.

„Genau, ich schiebe immer noch eine ruhige Kugel", antwortete er und schloss die Haustür hinter sich.

Noelle eilte zum Brew-haha. Ihre Freundinnen hatten sie eingeladen, mit ihnen einen Kaffee zu trinken, ehe sie ihren Laden öffnete. Auch wenn sie unendlich viel zu tun hatte, schlug sie so eine Einladung natürlich nicht aus. Seit sie nach Fool's Gold gezogen war, hatte sie viele wunderbare Frauen kennengelernt, die jetzt zu ihrem Leben gehörten. Ohne zu ahnen, wie sehr, hatten diese Frauen sie auf unglaubliche Weise unterstützt.

Pünktlich auf die Minute betrat sie das Café und sah, dass Patience, Felicia und Isabel bereits zusammen an einem Tisch saßen. In der Mitte stand ein Teller mit Muffins, an jedem Platz ein Latte. Erstaunlich war nur, dass ihre Freundinnen allesamt einen leicht schuldbewussten Eindruck machten. Noelle hatte keine Ahnung, was los war, aber an einem zusätzlichen Muffin heute Morgen konnte es wohl nicht liegen.

„Hallo", sagte sie und setzte sich. „Was ist los?"

Patience sackte ein wenig in sich zusammen. „Ich kann das nicht! Ich kann einfach kein Geheimnis für mich behalten. Jedenfalls nicht vor jemandem, der mir etwas bedeutet. Ich bin ein Plappermaul. Es hilft nicht einmal, wenn ich schweige – man kann es mir am Gesicht ablesen."

Felicia musterte sie. „Unter Pokerspielern nennt man das ‚Tell', wenn ein Muskel zuckt oder sich die Nasenflügel weiten. Ich könnte dir zeigen, was du tust, und dir dann beibringen, wie du solche unfreiwilligen Reaktionen abstellen kannst."

„Oder sie könnte diesen Makel einfach akzeptieren und so weiterleben wie bisher", meinte Isabel fröhlich. Sie nahm ihren Kaffee. „Ich meine ja nur."

„Ich glaube nicht, dass ich besonders lernfähig bin", gab Patience zu.

Noelle entspannte sich und griff nach einem Muffin. Was auch immer mit ihren Freundinnen los war, es handelte sich ganz offensichtlich nicht um eine schwere Krise.

„Wann immer du es ausprobieren willst, sag mir Bescheid", meinte Felicia abschließend, ehe sie sich räusperte. „Gideons Eltern sind gestern Abend gekommen."

„Wollten die nicht erst in ein paar Tagen anreisen?“, fragte Isabel. „Oder hatte ich das falsch verstanden?“

„Nein, sie sind früher als erwartet aufgetaucht“, bestätigte Felicia.

Noelle dachte an Gabriel und daran, wie müde er gestern gewesen war. Sie kannte ihn nicht sehr gut, doch soweit sie das nach dem ersten Eindruck beurteilen konnte, gehörte er nicht unbedingt zu den Familienmenschen.

„Ist denn alles gut gegangen?“, fragte sie.

„Es war ein bisschen heikel“, gab Felicia zu. „Norman und Karen scheinen nett zu sein, aber die Familie hatte in den letzten Jahren wenig Kontakt miteinander, was die ohnehin heikle Situation noch schwieriger macht. Carter ist begeistert, und Webster bietet auch eine ausgezeichnete Ablenkung. Wir haben eine ganze Weile zusammengesessen und geredet, bevor wir alle ins Bett gegangen sind.“

Sie hielt ihren Kaffeebecher mit beiden Händen umschlungen. „Heute Morgen war Norman schon um sechs Uhr auf und hat Frühstück gemacht. Ich habe mich gut mit ihm unterhalten, aber uns verbindet ja auch keine belastende Vergangenheit. Für Gideon und seinen Bruder ist es wohl sehr viel komplizierter.“

„Können wir irgendwie helfen?“, fragte Patience. „Sollen wir ein Abendessen veranstalten oder so?“

Isabel nickte. „Ford ist ein Meister, wenn es darum geht, mit großen Familien umzugehen, und wir alle könnten als Puffer dienen. Sag einfach Bescheid.“

Noelle nickte, schwieg aber aus Angst, vielleicht zu eifrig zu klingen. Denn zusammen mit Felicias zukünftiger Verwandtschaft würde vermutlich auch ein gewisser, gut aussehender Arzt auf der Bildfläche erscheinen. Vielleicht hätte er es gern, wenn sie ihm den Rücken massierte oder ihn anhimmelte. Sie wäre für alles aufgeschlossen. Auch für etwas, bei dem nackte Haut ins Spiel kam.

Was einmal mehr bewies, dass sie schon zu lange ohne Mann war.

„Danke", erwiderte Felicia. „Ich weiß euren Freundschaftsdienst wirklich zu schätzen." Sie presste die Lippen aufeinander. „Aber jetzt haben wir genug von mir geredet. Wir wollten doch aus einem ganz bestimmten Grund mit Noelle sprechen, und sie muss gleich in ihren Laden."

Die drei Frauen drehten sich zu ihr herum. Noelle hatte das plötzliche Bedürfnis, sich nur Sorgen darüber machen zu müssen, dass etwas zwischen ihren Zähnen steckte. „Was ist? Macht mir nicht solche Angst. Jetzt beginnt bei mir die Hauptsaison, da kann ich keinen zusätzlichen Stress vertragen."

Patience griff nach ihrer Hand. „Wir müssen dir etwas sagen."

„Es ist etwas Gutes", fügte Isabel hastig hinzu, bevor sie seufzte. „Das Beste."

„Wir heiraten", ergänzte Felicia.

Noelle ließ die Luft entweichen, von der sie gar nicht gewusst hatte, dass sie sie angehalten hatte. Sie drückte Patiences Finger, bevor sie nach ihrem Kaffee griff. „Ach ja? Ihr alle habt einen Verlobungsring am Finger stecken, von dem ich regelmäßig geblendet werde."

Das war die volle Wahrheit. Jede ihrer Freundinnen trug einen Diamantring von imposanter Größe. Noelle widerstand dem Drang, die Hände vors Gesicht zu schlagen und „Meine Augen, meine Augen!", zu stöhnen. Sie war sich nämlich nicht sicher, ob ihre Freundinnen den Witz verstehen würden.

„Ihr wisst, dass ich mich wirklich für euch freue, oder?" Sie trank einen Schluck. „Habt ihr Angst, dass ich in Depressionen verfalle?"

„Nein", erklärte Isabel. „Das ist es nicht."

„Was dann?“

„Wir heiraten an Weihnachten“, platzte Patience heraus. „An Heiligabend. Nach dem Tanz des Winterkönigs.“

„Oh, wow! Das ist ja toll.“

Noelle hatte den Tanz des Winterkönigs noch nie gesehen, aber schon viel darüber gehört. In Fool's Gold wurde Weihnachten mit Stil gefeiert. Der Heiligabend begann mit einem Krippenspiel und endete mit der Aufführung der örtlichen Ballettschule. Im Anschluss daran gingen alle Teilnehmer in den Mitternachtsgottesdienst ihrer jeweiligen Kirche.

„Wir haben es niemandem erzählt“, fügte Felicia hinzu. „Nur unseren Verlobten, natürlich, und Dellina. Sie hilft uns bei der Planung. Wir dachten, wenn sowieso alle versammelt sind, dann wäre das doch ganz praktisch.“

Isabel verdrehte die Augen. „Und romantisch. Weil es eine Überraschung wird.“

„Aber wir wollten, dass du Bescheid weißt“, fügte Patience hinzu.

„Danke, das ist lieb von euch. Es ist eine wunderbare Idee! Ich kann es kaum erwarten.“ Noelle verspürte einen kleinen Anflug von Neid, denn auch sie wünschte sich nichts sehnlicher, als sich zu verlieben. Auch wenn sie sich total für ihre Freundinnen freute, sehnte sie sich ebenfalls nach ein bisschen Liebesglück.

Irgendwann ist es so weit, redete sie sich ein. Sie musste nur daran glauben. Sie wusste, dass das Leben ein kostbares Geschenk war, und sie würde es genießen. Auch die Hochzeit ihrer drei Freundinnen.

„Wir möchten, dass du unsere Trauzeugin bist“, erklärte Felicia ihr.

Isabel grinste. „Sieh es mal so: Du musst dir nicht drei, sondern nur ein schreckliches Kleid kaufen.“ Sie hob die Hände. „Aber es wird nicht schrecklich, das verspreche ich dir. Ich habe schon verschiedene Kleider ausgesucht, die einfach umwerfend aussehen."

„Ich fühle mich geehrt", erwiderte Noelle ernst, „dass ihr an mich gedacht habt. Es wird bestimmt eine Riesenüberraschung für alle. Sagt mir Bescheid, wenn ich euch bei irgendetwas helfen kann."

„Du bist doch im Augenblick auch völlig in deinem Laden eingespannt", stellte Felicia fest. „Aber dein Angebot, uns zu unterstützen, ist sehr nett. Danke." Sie lächelte. „Consuelo hat ihre Hilfe auch angeboten, aber da wusste ich, dass sie es nicht wirklich ernst meint. Sie war schon auf dem Rückzug, als sie es gesagt hat." Sie grinste verschmitzt. „Vielleicht frage ich sie, ob sie eine der Brautjungfern sein will, damit sie den Brautstrauß fangen kann."

Patience riss die Augen auf. „Sind sie schon so weit?"

Isabel schüttelte den Kopf. „Ich bin sicher, dass Kent ihr sofort einen Heiratsantrag machen würde, ohne eine Sekunde zu zögern. Aber Consuelo braucht noch ein bisschen mehr Zeit, um sich an das zu gewöhnen, was sie die Hölle der Normalität nennt."

Noelle lachte. „Das klingt genau nach Consuelo." Sie blickte auf die Uhrzeit auf ihrem Handy und stöhnte. „Ich muss los, meinen Laden aufschließen. Danke, dass ihr mir euer Geheimnis anvertraut habt. Ich werde es für mich behalten. Und danke, dass ihr mein erstes Weihnachtsfest hier in Fool's Gold zu so etwas Besonderem macht."

Noelle winkte den anderen zu, als sie aus dem Café hastete und sich auf den Weg zu ihrem Geschäft machte.

Sie freute sich wirklich für ihre Freundinnen. Die drei hatten sich in tolle Männer verliebt. Männer, an denen sie selbst nicht das geringste Interesse hatte. Sie tröstete sich damit, dass die bevorstehende Tripelhochzeit verriet, dass Liebe in der Luft lag. Mit ein bisschen Glück bekam sie davon vielleicht auch etwas ab.

Sie bog in die 4th Street ein und rannte zu ihrem Laden. Sie musste unbedingt noch die Decken, die bei den Plüschtieren lagen, wieder aufstocken. Sie hatte sie erst in letzter Minute noch mit in ihr Sortiment aufgenommen, und sie hatten sich als Verkaufsschlager entpuppt. Offenbar wollte zu Weihnachten jeder noch die eine oder andere zusätzliche Decke über das Sofa drapieren.

Gerade als sie nach den Schlüsseln griff, sah sie jemanden vor ihrem Laden stehen. Einen großen, gut aussehenden Jemand, mit funkelnden dunkelblauen Augen und einem Lächeln, das ihren Magen dazu veranlasste, Samba zu tanzen.

„Was machst du denn hier?", fragte sie Gabriel, als sie näher kam. „Hast du beschlossen, dass du dringend noch eine Krippe samt Zubehör brauchst, die aus heimischen Kürbissen hergestellt wurde?"

Gabriel starrte sie an. „So etwas gibt es bei dir?"

„Natürlich. Ich bin stolz darauf, ungewöhnliche Sachen anzubieten."

„Du meinst, absurde Sachen."

„Es ist Weihnachten", wies sie ihn zurecht. „Besser gesagt, in sechs Wochen ist Weihnachten. Wann sonst sollte jemand eine Krippe aus Kürbis kaufen wollen?"

Während sie das sagte, öffnete sie die Ladentür und schaltete das Licht an. Gabriel folgte ihr nach drinnen. Nacheinander schaltete sie erst die Eisenbahnen und dann die Musik an. Als sie dabei war, ihren Schal vom Hals zu wickeln, drehte sie sich um und stellte fest, dass Gabriel mitten im Laden stand.

Er sah heute besser aus als gestern. Etwas ausgeruhter, nicht mehr ganz so grau. Trotzdem schien er immer noch müde zu sein. Die Schatten unter seinen Augen waren noch nicht verschwunden.

„Was gibt's?", fragte sie und schlüpfte aus ihrem Mantel.

„Ich würde gern über einen Job mit dir reden."

Sie lachte. „In Ordnung. Wenn du nach einem Geschenk für deine Mom suchst, kann ich dir ein paar Vorschläge unterbreiten. Wir haben wirklich schöne Weihnachtskugeln, die ihr vielleicht gefallen könnten."

Sie verschwand nach hinten ins Lager, wo sie den Mantel weghängte und ihre Handtasche in der Schublade des Tisches verstaute. Als sie sich wieder aufrichtete, stand Gabriel so nahe vor ihr, dass sie die unterschiedlichen Blautöne in seinen Augen ausmachen konnte. Außerdem nahm sie seinen frischen Duft wahr und spürte die Hitze, die dieser Mann ausstrahlte.

„Ich möchte für dich arbeiten", erklärte er.

„Das ist doch verrückt! Du bist Arzt. Dies hier ist ein Geschäft. Ich verkaufe Weihnachtskram."

„Ich weiß, was du tust. Du brauchst Hilfe, und ich brauche …"

Sie wartete, überzeugt, dass es sich um einen Scherz handelte. Als Gabriel nichts weiter sagte, schüttelte Noelle den Kopf. „Ich bin sicher, dass sie begeistert wären, wenn du deine ehrenamtliche Hilfe im Krankenhaus anbietest."

„Davon brauche ich mal eine Pause. Du suchst jemanden, der deine Regale wieder auffüllt und die Kasse bedient. Das kann ich."

„Du bist verletzt."

„Nur meine linke Hand. Ich bin Rechtshänder."

Leicht irritiert stemmte sie die Hände in die Hüften. „Was soll das? Drehst du hier ein Video, um es bei YouTube hochzuladen? Berühmter Arzt veralbert unschuldige Ladenbesitzerin? Ich werde keine lebenden Insekten für dich essen."

„Es gibt keine lebenden Insekten."

„Auch keine toten."

„Warum darf ich mich nicht um den Job bewerben?"

„Weil du total überqualifiziert bist." Sie berührte seinen Arm. „Worum geht es hier wirklich?"

Gabriel holte tief Luft und schaute ihr direkt in die Augen. „Ich muss etwas mit meiner Zeit anfangen. Ich stecke hier für mehr als einen Monat fest, und ich habe nichts zu tun. Im Krankenhaus kann ich jedoch im Augenblick nicht arbeiten.“ Er öffnete den Mund noch einmal, schloss ihn dann aber wieder. „Ich kann einfach nicht.“

Es war Noelle unangenehm, es zugeben zu müssen, aber sie wusste nicht sehr viel über die Kriege, die ihr Land während der vergangenen zehn Jahre geführt hatte. Sie sah das, was man in den Nachrichten so zu sehen bekam, und hin und wieder irgendwelche Sonderreportagen in den entsprechenden Sendungen, aber das war's auch schon. Die einzigen Informationen, die sie gewissermaßen aus erster Hand bekommen hatte, stammten von den Männern, mit denen ihre Freundinnen sich eingelassen hatten.

Im vergangenen Jahr war hier in der Stadt eine Bodyguard-Schule eröffnet worden. Die Eigentümer waren alle gut ausgebildete, ehemalige Army-Angehörige, die ihr Leben riskiert hatten, um all jene zu schützen, die zu Hause geblieben waren. Isabels Verlobter Ford war ein Navy SEAL gewesen. Consuelo hatte ebenfalls in der Army gedient und irgendwelche Geheimaufträge ausgeführt. Und auch Gideon war ja beim Militär gewesen, und so weiter und so weiter.

Noelle hatte immer mal wieder das eine oder andere gehört und wusste, dass die heimgekehrten Soldaten mit Dämonen und Albträumen zu kämpfen hatten und auch Wunden davongetragen hatten, die man nicht immer auf den ersten Blick sehen konnte. Daher ergab es Sinn, dass die, die den Verletzten halfen, auf ihre Weise genauso litten.

„Ich werde jetzt mal eine Reihe von Behauptungen aufstellen“, sagte sie langsam, „und ich fände es gut, wenn du mir darauf antworten würdest.“

„Jetzt klingst du schon genauso wie Felicia.“

„Schön wär's." Sie holte Luft. „Du bist hier in der Stadt, weil du dir deine Hand verletzt hast, und vielleicht auch wegen deines Berufs. Von dem du eine kleine Pause brauchst."

Er nickte zögernd.

Auch sie zögerte einen Moment, während sie versuchte, einen Weg durch dieses emotionale Minenfeld zu finden. „Du siehst deine Familie nicht sehr häufig."

Wieder ein Nicken.

„Also empfindest du es als ziemlich anstrengend, sie ständig um dich zu haben. Und Eltern sind sowieso immer kompliziert. Außerdem ist da noch die Sache, dass sie Carter noch gar nicht kennen und du nicht weißt, was sie von dir wollen."

Nicken.

„Mein wunderbarer Laden verströmt eine besondere emotionale Aura, und du fühlst dich hier wohl. Außerdem findest du die Kürbiskrippen wirklich aufregend. Wusstest du, dass sie von einem Mann namens Lars gefertigt werden, dem Hufschmied, der sich auch um Heidis Ziegen kümmert?"

Gabriel verzog den Mund zu einem Lächeln. „Das denkst du dir doch jetzt aus, oder?"

„Nein, überhaupt nicht." Sie hielt inne. „Du willst wirklich meine Regale auffüllen und meine Waren abkassieren?" Noelle presste die Lippen zusammen, als sie überlegte, wieso eine völlig normale Frage auf einmal so unglaublich obszön klang.

„Das wäre der Höhepunkt meiner Weihnachtsferien."

„Ich kann dir kaum mehr als den Mindestlohn zahlen."

„Kein Problem."

„Obwohl du diesen Job nicht brauchst, muss ich mich auf dich verlassen können."

„Ich verspreche, dass ich nicht zum Snowboarden gehe, ohne es vorher mit dir abzusprechen. Aber am Tag nach Weihnachten bin ich weg."

„Da meine Hauptsaison am Tag vor Weihnachten endet, sehe ich in dieser Hinsicht kein Problem.“ Sie zögerte, überzeugt, dass sie irgendetwas Wichtiges übersehen hatte. Doch sie hatte keine Ahnung, was es war. Tatsache war doch, sie brauchte Hilfe, und ein verantwortungsbewusster, attraktiver Mann bot seine Hilfe an. Eigentlich fiel ihr kein einziger Grund ein, warum sie Nein sagen sollte.

„Okay. Dann würde ich mal sagen: Du hast den Job.“

4. KAPITEL

Als Noelle am nächsten Morgen den Laden öffnete, verspürte sie ein Kribbeln vor lauter Aufregung und Vorfreude. Traurigerweise kannte sie den Grund dafür. In einer perfekten Welt wäre sie in der Lage, sich wenigstens noch ein paar Tage lang etwas vorzumachen. Doch sie war noch nie sehr gut darin gewesen, sich von etwas zu überzeugen, das nicht der Wahrheit entsprach. Schon immer war sie äußerst realistisch gewesen, und das trat jetzt gerade wieder einmal mehr als deutlich zutage.

Sie war scharf auf Gabriel. Der gut aussehende, verletzte Arzt machte sie total an. Er war witzig, nett, freundlich und schwer zu fassen. Oder, um es anders auszudrücken: schlicht unwiderstehlich.

Warum muss das so sein? überlegte sie. Warum konnte sie sich nicht zu einem normalen Mann hingezogen fühlen, der schon seit fünfzehn Generationen hier in der Stadt lebte, der heiraten und fünf Kinder bekommen wollte? Vermutlich lag es daran, dass sie bisher noch keinen Mann getroffen hatte, auf den solch eine Beschreibung zutraf.

„Na, sollte ich ihm jemals begegnen, dann schnappe ich ihn mir", murmelte Noelle, während sie die morgendlichen Routinehandgriffe ausführte. Sie drehte die Heizung hoch und vergewisserte sich, dass die Eisenbahnen liefen, kontrollierte noch einmal die Auswahl an Weihnachtsliedern auf ihrem iPod und ging anschließend zur Kasse. Gerade als sie die Ein-, Fünf- und Zehn-Dollar-Scheine gezählt hatte, klopfte jemand an die noch geschlossene Ladentür.

Noch bevor sie den Kopf hob, verriet ihr das Kribbeln im Magen, wer dort klopfte. Und tatsächlich, Gabriel stand da, pünktlich auf die Minute, noch genauso groß und gut aussehend wie gestern, und, weitaus schlimmer, er lächelte.

„Hallo“, sagte sie, schloss auf und ließ ihn rein. „Da bist du ja.“

„Wie versprochen.“

„Sehr schön. Wo hast du geparkt? Ich überlasse den Platz hier vor der Tür gern den Kunden.“

Er zog seinen Mantel aus, unter dem ein dunkelblauer Pullover zum Vorschein kam, der das tiefe Blau seiner Augen noch unterstrich. Außerdem bedeckte eine leichte Schneeschicht Gabriels Haar. Er sah einfach zum Anbeißen aus.

„Ich bin zu Fuß gekommen.“

Ungläubig starrte sie ihn an. „Aus den Bergen? Das sind doch bestimmt fünf Meilen, wenn nicht mehr. Es ist eiskalt und schneit. So weit kannst du doch bei diesem Wetter nicht zu Fuß gehen! Oh, verdammt, ich habe einen Verrückten eingestellt.“

Er ließ den Mantel auf die Ladentheke fallen und legte Noelle die Hände auf die Schultern. „Tief durchatmen.“

„Ich werde nicht in Ohnmacht fallen.“

„Nein, aber dir platzt gleich eine Vene. Tief atmen.“

Das Atmen interessierte sie weit weniger als das Gefühl seiner *großen* Hände, mit denen er sie festhielt. Wenn er mich doch nur an sich ziehen oder mich unsittlich berühren würde, dachte sie sehnsüchtig.

„Ich wohne jetzt in der Stadt“, erklärte er. „Meine Eltern hatten sich ein kleines Apartment für die nächsten Wochen gemietet. Es ist kaum mehr als ein Studio. Doch nachdem sie gesehen haben, wie viel Platz Gideon da oben hat, haben sie sich entschieden, dort zu bleiben, und ich bin stattdessen in das Apartment gezogen.“ Er ließ die Arme sinken und zuckte mit den Schultern. „Für mich ist es groß genug, und sie können so mehr Zeit mit Carter verbringen.“

Noelle entschied sich, das Fehlen seiner Hände auf ihren Schultern nicht weiter zu kommentieren, sondern sich stattdessen auf die Unterhaltung zu konzentrieren. „War dir das alles zu viel Nähe?“, fragte sie.

Er verzog das Gesicht. „Meine Mutter hat sämtliche Fotoalben mit hergeschleppt. Gestern Abend haben wir unsere Kindheit noch einmal durchlebt, Jahr für Jahr.“

„Es muss doch auch glückliche Zeiten gegeben haben.“

„Gab es auch. Als wir noch jünger waren, sind wir viel umgezogen. Erst als mein Dad Drill Sergeant wurde, haben wir uns häuslich niedergelassen.“

Womit er nicht wirklich Auskunft darüber gab, welches die glücklichen Zeiten gewesen waren. „In Camp Pendleton?“

Er lächelte. „Lass das nur nicht meinen Dad hören! Camp Pendleton liegt in San Diego und ist das Ausbildungszentrum für die Marines. Wir gehören zur Army. Wir waren in Fort Knox, Kentucky.“

In der Gegend war sie noch nie gewesen. „Ich bin sicher, es war hübsch dort.“

„So kann man es auch beschreiben.“ Sein Lächeln schwand. „Mein Dad und ich standen uns nie sehr nahe. Er war ein harter Kerl, aber ich war kein hartes Kind.“

„Tut mir leid.“

„Es braucht dir nicht leidzutun. Ich habe es damals überstanden, und ich werde es auch jetzt überstehen. Es ist ja nur für ein paar Wochen.“

Sie nickte und hätte ihm am liebsten erklärt, er solle doch dankbar sein, dass er überhaupt eine Familie hatte. Ihren Dad hatte sie nie kennengelernt – er war abgehauen, noch ehe sie geboren wurde. Aber das war okay gewesen, denn sie war von ihrer Großmutter und ihrer Mutter großgezogen worden. Die beiden Frauen waren warmherzig und liebevoll gewesen, und Noelle hatte eine glückliche Kindheit verlebt.

Selbst als sie nach Los Angeles gezogen war, um Jura zu studieren, waren sie in engem Kontakt geblieben. Die beiden waren jedes Jahr gekommen, um mit ihr den Sommer zu verbringen. Sie waren da gewesen, um mit ihr zu feiern, als sie ihren ersten Job bei einer angesehenen Kanzlei in Century City bekommen hatte, im Westen der kalifornischen Millionenstadt. Und sie hatten mit ihr gejubelt, als sie das Staatsexamen bestanden und ihre Zulassung zur Anwältin bekommen hatte.

Nur waren sie auf dem Weg zurück nach Florida bei einem Verkehrsunfall ums Leben gekommen, bei dem fünfundzwanzig Autos ineinandergerast waren. Noelle vermisste sie jeden Tag ihres Lebens und würde alles dafür geben, um sie zurückzubekommen.

Aber sie hatte auch gelernt, dass sie mit ihrer Geschichte bei anderen Menschen nur Schuldgefühle auslöste. Gabriel würde selbst herausfinden müssen, dass er das, was er hatte, schätzen sollte, solange es ihm vergönnt war.

„In Ordnung", meinte sie. „Dann wollen wir dich mal mit allem vertraut machen. Ich zeige dir erst einmal, wo du deinen Mantel aufhängen kannst. Anschließend musst du mir ein Formular für die Buchhaltung ausfüllen, und dann zeige ich dir den Laden."

Fünfzehn Minuten später war es offiziell: Gabriel Boylan war Angestellter im Christmas Attic.

Noelle weihte ihn in die grundlegenden Dinge ein. „Vorn am Eingang stehen die Einkaufskörbe", erklärte sie und zeigte auf den Stapel mit den leichten, ovalen Körben. „Die meisten Teile, die wir anbieten, sind klein. Ermuntere die Kunden, einen Korb zu nehmen, denn sonst neigen sie dazu, sofort zur Kasse zu gehen, sobald sie die Hände voll haben."

„Ergibt Sinn."

„Wie du siehst, haben wir unterschiedliche Abteilungen. Weihnachtskugeln und andere Deko-Artikel findest du dort drüben, die Krippen stehen an der Wand."

„Einschließlich der Kürbiskrippen?"

„Du glaubst noch immer, das ist ein Witz, oder? Du kannst ja nachsehen."

„Das mache ich auch."

„Die Teddybären sind dort, und da finden sich auch all die anderen Sachen für Kinder. Wir haben ein paar Bücher, aber in der Regel schicken wir Leute, die nach Weihnachtsbüchern suchen, hinüber in Morgans Buchladen."

„Willst du keine Weihnachtsbücher hier haben?", fragte er.

„Nein. Schließlich gibt es einen richtig guten Buchladen, der ist quasi um die Ecke. Ich habe nicht vor, jemandem auf die Zehen zu treten. Mir würde es ja auch nicht gefallen, wenn irgendein anderer Laden auf einmal anfangen würde, Weihnachtsschmuck und Teddybären anzubieten."

„Oder dies hier", meinte Gabriel und nahm eine Weihnachtsmannbrosche aus der Auslage.

Noelle beugte sich vor und drückte auf den versteckten Knopf auf der Rückseite. Die Nase des Weihnachtsmannes leuchtete rot auf.

Fassungslos starrte Gabriel auf die leuchtende Nase und schüttelte langsam den Kopf. „Ich weiß nicht, was ich sagen soll."

„Vielleicht etwas in der Art: ‚Oh, Mrs Smith, ich bin sicher, dass Ihre Mutter, Tante, Enkelin begeistert von dieser Brosche sein wird.'"

Er nickte und schaltete die rote Nase wieder aus, bevor er die Brosche zurück in die Auslage legte. „Schon verstanden."

Seine Antwort gefiel ihr, und noch besser gefiel ihr, dass auf seiner bandagierten Hand kein Blut zu sehen war.

„Und dann haben wir hier noch die Teddybären-Abteilung."

Gabriel folgte ihr um die Ecke herum und blieb dann abrupt stehen. „Ich habe das ja schon gesehen, aber irgendwie kommt es mir jetzt noch größer vor."

„Ich habe noch ein paar mehr dazugestellt. Bären verkaufen sich besonders gut."

Drei große Regalwände reichten bis hinauf zu den nachempfundenen Deckenbalken. Jedes einzelne Regal war voller Plüschtiere, die meisten von ihnen Teddybären. Braunbären, Eisbären, flauschige Bären und sogar Bären im Schottenmuster. Einige spielten Musik, und einige wollte man einfach nur drücken.

„Im Lager habe ich eine Aufbauskizze", meinte Noelle und ging wieder voran. „Die hilft dir, wenn du Sachen in die Auslagen packen musst. Und jetzt weihe ich dich in die Geheimnisse der Registrierkasse ein."

Es fiel Gabriel nicht schwer, das System zu verstehen. Noelle hatte sich für ein unkompliziertes Kreditkartensystem entschieden, das einfach zu handhaben war. Pünktlich um zehn Uhr schloss Noelle den Laden auf und ließ die ersten Kunden ein, dic bereits vor der Tür gewartet hatten.

Die nächsten Stunden vergingen wie im Fluge. Es herrschte ein ständiges Kommen und Gehen von Kunden. Schließlich kam eine hübsche Frau ins Geschäft. Sie hatte kurze braune Haare und war vermutlich Ende fünfzig. Noelle wollte die Frau gerade begrüßen, als sie sah, wie Gabriel die Frau anstarrte. Etwas an seiner Miene verriet ihr, dass es sich hier nicht um irgendeine x-beliebige Kundin handelte.

Noelle ging zu ihr hinüber. „Hallo, willkommen im Christmas Attic!"

Gabriel sah zwischen ihnen hin und her. „Noelle, das ist meine Mutter, Karen Boylan. Mom, das ist Noelle Perkins. Ihr gehört der Laden."

„Er ist bezaubernd", sagte Karen und knöpfte ihren Mantel auf. Darunter trug sie ein lila Sweatshirt mit dem Muschel-Logo und den Worten *Blackberry Island* darauf. In kleinerer Schrift warb das Sweatshirt damit, wegen des Weines auf Blackberry Island zu bleiben.

„Tolle Farbe“, meinte Noelle. „Wo liegt Blackberry Island?“

„Im Staat Washington, etwas nordwestlich von Seattle. Norm und ich waren vor ein paar Jahren dort. Damals sind wir die gesamte Westküste abgefahren, den ganzen Sommer lang, immer weiter hoch nach Norden. Anschließend sind wir dann wieder nach Hause gefahren. Es war eine herrliche Reise.“

„Das kann ich mir vorstellen.“

Karen wandte sich an ihren Sohn. „Dein Dad und ich haben dir ein paar Postkarten geschickt.“

Gabriel nickte. „Stimmt. Das war nett.“ Er blickte zu Noelle. „Ich sollte mich jetzt um die Besorgungen kümmern, bevor hier nachher zu viel los ist. Bin bald zurück.“

Noch ehe sie ihn fragen konnte, wovon um Himmels willen er sprach, war er schon verschwunden. Sekunden später hatte er seinen Mantel übergezogen und verließ den Laden.

Sie öffnete den Mund, schloss ihn aber wieder, als sie sah, dass Karens Miene auf einmal unendlich traurig wirkte.

„Es ist meine Schuld“, sagte seine Mutter. „Er läuft vor mir davon. Ich möchte nicht, dass Sie schlecht von ihm denken.“

„Keine Sorge, das tue ich nicht“, erwiderte Noelle und blickte sich dann schnell im Laden um. Im Augenblick war es ziemlich ruhig. „Wie wär’s, wenn ich uns beiden einen Tee mache?“

Sie führte Karen in den Lagerraum und füllte zwei Becher mit Wasser. Nachdem sie sie in die Mikrowelle gestellt hatte, drehte sie sich zu Gabriels Mutter herum und lächelte zaghaft.

„Haben Sie sich denn schon gut eingelebt?“

Karen blinzelte ein paarmal, ehe sie tief Luft holte. „Ja, danke. Es ist wunderschön hier. Was für eine tolle kleine Stadt! Norm und ich sind viel gereist, aber so etwas wie diesen Ort hier haben wir noch nie gesehen. Ich finde all diese Stadtfeste total aufregend."

„Ich auch", meinte Noelle. „Ich bin im Frühjahr hergezogen, daher ist das jetzt mein erstes Weihnachtsfest in Fool's Gold. Wie ich gehört habe, ist dann immer richtig viel los. Zu Thanksgiving gibt es eine große Parade, und ich habe vor, das alles gebührend auszukosten."

„Das ist die richtige Einstellung."

„Danke." Noelle bemerkte die Ohrringe der anderen Frau. „Ist das Granat?"

„Ja." Karen berührte ihre Ohrringe. „Sie gehören zu einem Set, das in Norms Familie von Generation zu Generation weitergegeben worden ist. Da es in seiner Generation nur Jungs gab, hatte ich das große Glück, das Set zu erben. Dazu gehören noch andere Teile – eine Kette, ein Armband und ein Ring. Ich liebe die Sachen." Nervös verschränkte sie die Hände ineinander. „Kennen Sie meinen Sohn schon lange?"

„Nein, ich habe ihn gerade erst kennengelernt, kurz nachdem er hier angekommen ist." Sie dachte an den Vorfall mit dem Schirm und grinste. „Er ist ein netter Mann."

„Das ist er. Sein Vater … In ihrer Kindheit standen die Jungs ihrem Vater nicht so nahe, wie ich es gern gesehen hätte. Es gab ziemlich viele Regeln bei uns zu Hause. Vermutlich hätte ich mich öfter einmischen und als Puffer agieren sollen. Norm hat dazu geneigt, unseren Haushalt genau so zu führen wie seine Rekruten."

Die Unterhaltung war eine etwas unangenehme Mischung aus vagen Anspielungen und durchaus intimen Bekenntnissen, daher war Noelle dankbar, als die Mikrowelle piepte, und sie sich damit beschäftigen konnte, den Tee zuzubereiten.

„Er ist inzwischen weicher geworden“, fuhr Karen fort. „Aber ich fürchte, zu wenig und zu spät. Ich hatte so gehofft, dass die Reise hierher uns helfen würde, wieder als Familie zusammenzufinden. Gabriel wollte erst ja gar nicht kommen, doch nachdem er sich die Hand verletzt hatte, hat er seine Pläne geändert. Das habe ich als ein gutes Zeichen gewertet.“

Sie hielt kurz inne. „Es tut mir leid, ich rede und rede.“

„Ist völlig in Ordnung“, versicherte Noelle ihr und reichte ihr einen Teebecher. „Haben Sie schon mal mit Felicia gesprochen? Sie ist großartig und weiß vermutlich mehr darüber, was Ihre Söhne durchgemacht haben.“

Karens Miene entspannte sich. „Ich weiß. Sie ist wunderbar. So intelligent, aber trotzdem so warmherzig. Nach allem, was er erlitten hat, kann es nicht einfach sein, mit Gideon zusammenzuleben. Und dann noch die Sache mit Carter! Nicht jede Frau wäre so bedingungslos bereit gewesen, einen plötzlich auftauchenden dreizehnjährigen Jungen aufzunehmen, doch sie hat ihn mit offenen Armen empfangen.“

„Was halten Sie von Carter?“, wollte Noelle wissen.

„Ich kann gar nicht genug von ihm bekommen. Ich wünschte, ich hätte seine Mutter noch kennengelernt. Norm ist auch begeistert von Carter. Und er ist tatsächlich dabei, sich mit Webster anzufreunden, was mich wirklich überrascht. Mein Mann ist nämlich normalerweise gar kein Mensch, der sich für Haustiere interessiert.“

Karen nippte an ihrem Tee. „Mein Sohn arbeitet also hier?“

„Ja, ich weiß, das klingt komisch, oder? Es ist nur so lange, wie er hier in der Stadt ist. Ich glaube, er brauchte einfach nur ein wenig Ablenkung.“

„Damit er uns aus dem Weg gehen kann“, sagte Karen, bevor sie gleich darauf die Hand hob. „Sie brauchen mir gar nicht zu widersprechen. Wir wissen beide, dass er in das Apartment in der Stadt gezogen ist, um auf Abstand zur Familie zu gehen.

Ich akzeptiere meine Schuld an dem, was geschehen ist. Jetzt liegt es an mir, daran etwas zu ändern."

Noelle stellte fest, dass ihr Gabriels Mutter gefiel. Sie hatte ganz offensichtlich ein paar schwierige, vielleicht auch falsche Entscheidungen getroffen und musste jetzt mit den Konsequenzen leben.

„Wissen Sie", fuhr Karen langsam fort. „Gabriel hat zurzeit keine Beziehung. Jedenfalls nicht, soweit ich weiß. Er war auch nie verheiratet." Sie machte eine kleine Pause. „Oje, jetzt entwickele ich mich schon zu einer dieser Mütter, die sich überall einmischen. Das kann nicht gut enden."

Noelle lachte. „Keine Angst, ich erzähle es nicht weiter. Und während ich mich sehr darüber freue, dass er bei mir als Aushilfe eingesprungen ist, bin ich mir nicht sicher, dass Gabriel mein Typ ist."

„Haben Sie Sorge, dass er Bindungsängste hat? Inzwischen ist er in einem Alter, in dem ich anfange, mich zu fragen, warum er noch nicht verheiratet ist."

Daran hatte Noelle gar nicht gedacht. „Mir würde es mehr Sorge bereiten, dass er wieder weg will. Ich möchte lieber etwas Traditionelleres. Einen Mann, der in meiner Nähe bleibt."

Karen nickte. „Das kann ich verstehen. Als Frau, die seit fünfunddreißig Jahren verheiratet ist, kann ich nur sagen, wenn es funktioniert, dann gibt es nichts Besseres."

„Und wenn es nicht funktioniert?"

Karen lachte leise. „Dann hilft es, wenn man gute Freundinnen hat, die bereit sind zuzuhören. Haben Sie Thanksgiving schon etwas vor?"

Der abrupte Themenwechsel verwirrte Noelle. „Bitte? Nein." Zwar hatte sie ein paar Einladungen erhalten, doch sie hatte abgelehnt. Ihre frisch verliebten Freundinnen waren dabei, Familientraditionen zu begründen, da wollte sie nicht stören.

„Dann kommen Sie doch zum Essen zu uns", lud Karen sie ein. „Felicia kocht, und ich werde ihr helfen. Wir werden nur zu sechst sein, plus Carter natürlich, also ganz zwanglos. Sie scheinen Gabriel zu verstehen, und ich könnte mir denken, dass er sich freut, wenn noch eine Freundin da ist."

Noelle war sich nicht sicher, ob sie eine Freundin von Gabriel war, aber ihr gefiel die Vorstellung. Mit Felicias zukünftigen Schwiegereltern und Gabriel im Haus, ganz zu schweigen von Carter, konnten Felicia und Gideon ohnehin kein romantisches Thanksgiving-Essen planen. Und, um die Wahrheit zu sagen: Noelle hatte nichts dagegen, den Tag mit anderen zu verbringen, zudem würde sie Gabriels Gesellschaft bestimmt genießen.

„Vielen Dank", sagte sie daher. „Ich komme gern."

Sie musste unbedingt daran denken, Felicia nachher anzurufen, um ihr von der Einladung zu erzählen.

Keine drei Minuten, nachdem seine Mutter den Laden verlassen hatte, kehrte Gabriel zurück. Noelle stemmte die Hände in die Hüften. „Du hast hier irgendwo gelauert."

„Vielleicht", meinte er und klang nicht im Mindesten schuldbewusst.

„Sie ist deine Mutter, und sie liebt dich. Rede mit ihr."

„Tue ich doch."

„Ach ja? Trotz des Gegenbeweises eben?"

Ihre Feststellung ignorierend, ging er nach hinten, um seinen Mantel wegzuhängen. Als er in den Laden zurückkam, wollte Noelle gerade noch mehr zu dem Thema sagen, doch mehrere Kunden wählten genau diesen Moment, um den Laden zu betreten.

Zur Mittagszeit kam Ana Raquel Hopkins mit einem Korb voller Sandwiches hereingeschneit. Die junge und talentierte Köchin hatte während des Sommers einen Imbisswagen in der Nähe des Parks betrieben und von dort aus die Einheimischen und Touristen verpflegt. Der Wetterumschwung und ein unglücklicher Unfall – ein Auto war rückwärts in ihren Imbisswagen gefahren – hatte die Saison frühzeitig für sie beendet. Jetzt arbeitete sie zusammen mit ihrem Verlobten im Café und betrieb einen Sandwich-Lieferservice für die Geschäftsleute in der Stadt.

„So, Sie sind also der Neue hier", sagte die hübsche Blondine, als sie auf Gabriel zuging.

Noelle musste sich ein Grinsen verkneifen, als sie Gabriel dabei zusah, wie er mit Ana Raquel, die definitiv nicht an Minderwertigkeitskomplexen litt, zurechtzukommen versuchte.

„Ja", meinte er zögernd.

„Sie sehen irgendwie vertraut aus." Sie schnippte mit den Fingern. „Oh, ja, richtig! Sie sind der Bruder von diesem alten Typen, dem aus dem Radio. Gideon."

„Wir sind Zwillinge", erklärte Gabriel trocken.

„Ich bin auch ein Zwilling." Anscheinend hatte Ana Raquel nicht auf seinen Tonfall geachtet, während sie sein Gesicht musterte. „Aber keine eineiigen Zwillinge, oder? Denn so ähnlich seht ihr euch nicht. Fayrene und ich sind eineiig. Wobei es jetzt nicht mehr so auffällig ist wie früher, als wir noch klein waren."

„Weil Sie jetzt so groß sind?"

Sie grinste. „Es hat Sie geärgert, dass ich gesagt habe, Sie seien alt. Ich bin sicher, Ihre Frau findet Sie total heiß."

„Ich bin nicht verheiratet."

„Was? Noch nie gewesen?"

Gabriel holte tief Luft. „Nein."

„Wow! Das nenne ich mal mutig. Denn ernsthaft, Sie kommen doch langsam in ein Alter, wo die Leute anfangen, Fragen zu stellen, wenn man noch nie verheiratet war. So nach dem Motto, ob mit Ihnen was nicht stimmt." Sie machte eine erwartungsvolle Pause.

Noelle blieb an der Ladentheke stehen, wo sie ein Auge auf die Kunden halten konnte, während sie gleichzeitig die kleine Show beobachtete.

„Mit mir ist alles in Ordnung“, erklärte Gabriel mit zusammengebissenen Zähnen.

Ana Raquel neigte den Kopf zur Seite. Ihr langer Pferdeschwanz fiel ihr dabei über eine Schulter. „Wenn Sie es sagen“, murmelte sie. Allerdings verriet ihr Tonfall, dass sie nicht unbedingt überzeugt war. Sie drehte sich zu Noelle um und reichte ihr zwei Tüten mit Sandwiches. „Pass bloß mit dem auf!“, flüsterte sie ziemlich laut. „Ich glaube, der ist nicht ganz richtig im Kopf.“

Noelle nickte ernst. „Danke für die Warnung.“

Und schon war Ana Raquel wieder verschwunden.

Noelle musste sich sehr beherrschen, um nicht laut loszulachen, als sie Gabriel eine der Tüten reichte. „Ich habe vergessen zu erwähnen, dass ich für das Mittagessen sorge, besser gesagt, dass sie es tut.“

Gabriel starrte auf die Tüte. „Sie kann kochen?“

„Ja, sogar ganz fantastisch. Sie und ihr Verlobter haben ein Kochbuch geschrieben, das *Fool's Gold Kochbuch*. Du kannst es überall in der Stadt kaufen.“ Sie deutete auf einen kleinen Stapel vor der Kasse.

Er kam herüber und nahm eins der Bücher in die Hand. „Das ist sie?“

Noelle wedelte mit der Sandwich-Tüte. „Vertrau mir, es wird dir schmecken. Die Sandwiches, die sie machen, sind immer so interessant. Und dann ist da noch dieser köstliche Salat.“

„Nicht nur Salat? Ein *köstlicher* Salat?“

„Ich kann ja verstehen, dass du dich über mich lustig machen musst, um das Machtgefüge wieder geradezurücken, nachdem sie dich alt genannt hat.“

„Sie hat *meinen Bruder* alt genannt“, korrigierte er sie.

„Ihr seid gleich alt.“

„Unwichtig.“ Er nahm eine der Tüten. „Bist du sicher, dass sie so was ohne Aufsicht eines Erwachsenen herstellen darf?“

„Sehr witzig. Es wird dir schmecken.“ Sie machte eine kleine Pause. „Übrigens, deine Mutter macht sich auch darüber Sorgen, dass du zu alt bist, um noch nie verheiratet gewesen zu sein.“

Er stöhnte. „Bitte sag mir, dass das ein Witz ist!“

„Tut mir leid, nein. Ach ja, und außerdem hat sie mich zu eurem Familienessen zu Thanksgiving eingeladen.“

Eindringlich musterte er sie. „Ich hoffe inständig, du hast Ja gesagt.“

„Ich habe Ja gesagt.“

„Kommst du möglichst früh?“

„Hast du solche Angst davor, den Tag mit deiner Familie zu verbringen?“

„Feiertage sind die Hölle.“

Sie lächelte. „Na schön, ich komme zeitig. Geh und iss dein Sandwich. Dann kannst du die Regale auffüllen.“

Er machte sich auf den Weg nach hinten. „Meinst du, es gibt nachher einen Ansturm auf unsere Kürbiskrippen?“

„Wart's nur ab! Du wirst überrascht sein.“

Auf halbem Weg zum Lager machte er kehrt und kam zu ihr zurück. Mit der bandagierten Hand strich er sanft über ihre Wange. Noelle spürte die Wärme seiner Berührung bis hinunter zu ihren Zehen. Die Berührung war genauso unerwartet wie ihre körperliche Reaktion darauf.

„Danke“, murmelte er.

„Gerne.“

Sie überlegte, ob sie erwähnen sollte, dass er ihr gerne auch noch auf anderem Wege danken könnte. Zum Beispiel mit einem Kuss. Oder indem er ohne Hemd herumlief. Doch Gabriel ging einfach nach hinten, offenbar völlig unbeeindruckt von ihrem kurzen Körperkontakt.

Na, dachte sie verträumt, das ist ja genau das, was jede Frau während der Feiertage braucht. Schmetterlinge im Bauch.

Am Morgen von Thanksgiving saß Gabriel auf der Treppe vor dem Haus seines Bruders, trank Kaffee und ignorierte die Kälte. Seine Mutter hatte darauf bestanden, dass er beim Frühstück dabei war. Die Aufforderung war so unerwartet gekommen, dass er keine Zeit gehabt hatte, sich eine Entschuldigung auszudenken. Also war ihm nichts anderes übrig geblieben, als um acht hier aufzukreuzen.

Seit ein paar Tagen hatte es nicht mehr geschneit, sodass die Straßen frei waren. Was auch gut so war in Anbetracht der Tatsache, dass Noelle selbst mit dem Wagen hier herauffahren wollte. Während er die Auffahrt beobachtete und darauf wartete, dass sie kam, fiel ihm auf einmal ein, dass sie gar nicht über eine konkrete Zeit gesprochen hatten. *Früh* konnte viel bedeuten, vor allem, wenn man überlegte, dass das Essen erst für fünf Uhr nachmittags angesetzt war.

Mit beiden Händen hielt er den Becher mit dem rasant kalt werdenden Kaffee fest, erfreut darüber, dass er den Druck des Bechers an seiner Wunde gut aushalten konnte. So langsam heilte sie. Der stechende Schmerz war einem dumpfen Pochen gewichen. Wenn er die Hand bewegte, spürte er die Fäden, dort, wo man ihn zusammengeflickt hatte. Das alles waren gute Zeichen. Die Arbeit in Noelles Laden hatte den Heilungsprozess zum Glück nicht aufgehalten. Und selbst wenn – es wäre ihm egal gewesen. Ihm gefiel, was er im Christmas Attic tat.

Aus einem Impuls heraus hatte er sich um den Job beworben. Solange er beschäftigt war, hatte er keine Zeit zum Nachdenken – etwas, das er sehr zu schätzen wusste. In seinem regulären Job musste er viel zu viel nachdenken. Sich viel zu viele Sorgen machen. Sobald es Alarm gab, konnte man nur noch reagieren, bevor später dann die Zweifel aufkamen. Jetzt musste er Decken zusammenlegen und sicherstellen, dass die Teddybären hübsch aufgereiht dastanden. Das würde sicherlich irgendwann langweilig werden, aber für die kommenden Wochen war der Job genau das, was er im Augenblick brauchte. Eine Art Rückzugsort.

Es gelang ihm inzwischen sogar, relativ ruhig zu bleiben, wenn er seine Flashbacks hatte – zum Beispiel, wenn irgendwo ein lauter Knall ertönte. Er atmete dann ruhig weiter und schaffte es, dem Drang zu widerstehen, loszulaufen, um zu helfen, zu retten. Wenn der Lärm abebbte, kehrte er ins Hier und Jetzt zurück und machte einfach weiter mit dem, was er gerade tat.

Er ließ den Blick von seiner Hand zurück auf die Auffahrt schweifen, aber es kam kein Auto. Verdammt.

Ihm wurde bewusst, dass er Noelle sehen wollte. Nicht nur, weil sie als Puffer zwischen ihm und seinen Eltern fungieren konnte, sondern auch, weil sie ihn zum Lachen bringen würde. Sie würde sich über ihn lustig machen und auf ihre anmutige Art und Weise und mit diesem herrlichen Hüftschwung durchs Haus wirbeln. Sie würde unendlich geduldig sein, so wie auch im Laden. Es störte sie nicht, dass eine alte Dame fast eine Stunde brauchte, ehe sie sich dazu entschloss, zwei Christbaumkugeln zu kaufen, die kaum mehr als zehn Dollar wert waren. Noelle wollte einfach, dass ihre Kunden glücklich waren, egal um welchen Preis.

Integrität, dachte Gabriel und trank den Rest seines Kaffees aus. Sie besaß Integrität. Und lange Beine, überlegte er, während er sich vorstellte, wie es sich wohl anfühlen würde, wenn sie die um ihn schlang und …

Abrupt verscheuchte er diese lüsternen Gedanken. Nein, ermahnte er sich streng. Dazu wird es nicht kommen. Zum einen war Noelle süß und warmherzig und definitiv keine Frau, für die Sex nur ein Spiel war. Zum anderen gab es hier in Fool's Gold keine Geheimnisse. Das war ihm schon am ersten Tag klar geworden. Wenn er mit ihr schlief, würde sich das wie ein Lauffeuer verbreiten. Nach Weihnachten wäre er dann weg, und sie würde mit den Konsequenzen leben müssen. Er mochte Noelle, deshalb wollte er ihr nicht wehtun.

Als er in diesem Moment Schritte hinter sich auf der Veranda hörte, hoffte er inständig, dass sein Bruder sich zu ihm gesellte. Oder auch Felicia. Mit der Gesellschaft der beiden konnte er leben. Er bezweifelte, dass Carter schon auf war, sonst hätte er auch nichts gegen den Jungen einzuwenden gehabt.

Aber nein, dachte er, als sein Vater sich neben ihn setzte. So viel Glück hatte er nicht.

„Hier", meinte sein Dad und reichte ihm einen Thermobecher. „Wenn du schon so idiotisch bist, hier draußen in der Kälte zu hocken, dann solltest du dich wenigstens warm halten. Dein Kaffee ist doch bestimmt schon kalt."

„Danke."

„Wartest du auf eine Frau?"

Das tat er, aber darüber wollte er nicht mit seinem Vater reden. Dann würde er erklären müssen, warum, und das würde die Unterhaltung auf ein Terrain führen, das keiner von ihnen beiden betreten wollte. Sein Vater hatte sein Leben beim Militär verbracht, ohne allerdings jemals in irgendwelche Kämpfe verwickelt worden zu sein. Es lag am Timing. Während auch Gabriel selten wirklich unter Beschuss geraten war, außer wenn die Feldlazarette hin und wieder angegriffen worden waren, hatte er sich häufig ziemlich nahe an der Front befunden. Und Gideon hatte tatsächlich mittendrin gesteckt.

Wie auch immer, sein Vater würde so tun, als wäre er einer von ihnen, und er würde darüber reden wollen. Gabriel hatte nie gewusst, was er dazu sagen sollte.

„Ich genieße einfach den Morgen“, sagte er daher zu seinem Vater.

Norm nickte. „Eine wirklich schöne Landschaft.“

„Sieht so aus.“

„Ich habe gehört, dass du einen Job in der Stadt angenommen hast.“

Gabriel öffnete den Thermobecher und trank einen Schluck heißen Kaffee. Die Wärme breitete sich in seinem Magen aus. „Nur für die nächsten Wochen.“

„Einzelhandel?“

Der Tonfall ließ vermuten, dass sein Vater den Einzelhandel genauso entsetzlich fand wie das Säubern des örtlichen Hundeparks.

„Mir gefällt es.“

Sein alter Herr drehte sich zu ihm herum. „Das meinst du doch wohl nicht ernst, oder? Du bist Soldat.“

„Ich bin Arzt, und ich habe nicht vor, den Beruf zu wechseln. Ich habe im Augenblick viel Zeit. Und das ist gute, ehrliche Arbeit. Mal ganz was anderes. Zu sehen, dass die Menschen wegen Weihnachten total aus dem Häuschen geraten, erinnert mich daran, worum es bei all den Kämpfen eigentlich geht.“

Der Großteil dieser Aussage ist sogar wahr, stellte er überrascht fest. Er hatte nicht genug um die Ohren, und der Laden war unerwartet angenehm.

„Komm nur nicht auf dumme Gedanken!“, brummte sein Vater.

„Was für dumme Gedanken?“

Gabriel wusste, dass es ein Fehler war, seinen Vater herauszufordern, aber er tat es trotzdem, während er weiterhin die Auffahrt im Blick behielt.

„Quittieren. Du bleibst dabei."

„Ist das eine Frage oder ein Befehl?"

„Den Dienst zu quittieren, kommt überhaupt nicht infrage", polterte Norm. „Du schuldest es ihnen."

„Ich habe meine Schuld bezahlt. Ich habe der Army das gegeben, was sie im Gegenzug zu meiner Ausbildung verlangt hat."

„Das genügt nicht. Hier geht es nicht um das, was in den Verträgen steht, sondern um den Geist, der dahintersteckt. Du musst das Richtige tun, Junge! So bist du erzogen worden."

Gabriel holte tief Luft und drehte sich dann zu seinem Vater herum. „Soll das heißen, ich darf nicht raus aus der Army?"

„Ja, das soll es heißen. Bleib und leiste deine zwanzig Jahre ab. Dann bist du immer noch jung genug, um dir einen schicken Job im Krankenhaus zu suchen, mit dem du Millionen verdienen kannst." Jedes seiner Worte triefte nur so vor Missachtung.

„Glaubst du tatsächlich, mir geht es ums Geld?"

„Was denn sonst? Das ist wie bei diesen Piloten, die sich eine Ausbildung bezahlen lassen, und dann bei einer privaten Fluggesellschaft anheuern. Widerlich. Sie sollten bleiben, bis sie ausgedient haben. Vorher zu quittieren, ist nicht richtig."

„Du meinst also, beim Militärdienst hat man keine Wahl? Dass es sich um vertragliche Knechtschaft samt Bezahlung und Krankenversicherung handelt? Sobald du einmal unterzeichnet hast, musst du dein Leben lang dabeibleiben?"

„So sollte es sein, ja", erklärte sein Vater ihm. „Wenn du vorhast, vor Ablauf deiner zwanzig Dienstjahre aufzuhören, bringst du Schande über unsere Familie. Ich hätte wissen müssen, dass du so etwas tun würdest. Du hast nie die Tragweite dessen begriffen, was richtig ist. Hast nie verstanden, in welch eine Geschichte du hineingeboren wurdest. Als ich in deinem Alter war …“

Was auch immer er für eine Geschichte erzählen wollte, sie blieb unerzählt, denn Noelle kam um die Ecke gefahren. Sie schaffte es, bis zum Ende auf der Mitte der Auffahrt zu bleiben. Gabriel bemerkte ihren triumphierenden Blick. Doch dann trat sie ein wenig zu hart auf die Bremse und kam ins Schlingern.

Er hörte, wie sie aufschrie, und vermutete, dass sie das Lenkrad zu heftig drehte. Und tatsächlich: Der Wagen schlitterte nach rechts, anschließend nach links, und das alles in Zeitlupe. Schließlich kam das Auto sacht an einem Schneehaufen an der Veranda zum Stehen.

Gabriel stand auf und ging auf sie zu. Norm blieb auf der Veranda sitzen und murmelte etwas über Frauen am Steuer.

Noelle öffnete die Fahrertür und stieg aus.

„Das ist so unfair“, rief sie. „Ich war ganz vorsichtig. Ich bin langsam gefahren, und alles war perfekt … bis eben.“

„Du bist zu heftig auf die Bremse getreten.“

Sie funkelte ihn böse an. „Meinst du?“ Sie drehte sich um und trat gegen den Reifen. „Ich kann nicht gut bei Schnee fahren. Wieso nicht?“

Statt zu antworten, stellte Gabriel den Thermobecher auf das Dach des Wagens und zog Noelle an sich. Sie trug einen dicken Mantel und eine rote Strickmütze. Ihr langes blondes Haar fiel ihr über die Schultern. Sie hätte einer Skiwerbung entsprungen sein können, wenn man einmal von ihrer Unfähigkeit, bei winterlichem Wetter Auto zu fahren, absah.

Er schlang beide Arme um sie und freute sich, als sie die lockere Umarmung erwiderte.

„Wenn du jetzt wieder anfangen willst, dich über mich lustig zu machen, dann kann ich nur sagen, lass es“, meinte sie und schaute ihn drohend an.

„Das hatte ich gar nicht vor."

Hinter ihnen schloss sich die Haustür. Boylan senior war wieder hineingegangen. Sie waren allein.

„Hast du vor, mich zu küssen?", fragte Noelle.

Es gab ein Dutzend guter Gründe, sie nicht zu küssen, und nur wenige, warum er es tun sollte. Aber Letztere waren irgendwie zwingender. Vielleicht lag es auch einfach daran, dass man einer Frau wie Noelle schwer widerstehen konnte. Wie auch immer, Gabriel senkte den Kopf und strich ganz leicht mit dem Mund über ihre Lippen.

5. KAPITEL

Gabriels Kuss war leider nur sehr kurz. Noelle spürte die Wärme seiner Lippen auf ihren, spürte die sanfte Berührung, und schon im nächsten Moment hatte er den Kopf wieder gehoben. Gern hätte sie darauf gedrungen, den Kuss zu vertiefen, doch vielleicht war der Vorgarten seines Bruders nicht unbedingt der geeignete Ort dafür. Ganz davon abgesehen, dass seine Eltern im Haus waren.

„Danke, dass du schon so früh gekommen bist", sagte er.

„Gerne. Felicia hat mich vorhin angerufen und mir noch eine Einkaufsliste durchgegeben." Sie lächelte. „So aufgelöst habe ich sie noch nie erlebt."

„Darüber weiß ich nichts. Ich bin aus der Küche verbannt worden. Aber nicht nur ich, sondern sämtliche Männer. Es ist Felicia erstes Thanksgiving-Essen."

Noch immer standen sie ganz nahe beieinander. Wären nicht die vielen Schichten an Jacken und Pullovern zwischen ihnen, könnte man von einer sehr intimen Situation sprechen. Noelle gefiel, wie sich Gabriels Hände auf ihren Hüften anfühlten, und ihr gefiel auch der Blick, mit dem er sie ansah – wie ein Mann, der die Frau, die er anschaut, sehr anziehend findet.

„Wir sollten hineingehen", sagte er. „Du erfrierst mir sonst noch."

Sie hätte der Kälte noch ein wenig länger widerstehen können, doch sie nickte und löste sich von ihm. Nachdem sie die beiden Einkaufstüten aus dem Kofferraum geholt hatte, nahm Gabriel sie ihr ab, und gemeinsam gingen sie nach drinnen.

Das Haus war hell und warm. Bisher duftete es noch nicht nach dem Festtagsbraten, aber es war ja auch erst elf Uhr. Wenn es erst um fünf Uhr Essen geben sollte, konnte der Truthahn noch nicht lange im Ofen sein.

Karen und Felicia standen zusammen in der offenen Küche und unterhielten sich. Felicia schaute auf, sah Noelle und eilte auf sie zu.

„Da bist du ja! Danke, dass du im Supermarkt vorbeigefahren bist. Ich weiß gar nicht, wie ich auch nur irgendetwas vergessen konnte! Ich habe ellenlange Listen aufgeschrieben und sie mindestens zweimal überprüft."

„Genau wie der Weihnachtsmann", murmelte Gabriel.

Noelle betrachtete die leicht panikartige Miene ihrer Freundin und musste sich ein Lächeln verkneifen. „Kein Problem. Ich freue mich, wenn ich helfen kann. Wie weit bist du mit deinen Essensvorbereitungen?"

Sie stellte die Frage, ehe ihr bewusst wurde, dass sie ja eigentlich auch alles andere als eine Expertin auf diesem Gebiet war. Vor zwei Jahren hatte sie das erste und einzige Mal allein eine Thanksgiving-Mahlzeit zubereitet – es war kurz nach dem Tod ihrer Mutter und Großmutter gewesen. Das Essen hatte lecker geschmeckt, aber im Grunde war es ihr damals egal gewesen.

Dies hier ist viel besser, dachte sie, als sie Gabriel die Einkaufstüten abnahm und sie auf die Arbeitsplatte stellte. Heute war sie glücklich und gesund, und sie war nicht verantwortlich für die Zubereitung des Menüs.

„Ich habe im Internet einen Artikel gelesen", begann Felicia, während sie die Tüten auspackte. „Über eine Frau, die am Abend vorher einen Notfall-Truthahn vorbereitet hat. Da habe ich noch gedacht, wie dumm, die Frau vergeudet doch bloß ihre Zeit, aber jetzt kann ich sie total gut verstehen, und ich finde, es ist eine brillante Idee. Ich brauche auch einen Notfall-Truthahn."

Noelle trat zu ihrer Freundin. „Auch wenn ich es sehr genieße, dir dabei zuzusehen, wie du hier einen kleinen Nervenzusammenbruch bekommst, schließlich bist du sonst immer so unerschütterlich, sollten wir vernünftig bleiben. Ist bisher irgendetwas passiert, das dich zu der Annahme verleiten könnte, dass der Truthahn nichts wird?"

„Nein. Er ist ja erst seit einer Stunde im Ofen und wird jetzt gerade erst heiß. Ich habe mich ganz genau an die Anleitungen gehalten, als ich ihn vorbereitet und gefüllt habe." Sie drehte sich zu Karen. „Du warst doch dabei und hast geholfen. Hattest du das Gefühl, dass alles in Ordnung war?"

Gabriels Mutter nickte. „Entspann dich! Es gibt nichts, worüber du in Aufregung geraten müsstest."

„Ich habe vergessen, Sahne zu schlagen! Wer vergisst so etwas? Was ist, wenn ich noch etwas vergessen habe?"

Gideon kam in die Küche geschlendert und nahm Felicia in die Arme. „Hey", sagte er und schaute ihr in die grünen Augen. „Ich liebe dich. Carter liebt dich. Wir haben ein Zuhause, einen Hund und eine Familie. Es ist nur ein Essen. Beruhige dich."

Noelle wusste über Felicia und Gideons Beziehung Bescheid, aber sie hatte bisher kaum Gelegenheit gehabt, sie aus erster Hand mitzuerleben. Als Felicia sich jetzt in den Armen ihres zukünftigen Ehemannes sichtlich entspannte, verspürte Noelle einen Anflug von Neid. Zwar freute sie sich für ihre Freundin, doch sie hätte auch gern diese Art von Liebesbeziehung. Dieses Gefühl von Sicherheit und Zusammenhalt. Das Leben war kurz, und es war wichtig, das Glück mit beiden Händen festzuhalten.

Ihr Blick wanderte zu Gabriel, und sie seufzte leise. Auch wenn er wirklich eine Augenweide war und sich erstaunlich gut als Aushilfskraft machte, war er kein Mann, mit dem sie eine längerfristige Beziehung eingehen konnte. Er würde wieder verschwinden, und sie würde bleiben. Bisher hatte sie noch keinerlei Anzeichen bei ihm wahrgenommen, dass er irgendeine Art von Bindung suchte. Er stand seiner Familie nicht nahe, und Ana Raquels und Karens Meinung nach hatte er schon fast das Alter erreicht, in dem die Antwort auf *Warum bist du nicht verheiratet?* peinlich werden könnte.

Alles gute Gründe, erinnerte sie sich, warum er nicht als fester Partner taugte. Mal ganz davon abgesehen, dass er ja auch noch nicht einmal irgendwelche Andeutungen diesbezüglich gemacht hatte.

Er drehte sich um und ertappte sie dabei, wie sie ihn musterte. Fragend zog er eine Augenbraue in die Höhe. Etwas, das irgendwie ziemlich männlich und sehr sexy wirkte und Noelle überlegen ließ, ob sie die Sache falsch anging. Okay, sie würde Gabriel zwar nicht heiraten, aber vielleicht könnte sie einfach mal erwähnen, dass sie, solange er in der Stadt war, durchaus bereit war, mit ihm in die Kiste zu hüpfen?

Ehe Noelle entscheiden konnte, ob ihre Gedankengänge nun hypermodern oder einfach nur Wahnvorstellungen waren, löste Felicia sich aus Gideons Umarmung.

„Du hast recht", sagte sie entschlossen. „Das Essen wird gelingen. Ich weiß, wie heiß der Truthahn gebraten werden muss, damit niemand eine Lebensmittelvergiftung erleidet. Alles andere, was dann noch glückt, betrachte ich einfach als Bonus." Sie blickte zur Uhr. „Wir müssen in die Stadt, sonst verpassen wir die Parade."

„Musst du dich gar nicht weiter darum kümmern? Ich dachte, du wärst verantwortlich für die Festivals", sagte Karen, als sie alle in Richtung Haustür gingen.

„Bin ich auch, aber dies ist rein technisch gesehen kein Festival, daher habe ich heute frei. Allerdings muss ich mich am Samstag um die Zeremonie kümmern, wenn die Lichter am Weihnachtsbaum angeschaltet werden."

Gabriel trat zu Noelle, während er sich seine Jacke anzog. „Sagt man hierzulande nicht inzwischen ‚Festtagsbaum'?", fragte er.

„Nein. Wir haben uns hier in Fool's Gold dafür entschieden, auf die politisch korrekte Formulierung zu pfeifen und den Baum ‚Weihnachtsbaum' zu nennen. Aber es gab eine heftige Debatte darüber beim letzten Treffen der Geschäftsleute. Schließlich haben wir abgestimmt."

Er nickte langsam. „Du hast bestimmt für den Weihnachtsbaum gestimmt."

„Genau."

Die große Gruppe verteilte sich auf zwei Wagen. Gideon blieb im Haus, um auf den Truthahn aufzupassen. Noelle sah, wie Felicia ihm etwas ins Ohr flüsterte, bevor sie losfuhren. Sie vermutete, dass es nichts mit Kochen zu tun hatte.

Die Fahrt den Berg hinunter dauerte nicht lange. Felicia dirigierte Norm zu einem Parkplatz nicht weit entfernt von der Paraderoute, und den Rest des Weges gingen sie zu Fuß. Sehr zu Noelles Freude gesellte Gabriel sich zu ihr. Sie redete sich ein, dass sie sich darüber freute, weil er groß und kräftig war und daher den Wind gut von ihr fernhalten konnte, aber in Wahrheit gefiel es ihr, sich über ihn Gedanken zu machen. Und wenn sie damit das eine oder andere köstliche Kribbeln hervorrief, umso besser für sie.

In den Straßen waren diverse Stände aufgebaut, und sie hielten an, um sich mit heißem Kakao und Popcorn zu versorgen. Auf den Bürgersteigen wimmelte es von Familien. Weil Thanksgiving ein typisches Familienfest war, hatten sich weniger Touristen als sonst üblich zur Parade eingefunden, doch viele der Einheimischen hatten sich heute aufgemacht, um dabei zu sein. Es schien fast so, als wäre die ganze Stadt auf den Beinen.

„Dort drüben", schlug Felicia vor und führte sie zu einem guten Aussichtspunkt in der Nähe des Fox and Hound Pubs. Von der Ecke aus konnten sie gleich zwei Straßen einsehen.

„Sehr schön", meinte Norm zu ihr. „Du bist wirklich gut, was Logistik angeht."

Carter machte es sich auf dem Bürgersteig gemütlich, und Karen setzte sich zu ihm. Norm und Felicia standen hinter ihnen, und Noelle bemerkte, dass Gabriel immer möglichst viel Abstand zu seinem Vater hielt.

Sie fragte sich, wie es um diese Vater-Sohn-Beziehung wohl bestellt war. Gabriel hatte nicht viel erzählt, aber die Spannung war nicht zu übersehen. Trotz der Tatsache, dass Carter im Sommer unverhofft in Gideons Leben aufgetaucht war, waren Norm und Karen erst jetzt hergekommen, um ihn kennenzulernen. Felicia war diejenige gewesen, die ihre zukünftigen Schwiegereltern über die Feiertage eingeladen hatte. Was war geschehen, dass beide Söhne sich von ihren Eltern zwar nicht komplett losgesagt, aber doch ziemlich stark von ihnen entfremdet hatten?

Nun, das war keine Frage, die sie Minuten vor dem Beginn einer Parade stellen konnte.

Daher nippte sie an ihrer heißen Schokolade und war froh, dass sie unter ihrer Jacke noch einen dicken Pullover anhatte. Der Himmel war zwar blau, doch die Temperatur lag bestimmt kaum über dem Gefrierpunkt. Sie konnte ihren Atem sehen.

Gabriel deutete über die Straße. „Der Typ da drüben verkauft Maroni“, sagte er. „Bist du sicher, dass diese Stadt wirklich real ist?“

„Meistens. Ich glaube, ich mag keine Maroni. Wenn er allerdings Schokoladentoffees verkaufen würde, das wäre schon was anderes.“

„Du isst Schokolade?“

Sie schaute ihn an. „Ich bin eine ganz normale Frau, also ja, natürlich. Warum bist du so überrascht?“ Sie hielt ihren Becher hoch. „Hallo? Heiße Schokolade?“

„Ich dachte, du isst nur gesunde Sachen.“

Weil ich so dünn bin, dachte sie und erinnerte sich, dass sie noch vor drei Jahren ziemlich kurvig und durchaus zufrieden mit ihrem Körper gewesen war. Dann war sie krank geworden, und das Gewicht war nur so von ihr abgefallen. Es war nicht unbedingt eine Diät, die sie irgendjemandem empfehlen würde.

Während des vergangenen Jahres hatte sie immerhin ungefähr ein Drittel von dem Gewicht, das sie verloren hatte, wieder zugenommen. Es war ein langsamer Prozess, doch sie war wild entschlossen, irgendwann wieder schöne Kurven vorweisen zu können.

„Ich liebe Schokolade", erklärte sie entschieden und trank ihren Kakao aus. Auch für dieses Thema – warum sie so dünn geworden war – war dies hier nicht der richtige Ort und nicht die richtige Zeit.

Die ersten Klänge von Musik wehten zu ihnen hinüber.

„Es hat angefangen", stellte Carter fest und kam auf die Füße. Norm hielt Karen die Hand hin, um ihr beim Aufstehen zu helfen. Alle zusammen drehten sie sich um und blickten die 4th Street entlang, um den Anfang der Parade nicht zu verpassen.

„Gibt es auch Festwagen?", wollte Gabriel wissen.

„Ich weiß es nicht, aber ich hoffe."

Felicia schaute zu ihnen. „Es marschiert die Blaskapelle der Highschool mit, außerdem gibt es ein paar Fahrzeuge der Feuerwehr, ein paar ältere Autos und dann noch ein paar riesige Luftballons." Sie zuckte mit den Schultern. „Ich habe die Liste gesehen."

„Das ist alles?", fragte Gabriel.

Noelle stieß ihm ihren Ellenbogen in die Seite. „Hey, was ist das denn für eine Einstellung? Es wird bestimmt zauberhaft. Du wirst schon sehen."

„Riesige Luftballons?"

„Vielleicht ist es so wie bei der Macy's Parade in New York."

Er grinste sie an. „Ja, sicher, es wird bestimmt genauso grandios."

Die Musik wurde lauter, und kurz darauf konnten sie zwei Teenager erkennen, die ein Banner trugen, auf dem man alle zur jährlichen Fool's Gold Thanksgiving Parade willkommen hieß. Ein Oldtimer-Cabrio, in dem Bürgermeisterin Marsha auf dem Rücksitz saß und königlich der Menge zuwinkte, fuhr an ihnen vorbei.

Dann kamen die Luftballons, unter anderem ein niedlicher kleiner Weihnachtspinguin mit einer knallroten Mütze.

„Leben Pinguine nicht am Südpol?", murmelte Gabriel in Noelles Ohr.

„Hör schon auf."

„Wo jetzt *Sommer* ist?"

Sie sah ihn an. „Du hast den Geist der ganzen Sache noch nicht erfasst."

„Es ist die beste Parade, die ich seit Jahren gesehen habe."

„Das sagst du doch jetzt nur so."

Gabriel überraschte sie, indem er einen Arm um sie schlang. „Nein, das meine ich wirklich ernst."

Einen Moment lang erlaubte Noelle sich, die Wärme, die er ausstrahlte, zu genießen, ehe sie ihre Aufmerksamkeit wieder auf die Parade richtete. Die Blaskapelle zog als Nächstes an ihnen vorbei und schmetterte eine rockige Version von „Jingle Bells", bevor Polizei- und Feuerwehrwagen im Schritttempo folgten. Auf der Motorhaube des Feuerwehrwagens war ein Helm mit der Nummer 46 befestigt, an den Seiten hatte man Girlanden angebracht, und auf der Stoßstange thronte ein Weihnachtsmann aus Plastik.

Einen Block entfernt hörte man auf einmal lautes Klatschen und Gejohle. Noelle drehte sich herum, konnte aber nicht sehen, was die Leute so in Aufregung versetzte. Es klang fröhlich – nach Überraschung und Freude. Sie stellte sich auf die Zehenspitzen.

„Kannst du sehen, was da los ist?", fragte sie Gabriel.

„Noch nicht“, begann er, bevor er leise fluchte. „Das gibt’s doch nicht! Ich fasse es nicht.“

Felicia drehte sich herum und sah die Straße entlang. „Ach ja, richtig! Das hatte ich ganz vergessen.“

Norm und Karen sahen sie an. „Wie konntest du *das* vergessen?“

Noelle drängte sich vor und versuchte, einen Blick zu erhaschen. „Was vergessen?“

Plötzlich gab die Menge den Blick frei, und sie sah Priscilla. Verkleidet als Weihnachtsmann.

„Ist das ein …“, begann Gabriel.

„Elefant?“

„Äh …“

„Ja.“ Noelle presste vor Aufregung ihren Kakaobecher zusammen und tänzelte von einem Bein aufs andere. „Kannst du erkennen, was sie anhat? Ich weiß, es ist nur eine Jacke, aber trotzdem.“

„Wie kriegt man einen Elefanten in eine Jacke?“, fragte Gabriel.

„In Einzelteilen“, erklärte Felicia. „Die werden mit Industrie-Klettband zusammengehalten.“ Sie drehte sich zu Gideons Eltern. „Etwas außerhalb der Stadt liegt eine Ranch, wo sie vor allem Ziegen halten, aber außerdem haben sie noch einen Elefanten dort, ein paar Lamas und andere Tiere. Ziemlich ungewöhnlich, aber es passt zu dieser Stadt.“

Noelle war das alles egal. Sie begann, wie alle anderen auch, zu jubeln, als Priscilla, die Elefantenkuh, die Straße entlangmarschierte.

Der Großteil der Stryker-Familie marschierte mit ihr, alle passend zu den Feierlichkeiten angezogen. Rafe und Shane zogen kleine Wagen, in denen ihre Kinder saßen. Als Priscilla näher kam, sah Noelle, dass ihr eine Ziege und ein Pony folgten, die als Weihnachtselfen verkleidet waren.

„Ich werde hier nie wieder wegziehen“, sagte sie glücklich seufzend.

Gabriel hatte noch immer einen Arm um sie geschlungen. Jetzt zog er Noelle an sich. „Stand das jemals zur Debatte?“

„Nein, aber jetzt bin ich ganz, ganz sicher.“

Nach der Parade fuhr die Familie wieder hinauf in die Berge. Kaum im Haus angekommen, eilte Felicia in die Küche. Noelle und Karen folgten ihr, während die Männer nach unten gingen, um den Fernseher einzuschalten und sich das Spiel anzusehen, welches auch immer gerade lief. Der Geruch des Truthahnbratens durchzog das Haus und brachte Noelles Magen zum Knurren.

Felicia stürzte sofort zum Backofen. „Es würde mich sehr glücklich machen, wenn du kooperierst“, flüsterte sie, ehe sie schuldbewusst über die Schulter blickte. „Natürlich weiß ich, dass es albern ist, mit meinem Hauptgang zu reden, aber ich kann gerade nicht anders.“

Karen nickte voller Sympathie. „Ich habe auch schon so manche Unterhaltung mit meinem Essen geführt“, gab sie zu. „Darüber brauchst du dir keine Gedanken zu machen.“

Carter kam mit Webster auf den Fersen in die Küche gestürmt.

„Ich gehe mit ihm raus“, verkündete er, bevor er zu Felicia ging und sie umarmte. „Dann komme ich gleich wieder. Ich will doch die Kartoffeln schälen. Du denkst dran, okay?“

„Ja, ich habe es nicht vergessen“, versicherte Felicia ihm.

Der Junge lief mit dem Hund nach draußen.

Als er verschwunden war, drehte Felicia sich zu ihnen. „Er möchte helfen. Das ist so lieb. Wir können uns wirklich glücklich schätzen, dass er solch einen wunderbaren Charakter hat und so gut erzogen wurde. Seine Mutter hat ihre Sache wirklich exzellent gemacht. Wenn Gideon und ich Kinder bekommen, bin ich hoffentlich auch nur halb so fähig wie sie."

Karen trat zu ihr und berührte ihre Schulter. „Du wirst das ganz ausgezeichnet machen."

„Ich habe da so meine Zweifel", gab Felicia zu.

Noelle wollte sie gerade beruhigen, als sie eine scharfe, wütende Stimme vernahm. Es dauerte eine Sekunde, ehe ihr klar wurde, dass sie von unten kam. Karen und Felicia drehten sich in die Richtung.

„Nein!", sagte Karen entschieden. „Sie werden heute an Thanksgiving nicht streiten."

Es hörte sich so an, als wäre es nicht das erste Mal, dass so etwas vorgekommen war, doch Karen erklärte es nicht weiter. Stattdessen eilte sie zur Treppe, und Felicia und Noelle folgten ihr hinunter ins Untergeschoss.

Die Stimmen wurden lauter.

„Hier geht es nicht um dich!", brauste Gideon auf. „Es ist nicht deine Entscheidung."

„Ich habe sehr wohl etwas dazu zu sagen", brüllte Norm. „Ihr seid meine Söhne, und ihr habt meine Meinung zu respektieren!"

Die Frauen liefen in das Familienzimmer und sahen die drei Männer aufgebracht dastehen und sich böse anstarren. Die Spannung, die in der Luft lag, war fast greifbar, genau wie die unterschwellige Wut. Noelle bemerkte Gabriels stocksteife Haltung, die Schultern hatte er gestrafft, und ein Muskel in seinem Kiefer zuckte.

Natürlich wusste sie nicht, worum es bei dem Streit gegangen war, doch sie sah, dass Gabriel litt. Als sie auf ihn zuging, schnappte Karen sich Norms Hand und zog ihn regelrecht zur Treppe.

„Du hältst dich hier raus", brummte er sie an.

„Nein“, konterte Karen und zog ihn weiter. „Du kommst jetzt mit mir, bis du dich abreagiert hast. Wir haben das besprochen.“

„Du verstehst das nicht!“

„Oh doch, ich verstehe so einiges.“

Felicia ging zu Gideon und murmelte etwas. Er nickte, und zusammen gingen sie den Gang entlang zu den hinteren Zimmern. Schließlich blieb Noelle mit Gabriel allein.

Er ging hinüber zum Fenster und starrte hinauf in die Berge. „Es tut mir leid. Das ist so eine Familiensache. Mein Dad hat … Er hat gewisse Erwartungen.“

Sie überlegte, ob sie einen Scherz darüber machen sollte, dass er doch schließlich Arzt sei, mehr könne ein Vater doch nun wirklich nicht verlangen. Doch da sie nicht wusste, worum es bei dem Streit gegangen war, hatte sie Angst, jemandem auf die Füße zu treten. Sie wollte gern helfen, wusste aber nicht, wie. Eine frustrierende Kombination.

Gabriel stand allein da, und in diesem Moment, als sie ihn beobachtete, fragte sie sich, wie häufig er in seinem Leben schon so dagestanden hatte. Allein.

Ohne zu wissen, was sie sonst tun sollte, trat sie nahe an ihn heran.

„Hey“, sagte sie und berührte seine gesunde Hand.

Er drehte sich zu ihr herum. Schmerz lag in seinen Augen und noch ein Ausdruck, von dem sie nur vermuteten konnte, dass es sich um Hoffnung handelte. Hoffnung, dass sie das alles irgendwie besser machen konnte.

Plötzlich wurde Noelle von Panik ergriffen. Sie hatte wirklich keine Ahnung, was sie sagen sollte. Was sie tun sollte. Eine Ablenkung musste her, aber außer „Feuer“ zu rufen, fiel ihr nichts ein, womit sie …

„Du könntest mich noch einmal küssen“, platzte sie heraus.

Es dauerte eine Sekunde, ehe Gabriel darauf reagierte, und in der Zeit wappnete Noelle sich, weil sie mit einer Ablehnung rechnete, mit Sarkasmus oder Mitleid. Was vermutlich nicht unbedingt von geistiger Gesundheit zeugte, aber sie hatte noch nie viel davon gehalten, sich selbst etwas vorzumachen. Die Tatsache, dass *sie* ihn attraktiv fand, bedeutete ja nicht, dass dieses Gefühl auf Gegenseitigkeit beruhte.

Gabriel hob eine Augenbraue. „Das könnte ich", sagte er, bevor er den Kopf neigte und genau das tat.

Die erste Berührung seiner Lippen war ganz sanft. Nicht zögernd, dachte Noelle, während sie die Augen schloss. Eher forschend als leidenschaftlich.

Er hatte wunderbare Lippen. Warm und zart, aber maskulin genug, um die Sache interessant zu machen. Obwohl Noelle erwartete, dass er sich gleich wieder aufrichten würde, so wie am Morgen, tat Gabriel es nicht. Stattdessen kostete er den Kuss aus.

Prompt flatterten die Schmetterlinge in ihrem Bauch aufgeregt durcheinander. Instinktiv trat sie näher an ihn heran, während er die Arme um sie schlang und sie fest an sich zog. Sie berührten sich überall, und doch war es längst nicht genug.

Als sie die Hände auf seine Schultern legte, spürte sie die Muskeln und die Kraft, die in ihnen steckte. Er drehte den Kopf ein wenig und küsste sie auf die Wange, das Kinn, das Ohr. Jede Berührung hinterließ ein Glühen auf ihrer Haut, und ihr stockte der Atem, als er kleine Küsse auf ihrem Hals verteilte.

Es war ja nicht nur, dass sie seit einer gefühlten Ewigkeit nicht mehr geküsst worden war, sondern auch, dass sie von *diesem* Mann noch nie geküsst worden war. Sie hatte diesen angenehmen Druck seines Oberkörpers an ihren Brüsten noch nie gespürt, seine großen Hände hatten noch nie auf ihrem Rücken gelegen, und Noelle hatte nicht geahnt, welches Verlangen er in ihr heraufbeschwören konnte. Ein Verlangen, das sie regelrecht erzittern ließ.

Als Gabriel jetzt wieder ihren Mund eroberte, öffnete sie sich ihm bereitwillig und genoss es, als er mit der Zunge ihren Mund erforschte. Schon bei der ersten hungrigen Berührung wusste sie, dass sie ihm nichts verwehren konnte. Und selbst wenn … sie wollte es ja gar nicht! Ihr ganzer Körper schmerzte geradezu vor Verlangen, ihre Brüste, die hypersensible Stelle zwischen ihren Beinen. Sie wollte, dass Gabriel sie berührte, ihren Körper erkundete. Sie wollte *ihn* berühren, alles über seinen Körper herausfinden. Sie wollte sich ihm hingeben, und dann wollte sie sich nehmen, was sie brauchte.

Das Verlangen war so groß, so überwältigend, dass sie plötzlich Angst bekam, dass sie die Einzige war, der es so erging. Sie löste sich von ihm und bemühte sich, ihre Atmung wieder unter Kontrolle zu bringen. Gabriel starrte sie mit hungrigen Blicken an.

„Du bist immer wieder für eine Überraschung gut", murmelte er.

„Das Kompliment kann ich nur zurückgeben." Sie räusperte sich. „Ich wollte dich ablenken."

„Das ist dir wunderbar gelungen." Seine Mundwinkel zuckten. „Ich dachte mir ja schon, dass du mich in Schwierigkeiten bringen würdest, aber ich hatte nicht damit gerechnet, dass du mich *so* überraschst."

Sie lächelte, weil ihr seine Aussage gefiel. Doch ehe sie darauf antworten konnte, kam Carter die Treppe heruntergepoltert, wie immer gefolgt von Webster.

„Hey", meinte der Teenager, als er ins Zimmer gestürmt kam. „Wie steht's?"

Gabriel blickte auf den großen Flachbildschirm, bei dem die Lautstärke heruntergedreht worden war, wo aber ein Footballspiel lief. „Unentschieden."

„Ich muss wohl mal wieder hoch", meinte Noelle. „Mal sehen, ob ich in der Küche gebraucht werde."

Gabriel nickte. „Danke."

Für die Ablenkung? Für den Kuss? Dafür, dass sie ihm bewusst gemacht hatte, dass sie genau die Frau war, nach der er schon sein Leben lang gesucht hatte? Okay, Letzteres war wohl eher unwahrscheinlich, aber man durfte ja wohl mal träumen.

„Es ist eine Familientradition", sagte Karen, als das Essen auf dem Tisch stand. „Ich werde einfach mal anfangen. Ich bin dankbar dafür, dass ich wieder mit meinen Söhnen zusammen bin." Sie nickte ihrem Mann zu.

„Ich bin dankbar dafür, dass wir die stärkste Streitmacht der Welt haben", sagte Norm.

Karen seufzte. „Es ist Thanksgiving."

„Ja und? Ich bin doch auch dankbar."

Felicia räusperte sich. „Ich bin dankbar für meine wunderbare Familie. Für alle, die dazugehören. Und für meine Freunde." Sie lächelte Noelle zu.

„Ich bin auch dankbar für meine Familie", erklärte Carter und drückte Felicias Hand. „Und natürlich für Webster."

Gideon stimmte Noelle und Carter zu, und Gabriel war dankbar für diejenigen, die die Kämpfe überlebt hatten. Noelle beendete die Runde der Danksagungen, indem sie erklärte: „Ich bin dankbar dafür, dass ich den Ort gefunden habe, an den ich gehöre."

Während Norm begann, den riesigen Truthahn zu zerlegen, beugte Carter sich zu seinem Onkel. „Du bist doch wie mein Dad, oder? Du dienst in der Army."

„Als Arzt. Dein Dad hat richtig gekämpft."

„Aber du trägst auch eine Waffe", hakte Carter nach.

„Manchmal", erklärte Gabriel ihm. „Nicht sehr häufig."

„Wolltest du schon immer Arzt werden?“

Norm schnaubte. „Verdammt, nein! Wenn es nach ihm gegangen wäre, dann hätte er an irgend so einer extravaganten Universität englische Literatur studiert und wäre Collegeprofessor geworden.“

Carter und Noelle drehten sich beide zu Gabriel um.

„Stimmt das?“, fragte der Teenager.

Gabriel zuckte mit den Schultern. „Es stand nie zur Debatte.“

„Da hast du recht“, brummte Norm und legte die ersten Truthahnteile auf einen Teller, den er seiner Frau reichte. „In unserer Familie wird gedient.“

Karen sah sich verzweifelt am Tisch um. „Das hier ist alles ganz fantastisch, Felicia! Ich weiß gar nicht, warum du dir solche Sorgen gemacht hast. Alles ist dir hervorragend gelungen. Vielen, vielen Dank, dass du dir so viel Mühe gegeben hast.“

„Du hast doch geholfen“, meinte Felicia. „Obwohl ich sehr zufrieden bin mit dem Truthahn.“

„Vielleicht hat es geholfen, dass du mit ihm geredet hast“, neckte Gideon sie.

Im nächsten Moment drehte sich die Unterhaltung um das Wetter und darum, ob es wohl wieder schneien würde, sowie um die Festivals während der Adventszeit. Noelle war nicht sicher, ob Norms Zornausbruch vergessen oder einfach nur höflich unter den Teppich gekehrt worden war. Wie auch immer, sie griff unter dem Tisch nach Gabriels Hand. Er schaute sie an.

„Alles okay?“, fragte sie leise.

Er nickte und drückte ihre Finger, ehe er sie wieder losließ. Noelle nahm die Information hin, weil sie wusste, dass sie Gabriel noch nicht gut genug kannte, um ihn zu drängen. Aber sie fragte sich natürlich, ob Norms Haltung der Grund dafür war, dass Gabriel seine Eltern so lange nicht gesehen hatte.

Unter diesen Umständen konnte sie es ihm nicht einmal verübeln. Sie war sich sicher, dass Norm aus einem fehlgeleiteten Sinn für Traditionen heraus handelte, auch wenn er dabei das Beste für seine Familie im Sinne hatte. Allerdings wünschte sie, er würde begreifen, dass er damit genau das verlor, woran er sich so gern klammern würde.

Am frühen Freitagmorgen ging Gabriel auf Noelles Laden zu. Sie hatte ihn schon vorgewarnt, dass es ein anstrengender Tag werden würde. Sie würden Überstunden machen müssen, weil heute Black Friday war. Da er so lange außer Landes gewesen war, hatte es einen Augenblick gedauert, ehe ihm wieder eingefallen war, was es mit dem Black Friday auf sich hatte: Es war traditionell der Freitag nach Thanksgiving, den die Leute zum Einkaufen für Weihnachten nutzten. Für Gabriel war es nicht wirklich nachvollziehbar, warum die Leute schon jetzt loszogen, um Geschenke zu kaufen, wenn das Fest erst in mehr als einem Monat war, aber er gehörte ja auch nicht zur Zielgruppe des Black Friday.

Außerdem schuldete er Noelle etwas. Sie war am Tag zuvor für ihn da gewesen. Angefangen bei der Parade, wo sie mit ihrem Enthusiasmus Fröhlichkeit verbreitet hatte, bis hin zu der sehr willkommenen Ablenkung nach dem Streit mit seinem Vater. Immer war sie an seiner Seite gewesen.

Er trank einen Schluck von dem Kaffee, den er sich im Brewhaha gekauft hatte, und überquerte die Straße. Das musste er Noelle lassen: Sie war unkonventionell. Die Erinnerung an den Kuss ließ ihn grinsen. Das Verlangen, das dieser Kuss bei ihm ausgelöst hatte, hätte ihn fast umgehauen. Für jemanden, der vor Aufregung tanzte, wenn ein Elefant im Weihnachtskostüm vorbeimarschierte, war sie ganz schön sexy.

Noch immer grinsend kam er um die Ecke und sah eine Gruppe von Leuten vor The Christmas Attic warten.

Nein, korrigierte er sich, nicht Leute. Frauen. Viele Frauen. Sie bildeten eine Schlange und unterhielten sich alle angeregt. Als eine ältere Dame am Anfang der Schlange ihn entdeckte, rief sie: „Wann geht's denn endlich los?"

Gabriel starrte sie an. „Wir, äh, öffnen um acht."

Die alte Dame blickte auf ihre Armbanduhr. „Sie haben noch fünf Minuten. Wenn Sie glauben, Sie können sich verspäten, dann irren Sie sich aber gewaltig."

Er nickte nur, sagte aber nichts weiter, als er an ihr vorbeieilte und die Ladentür aufschloss und ins Geschäft trat.

Noelle war bereits da. Sie hatte die hübsche rote Schürze mit dem Logo des Ladens umgebunden und zählte gerade Geldscheine, bevor sie sie in die Kasse legte.

„Draußen hat sich schon eine Schlange gebildet", meinte er zur Begrüßung.

„Hallo, ja, hab ich gesehen." Sie blickte auf und wirkte leicht benommen. „Ich glaube nicht, dass ich dafür bereit bin."

„Nicht bereit zu sein, steht nicht zur Debatte. Die kommen mir alle sehr entschlossen und schon fast feindselig vor."

Noelle schloss die Kasse und holte tief Luft. „Okay. Es wird ein langer Tag. Wir werden unsere Kräfte einteilen und unser Bestes geben. Wenn du müde wirst, kannst du dich hinten im Lager ausruhen. Oder früher gehen."

„Ich halte das schon durch."

„Ich möchte nicht, dass du einen Rückfall erleidest."

Ihre Ernsthaftigkeit zeigte ihm, wie nervös sie war. Er ging zu ihr und legte ihr die Hände auf die Schultern.

„Du machst das bestimmt ganz toll. Der Laden ist bezaubernd, und draußen warten deine Kundinnen. Lass uns ein paar Minuten eher aufmachen und diesen Tag in Angriff nehmen."

Sie starrte in seine Augen. Eine Sekunde lang dachte Gabriel daran, den Laden nicht eher zu öffnen, sondern stattdessen die ein, zwei Minuten dafür zu nutzen, Noelle zu küssen. Natürlich würden diese Küsse dazu führen, dass er mehr wollte, und dafür war dies weder der richtige Ort noch der richtige Zeitpunkt. Aber es wäre definitiv nett.

„Hey, ihr da drinnen! Es ist lausig kalt hier draußen!"

Der Kommentar ertönte von draußen und wurde von einem beharrlichen Klopfen an die Scheibe begleitet. Noelle straffte die Schultern.

„Okay", sagte sie noch einmal, als sie zur Ladentür ging. „Ich bin bereit."

„Ich auch."

Wobei sich schnell herausstellte, dass er sich da geirrt hatte. Er war nicht bereit. Es war überhaupt nicht möglich, sich auf solch einen Ansturm an Kunden vorzubereiten. Sie kamen in kleinen Grüppchen, zu zweit, zu dritt, sie durchstöberten den Laden, und sie kauften. Teddybären und Eisenbahnen, CDs und Decken. Kein Winkel des Ladens blieb unerforscht. Wenn Gabriel nicht damit beschäftigt war, die Regale aufzufüllen, dann packte er Sachen für die Kunden ein. Hin und wieder trug er die Tüten zu einem wartenden Wagen.

„Entschuldigen Sie, junger Mann!"

Gabriel drehte sich herum und sah sich einer freundlich aussehenden Frau gegenüber, die sich auf einen Stock stützte, der mit lila Blumen bemalt war.

„Ja, Ma'am, womit kann ich Ihnen helfen?"

„Ich bin auf der Suche nach einer Menora. Sie wissen schon, einem siebenarmigen Leuchter. Sie ist für eine Freundin von mir. In einem der Schaufenster habe ich eine entdeckt, die mir sehr gut gefällt. Sie ist wirklich hübsch, und dass sie aus Glas ist, ist sehr ungewöhnlich. Außerdem gefällt mir, dass die Kerzen alle unterschiedliche Farben haben. Könnten Sie mir die raussuchen?"

„Natürlich", antwortete er und machte sich auf den Weg nach hinten zum Lagerraum. „Wir haben noch welche, die verpackt sind."

Er ging an Noelle vorbei, die ihn erschöpft anlächelte. Fünf Minuten später verließ die Frau den Laden mit ihrem Leuchter. Gerade als Gabriel die Teddybären kontrollieren wollte, wurde er von einer anderen Frau angesprochen.

„Sie sind Gabriel", sagte sie und musterte ihn. Sie hatte weiße Locken und trug einen knallrosa Trainingsanzug. „Gideons Bruder."

„Ja."

„Ich bin Eddie." Sie lächelte. „Sie müssten mir das bitte mal in meinen Wagen tragen."

Sie reichte ihm eine Schachtel, die ungefähr so groß war wie eine Getränkedose. Ungläubig starrte Gabriel sie an.

„Sie wollen, dass ich Ihnen das trage?"

„Ja, ja." Eddie nickte. „Ich bin so alt, da müssen Sie tun, was ich sage. Kommen Sie! Ich hab nicht ewig Zeit."

Gabriel hatte keine Ahnung, was hier los war, aber natürlich hatte er nicht vor, einer gut Siebzigjährigen eine Bitte abzuschlagen. Also hielt er ihr die Ladentür auf und folgte ihr dann den Bürgersteig entlang bis zu einer neueren Limousine. Dort angekommen, reichte er ihr das Päckchen.

Sie lächelte. „Danke schön."

„Gerne."

Noch immer verwirrt darüber, was das alles sollte, drehte er sich um und hatte auf einmal das Gefühl, als würde ihm jemand den Hintern tätscheln. Abrupt wirbelte er herum. Die Miene der alten Dame wirkte sowohl unschuldig als auch befriedigt.

Nein, redete Gabriel sich ein. Diese Berührung hatte er sich wohl nur eingebildet. Und wenn nicht, dann konnte er jetzt ohnehin nichts daran ändern.

„Äh, einen schönen Tag noch“, murmelte er, bevor er wieder in Richtung Laden eilte.

Der stete Strom an Kunden riss nicht ab, bis Noelle schließlich um viertel nach sechs die Ladentür abschloss. Seit mehr als zehn Stunden waren sie beide unentwegt auf den Beinen gewesen.

„Meine Füße tun weh“, jammerte Noelle und band ihre Schürze ab. „Mein Rücken tut weh, und ich bin halb verhungert.“

„Ich auch, und eine alte Dame hat mir den Hintern getätschelt.“

Noelle sah ihn an und fing an zu lachen. „Das denkst du dir nur aus.“

„Ich schwöre, es ist wirklich passiert.“

„Eddie oder Gladys.“

„Eddie.“

„Dann glaube ich dir. Hast du was zu Mittag gegessen?“

„Nein.“

„Ich auch nicht. Willst du mit zu mir kommen? Ich bestelle uns die größte Pizza, die du je gesehen hast. Die wird dir gefallen.“

Sie hatte einen kleinen Schmutzfleck auf der Wange und Staub auf der Jeans. Und sie sah genau so müde aus, wie er sich fühlte. Aber sie hatte ihn zu sich eingeladen, und das Einzige, was Gabriel denken konnte, war, dass er eigentlich nur sie zum Abendessen vernaschen wollte. Denn wenn er mit ihr zusammen war, schien auf einmal alles im Lot zu sein. Selbst wenn er von Seniorinnen sexuell belästigt wurde.

Eine Sekunde lang überlegte er, wie Noelle wohl reagieren würde, wenn er ihr die Wahrheit sagte. Die Chancen, dass sie etwas Ähnliches wollte wie er, standen vermutlich nicht allzu gut. Da würde er sich wohl eher eine Ohrfeige einfangen. Also tat er das einzig Vernünftige und erklärte: „Pizza klingt gut.“

6. KAPITEL

Noelle stieß ihre Haustür auf und schaltete das Licht an. Es war ein kleines Haus – mit zwei Zimmern und nur einem Bad, im klassischen Ranchstil der fünfziger Jahre gebaut.

Gabriel kam hinter ihr rein. „Nett", meinte er und schaute auf das schwarze Ledersofa. „Das sieht gemütlich aus."

„Wirf dich drauf. Ehrlich, ich habe vor, genau das auch zu tun, sobald ich die Pizza bestellt habe."

Sie wartete, bis Gabriel ins Wohnzimmer gegangen war, bevor sie sich auf die Bank an der Haustür fallen ließ. Sie zog den Reißverschluss ihrer Stiefel auf und zog sie aus, um endlich ihre schmerzenden Füße strecken zu können. Es war kein Witz gewesen, als sie eben behauptet hatte, ihr würde alles wehtun. Sogar ihre Haare schmerzten. Sie konnte sich nicht erinnern, wann sie jemals so erschöpft gewesen war. Und das Aufregende an der ganzen Sache war, dass es morgen so weitergehen würde. Aber immerhin brauchte sie morgen den Laden nicht schon vor der regulären Öffnungszeit aufzumachen.

Leise stöhnend stand sie auf und humpelte in die kleine Küche. Dort zog sie die Karte vom Pizza-Service unter dem Magneten am Kühlschrank hervor.

„Mit Schinken und allem?", fragte sie.

Gabriel stand in der Küchentür. „Magst du das auch?"

„Nein, aber ich lasse damit die eine Hälfte belegen."

Er verschränkte die Arme vor der Brust. „Du schaffst eine halbe große Pizza?"

„Ja."

„Das will ich sehen!"

„Wirst du."

Sie bestellte die Pizza und einen Becher Ben & Jerry's gleich dazu, bevor sie das Telefon wieder zur Seite legte. Sie öffnete den Kühlschrank und nahm zwei Flaschen Bier heraus.

Gabriel wirkte schon wieder überrascht. „Ich hätte vermutet, dass du Rotwein trinkst."

„Ich habe unergründliche Tiefen."

„Das merke ich."

Sie gingen hinüber ins Wohnzimmer.

Ihr riesiges Sofa beanspruchte den Großteil des Raumes, aber das machte Noelle nichts aus. Man konnte sich nämlich herrlich darauf ausstrecken und Filme anschauen, außerdem hatte sie eine gute Leselampe angebracht. Und weil sie unbedingt all die zeitgenössischen Details aus *Downtown Abbey* sehen wollte, hatte sie sich einen richtig schön großen Fernseher gegönnt. Vielleicht hätte eine Wohnung mehr Sinn ergeben, aber sie liebte es, einen Garten zu haben. Ihr Vermieter, der ehemalige Rennradler Josh Golden, hatte ihr versichert, dass sie pflanzen könne, was sie wolle. Das hatte sie in diesem Sommer ausgenutzt und ganz viele Beeren gepflanzt. Im nächsten Jahr würde sie mit ein paar Gemüsesorten experimentieren. Wenn ihr Einkommen sich irgendwann erhöhte, konnte sie sich vielleicht ein eigenes Haus kaufen, aber bis dahin war dieses kleine Häuschen genau das Richtige für sie.

Gabriel setzte sich auf das eine Ende des Sofas, während sie sich aufs andere Ende plumpsen ließ. Sie wackelte mit den Zehen und überlegte, wann sich der Zustand ihrer Füße wohl von halb taub und wund zu schmerzhaftem Pochen entwickeln würde. Müde deutete sie auf den Couchtisch.

„Tu dir keinen Zwang an! Du darfst gern die Füße hochlegen. Den Tisch habe ich auf einem Flohmarkt für zwanzig Dollar gekauft. Der ist unverwüstlich."

Einen Moment lang zögerte Gabriel, doch dann beugte er sich vor und zog die Stiefel aus, bevor er die Füße auf die mitgenommene Holzplatte legte.

„Danke. Ich bin es zwar gewohnt, den ganzen Tag zu stehen, aber irgendwie war das heute etwas anderes. Vor allem anstrengender."

„Ich weiß. Eigentlich bin ich es gewöhnt, viel herumzulaufen, aber ich bin auch völlig fertig. Wahrscheinlich liegt es an der Intensität." Sie griff nach ihrer Bierflasche und trank einen Schluck. „Du hast hoffentlich nicht vergessen, dass demnächst der Basar ansteht, oder?"

Gabriel lehnte den Kopf zurück und schloss die Augen. „Erinnere mich bloß nicht daran! Was ist nur mit dieser Stadt los?"

„Wir feiern gerne."

„Ihr braucht ein Zwölf-Schritte-Programm! Hallo, ich heiße Fool's Gold, und ich bin süchtig nach Festivals."

Sie lächelte. „Ich freue mich ehrlich gesagt schon auf den Basar am nächsten Wochenende. Ich habe ein paar wirklich interessante Sachen beigesteuert. Und vergiss nicht, die Leute immer schön in den Laden zu schicken, okay?"

„Ja, mein Ziel ist es, so wenig wie möglich zu verkaufen."

„Ich brauche irgendwas, womit ich nach dir werfen kann", brummte sie. „Natürlich kannst du Sachen verkaufen, aber du musst nicht. Wenn sie etwas in einer anderen Farbe oder so wollen, sag ihnen, sie sollen in den Laden kommen. Aber das ist ja erst nächstes Wochenende. Morgen müssen wir nur den Ansturm all jener überstehen, die in Panik geraten sind, weil sie meinen, heute in ihrem Einkaufswahn nicht alles bekommen zu haben." Sie schüttelte den Kopf. „Ich hätte Aushilfsjobs im Einzelhandel annehmen sollen, als ich auf dem College war."

„Was hast du stattdessen gemacht?"

„Praktika, wenn ich welche bekommen habe. Aber mehrere Sommer lang habe ich auch als Nanny gearbeitet und Bürojobs übernommen. Und gekellnert habe ich natürlich auch, das Übliche eben. Was hast du gemacht?"

„Ich hatte keine freien Sommer. Das College habe ich zügig durchlaufen, und nachdem ich erst einmal in der Army war, haben sie mir mein Medizinstudium bezahlt, aber dafür hatte ich keine Ferien."

Sie drehte sich ein wenig zu ihm herum und musterte das starke Profil und das kantige Kinn. „Wolltest du wirklich Englischprofessor werden?"

Er sah sie an. „Ich weiß es nicht. Ich wollte kein Soldat werden."

„Und doch bist du einer geworden."

Er zuckte mit den Schultern. „Nicht wirklich. Als Arzt konnte ich in gewisser Weise der Familientradition gerecht werden, während ich mich gleichzeitig für etwas entschieden habe, das ich tun wollte. Das wäre schon schwieriger geworden, wenn ich eine Doktorarbeit über die großen amerikanischen Schriftsteller des zwanzigsten Jahrhunderts hätte schreiben wollen."

„Dein Dad hat dich unter Druck gesetzt."

„So kann man es auch nennen." Er trank einen Schluck Bier. „Mein Dad war sehr verbissen. Schon als Gideon und ich noch ganz klein waren, hat er schon davon gesprochen, dass wir zur Army müssen. Etwas anderes kam für ihn gar nicht infrage. Wenn ich jetzt zurückblicke, wird mir klar, dass ich mich gegen ihn hätte auflehnen sollen."

„Du warst noch ein Kind. Wusstest du überhaupt, dass es noch andere Möglichkeiten gab?"

„Nicht wirklich", gab er zu. „Ich wusste nur, dass ich niemals das tun könnte, was Gideon tat."

Noelle hatte viel Glück mit ihrer Familie gehabt. Ihre Mutter und Großmutter hatten gewollt, dass sie einen Beruf ausübte, der sie glücklich machte. Aber nicht alle Eltern waren so verständnisvoll.

Als es in dem Moment an der Tür klopfte, stand Noelle auf und stöhnte, weil ihre Füße und Beine protestierten. Leicht humpelnd ging sie zur Tür, doch Gabriel war schneller und zog seine Brieftasche heraus.

„Ich mach das schon", sagte er.

Sie grinste ihn an. „Du bist wirklich ein typischer Mann!"

„Danke."

Zehn Minuten später saßen sie an ihrem kleinen Tisch. Noelle hatte Teller und Servietten herausgeholt, und jetzt ließen sie sich die Pizza schmecken.

Der Boden war außen schön knusprig und innen weich. Der geschmolzene Käse war heiß und das gegrillte Gemüse genau richtig gegart.

Gabriel starrte auf ihre Hälfte der Pizza. „Gemüse? Ernsthaft? Auf einer Pizza?"

„Ich weiß. Ich kann nicht anders. Aber du hast ja deine männliche Fleischvariante." Sie grinste. „Bier und Pizza. Nachher wirst du vermutlich noch den Drang verspüren, ein paar Teenager zu einem Motorrennen herauszufordern."

„Ach, ich könnte mir ja auch einfach Wrestling im Fernsehen anschauen und auf diese Weise meine Männlichkeit beweisen."

„Echt? Wrestling? Tragen die nicht Strumpfhosen?"

„Das sind keine Strumpfhosen! Das sind …" Er seufzte theatralisch. „Warum versuche ich es überhaupt?"

Lachend griff Noelle nach dem nächsten Stück Pizza.

Nachdem sie die ganze Pizza verschlungen hatten, lehnte Noelle sich zurück. „Das war großartig. Nachher gibt es noch Eis."

„Oh, eine richtige Gourmetmahlzeit!"

„Eins meiner Lieblingsessen."

Gabriel sah aus, als wollte er noch etwas sagen, tat es aber nicht. Sie vermutete, dass er fragen wollte, wieso sie so dünn war, wenn sie so viel essen konnte. Doch sie wollte jetzt nicht über ihr Gewicht reden und auch nicht darüber, dass sie noch immer daran arbeitete, wieder zu der zu werden, die sie einmal gewesen war.

„Gab es Pizza, wo du stationiert warst?“, fragte sie.

„Sicher. Dafür sorgt die Army. In Deutschland gab es ein paar Italiener in der Nähe der Kaserne. In Afghanistan und im Irak war es schon eine größere Herausforderung, etwas zu finden. In der Offizierskantine gab es auch hin und wieder Pizza, aber das kann man nicht vergleichen.“

Sie stand auf und ging zum Kühlschrank, um noch zwei Flaschen Bier herauszuholen. „Du warst in der Nähe der Front, oder?“

„Manchmal.“

Jetzt fiel ihr ein, was Felicia ihr erzählt hatte. „Du bist auch an Bord von Flugzeugen mitgeflogen, richtig? Die, mit denen sie die Verwundeten nach Deutschland ausfliegen?“

Er nickte zögernd.

Es war offensichtlich, dass er nicht darüber reden wollte. Noelle vermutete, dass er auf diesen Flügen einige ziemlich schreckliche Verletzungen zu Gesicht bekommen hatte. Nach allem, was sie gelesen oder in den Nachrichten gesehen hatte, waren die Verletzten in ziemlich schlechter Verfassung, wenn sie ausgeflogen wurden. Gabriel und sein Team mussten dann bestimmt ihr Bestes geben, um die Leute am Leben zu halten, während sie in wirklich beengten Verhältnissen arbeiten mussten.

„Es muss sehr anstrengend gewesen sein, auch psychisch.“

„Das ist meine Arbeit meistens. Ich sehe die Soldaten, wenn sie mit ihren Verletzungen direkt von der Front kommen. Sie müssen stabilisiert und für die OPs vorbereitet werden.“ Er entspannte sich ein wenig. „Das bedeutet lange Arbeitszeiten, und wenn ich im Feldlazarett stationiert war, kamen immer wieder neue Verletzte an.“

„Wie hast du abgeschaltet?“, fragte sie.

Sie wartete darauf, dass er Volleyball oder Videospiele sagen oder vielleicht einen Witz darüber machen würde. Stattdessen versteifte er sich und schien überall hinzuschauen, nur nicht zu ihr.

Ihr Gehirn versuchte die Veränderung, die so abrupt in ihm vorgegangen war, zu verarbeiten und die Lücken zu füllen. Auf einmal musste sie grinsen.

„Sex?", fragte sie, ohne ihre Belustigung zu verbergen. „Willst du etwa sagen, dass es beim Militär Sex gibt?"

„Ich war im Softball-Team", brummte er.

„Ach, so nennt man das heutzutage?"

Jetzt schaute er sie an. „Ja, manchmal war auch Sex eine Möglichkeit, dem Ganzen zu entkommen."

„Du Hengst", meinte sie fröhlich. „Ist das also der Grund, warum du nie geheiratet hast? Ich glaube nämlich, du wirst Ana Raquel darauf noch eine Antwort geben müssen, ganz zu schweigen von deiner Mutter. Wobei ich nicht glaube, dass sie hören möchte, was du in deiner Freizeit getrieben hast."

„Es ist mir egal, was Ana Raquel über mich denkt, du wirst es meiner Mutter nicht erzählen und nein, das ist nicht der Grund, warum ich nicht verheiratet bin."

Er öffnete den Mund, als wollte er noch mehr sagen, schloss ihn aber wieder.

„Gabriel?", fragte sie leise und überlegte, woran er wohl dachte. „Was ist geschehen?"

Er sah sie wieder an. „Es gab einmal eine Frau. Eine Ärztin. Ich mochte sie sehr. Wir waren schon seit ein paar Monaten zusammen. Es war irgendwie … anders."

„Sie war dir wichtig."

Er nickte. „Ein paar ihrer Freundinnen fuhren mit dem Geländewagen los. Nur die Mädels. Sie fuhr mit ihnen." Er presste die Lippen zusammen. „Fröhlich lachend fuhren sie davon, und im nächsten Moment wurden sie von einer Rakete getroffen."

Noelle schnappte nach Luft. Ihr Magen zog sich zusammen, und sie bedauerte, dass sie so viel Pizza gegessen hatte.

„Sie waren auf der Stelle tot", sagte er tonlos und starrte an ihr vorbei. „Alle. Es geschah so schnell."

„Es tut mir so leid. Das muss entsetzlich gewesen sein."

„War es auch. All das. Aber es hat das bestätigt, was ich immer schon gedacht hatte: Es ergibt keinen Sinn, zu heiraten."

Fassungslos starrte sie ihn an. „Wie bitte? Du stellst die gesamte Institution Ehe infrage?"

„Sicher. Das Leben ist im besten Falle heikel. Wir könnten morgen alle schon tot sein. Ich habe es immer wieder erlebt."

„Ich weiß, dass das, was passiert ist, eine Tragödie ist, aber du hast die falsche Konsequenz daraus gezogen."

„Nein, habe ich nicht." Er blickte sich um. „Ich gebe ja zu, dass es hier weniger wahrscheinlich ist, dass so etwas passiert, aber wir wissen trotzdem nicht, was das Morgen bringt. Warum sollte man es also riskieren?"

„Das ist doch umso mehr ein Grund, es zu riskieren", erklärte sie ihm. „Wir sollten das Glück beim Schopfe packen, denn du hast recht: Niemand kann dir sagen, wie viel Zeit dir noch bleibt."

„Ich sage ja nicht, dass andere Menschen sich nicht zusammentun und heiraten sollen. Nur ich habe es nicht vor."

„Was ist mit einer Familie? Willst du keine Kinder haben?"

Eine Sekunde lang erschien ein wehmütiger Ausdruck auf seinem Gesicht, der ebenso schnell wieder verschwand. „Das sehe ich eher nicht."

„Dann wirst du ein einsamer alter Mann werden."

„Es wird Ana Raquel freuen, dass sie recht hatte."

Gern hätte Noelle noch mehr gesagt, um ihm zu erklären, dass er sich irrte, doch sie wusste, es war sinnlos. Gabriel war ein intelligenter Mann, der sich offensichtlich schon reichlich Gedanken über seine Zukunft gemacht hatte. Er hatte gesehen, dass das Leben schnell vorbei sein konnte, und sich entschieden, Schmerzen aus dem Weg zu gehen, indem er mit niemandem eine feste Beziehung einging. Sie selbst hatte ebenfalls gelernt, wie kurz das Leben sein konnte, allerdings genau entgegengesetzte Lehren daraus gezogen. Sie hatte sich in ihr neues Leben hier in Fool's Gold gestürzt – hatte den Laden gekauft, hatte Freundschaften aufgebaut und Pläne geschmiedet.

„Ich habe mir überlegt, dass ich mir eine Katze anschaffen werde", sagte sie entschlossen, da ein Haustier für sie der nächste Schritt war.

„Ich mag Katzen", meinte Gabriel. „Ihren Respekt muss man sich verdienen. Webster würde mit jedem nach Hause gehen."

„Er ist doch noch ein Welpe."

„Meinst du, er wird sich anders benehmen, wenn er älter ist?"

Noelle dachte an den freundlichen Hund, der die Welt als große Spielwiese zu sehen schien. „Wahrscheinlich nicht", gab sie zu. „Aber er ist wirklich süß."

„Eine gute Charaktereigenschaft bei einem großen Hund." Er griff nach seinem Bier. „Was hat dich eigentlich hierher nach Fool's Gold verschlagen?"

„Ich brauchte eine Veränderung. Ich hatte eine Weile als Anwältin gearbeitet …"

Er hob die Augenbrauen. „Du warst Anwältin?"

„Ja. Du brauchst gar nicht so erstaunt zu tun."

„Du bist nicht skrupellos."

„Nein, das bin ich nicht. Das war Teil des Problems. Als ich mich für den Beruf entschieden habe, tat ich es mit der Vorstellung, die Welt retten zu können. Leider habe ich mich vom Angebot einer großen Firma locken lassen." Bei der Entscheidung war auch ein Mann im Spiel gewesen, doch darauf wollte sie jetzt nicht eingehen.

Sie nippte an ihrem Bier. „Ich habe meine Arbeit nicht wirklich geliebt, aber ich wollte auch nicht kündigen."

Die Entscheidung war ihr letztlich aus der Hand genommen worden, als sie krank geworden war. Als sie wiedergekommen war, hatte man ihr alle wichtigen Mandanten weggenommen. Stattdessen wurde sie mit Recherchearbeiten und dem Schreiben von Berichten abgespeist. Die Kanzlei konnte ihr wegen ihrer Krankheit nicht einfach kündigen, aber sie machten ihr klar, dass sie ihr nicht mehr vertrauten.

„Irgendwann wusste ich, dass ich gehen musste", fuhr sie fort. „Ein paar Wochen lang habe ich überlegt, was ich mit dem Rest meines Lebens anfangen möchte, und kam dabei immer wieder auf meine Familie zurück. Vor allem auf meine Großmutter. Sie hat Weihnachten so sehr geliebt. Es war immer ein ganz besonderes Ereignis für uns. Sie hat mir so viele Geschichten erzählt über die Zeit, als sie selbst noch ein kleines Mädchen war, und über all die magischen Dinge, die auf dem Dachboden eingelagert waren."

„Daher kommt also der Name deines Ladens."

Sie nickte. „Also entschied ich mich, einen Laden zu eröffnen. Das einzige Problem war, einen guten Ort dafür zu finden. Ich fand, solch ein Laden passte nicht nach Los Angeles. Mir schwebte ein kleinerer Ort vor. Also habe ich mich im Kreis gedreht, bis mir schwindelig war, und habe dann eine Nadel in eine Landkarte der Vereinigten Staaten gepiekt."

Er starrte sie an. „Das ist ein Witz, oder?"

„Nein, wirklich. Unter der Nadel verbarg sich Fool's Gold, ein Ort, von dem ich noch nie gehört hatte. Ein paar Wochen später bin ich hergezogen."

„Und der Rest ist Geschichte. Anscheinend warst du sehr entschlossen. Da bin ich ja froh, dass du mich nicht mit dem

Schirm neulich attackiert hast. Du hättest mir ja den Bauch aufschlitzen können."

Sie lachte. „Ich wollte dich doch allenfalls bewusstlos schlagen. Jemandem den Bauch aufschlitzen ... das könnte ich nicht."

„Stimmt ja, du würdest in Ohnmacht fallen. Ist wahrscheinlich auch besser so. Dadurch bleibt der Rest der Menschheit in Sicherheit." Er musterte einen Moment lang ihr Gesicht. „Du hattest noch nie im Einzelhandel gearbeitet, und doch hast du dein ganzes Leben zusammengepackt und bist in eine Stadt gezogen, wo du niemanden kanntest, und hast einen Laden eröffnet?"

„Ja." Sie wartete darauf, dass er ihr erklärte, sie wäre verrückt.

Er hob die Flasche in ihre Richtung. „Hut ab vor so viel Mut."

„Danke. Das Leben ist kurz. Man muss das tun, was man kann, solange man die Chance dazu hat."

Er kniff die Augen zusammen. „Glaubst du das wirklich?"

Sie nickte. „Genau wie du, allerdings mit einer völlig anderen Theorie dahinter. Ich will alles. Liebe, Kinder, eine Altersversorgung. Ich könnte morgen tot sein, aber was ist, wenn ich siebenundneunzig Jahre alt werde? Was ist, wenn du so alt wirst?"

„Dann kannst du dich, zusammen mit Ana Raquel, damit brüsten, recht gehabt zu haben."

„Die Möglichkeit bringt dich nicht dazu, deine Meinung zu ändern?"

„Nein."

Nicht wirklich überraschend, dachte sie. Er hatte zu viel erlebt, um noch Vertrauen zu haben. Sie fragte sich, warum er diesen Weg gewählt hatte, statt den, für den sie sich entschieden hatte – den festen Glauben daran, dass alle Möglichkeiten willkommen waren.

„Es wird schon spät“, sagte er und stand auf. „Ich sollte lieber gehen.“

Sie kam ebenfalls hoch und ignorierte dabei das Gejammer ihrer Füße. „Bist du böse?“

Er lächelte. „Nein, bin ich nicht.“

Willst du mit mir ins Bett?

Noelle war sich nicht sicher, woher diese Frage auf einmal kam, aber nachdem sie sich in ihrem Kopf eingenistet hatte, ließ sie sich auch nicht wieder vertreiben. Wobei sie nicht vorhatte, diese Frage laut zu stellen. Selbst ihre Furchtlosigkeit hatte Grenzen.

Trotzdem, der Kuss gestern war schon sehr nett gewesen.

„Danke für all deine harte Arbeit heute“, sagte sie. „Es war sogar noch schlimmer, als ich erwartet hatte. In den nächsten Wochen wird auch noch ziemlich viel los sein, aber ich glaube, heute war der härteste Tag.“

„Es hilft mir, meinen eigentlichen Beruf wieder mehr zu schätzen“, erklärte er, während er seinen Teller zur Spüle brachte und die Flasche in den Altglasbehälter stellte.

„Willst du damit sagen, dass du nicht an einer Karriere im Einzelhandel interessiert bist?“

Er drehte sich zu ihr herum. „Es gibt da ein paar Dinge, die mir daran ausgesprochen gut gefallen.“

„Mein sprühender Geist und mein unwiderstehlicher Charme?“

Sie stand am Tisch, und Gabriel kam zu ihr und legte ihr die Hände um die Taille.

„Das auch“, murmelte er, bevor sie seinen Mund auf ihrem spürte.

Ohne zu zögern schlang Noelle die Arme um seinen Hals, als Gabriel sie an sich zog. Da sie keine Schuhe anhatte, musste sie den Kopf diesmal ein wenig mehr nach hinten neigen, aber der Kuss war es wert.

Sein Mund war warm und besitzergreifend. Mit den Lippen strich er sacht über ihre, bevor er den Kuss vertiefte und die Zunge über ihre Unterlippe gleiten ließ. Noelle öffnete sich ihm und genoss die sinnliche Berührung seiner Zunge, die ein köstliches Kribbeln durch ihren Körper jagte.

Sie drehte den Kopf ein wenig zur Seite, während ihre Zungen sich zu einem sinnlichen Tanz fanden, dem uralten Tanz sexuellen Verlangens. Gabriel glitt mit den Händen über ihren Rücken, und Noelle trat noch näher an ihn heran, sodass sie sich wirklich überall berührten. Ihre Brüste wurden gegen seinen Oberkörper gepresst, und ihr Bauch drückte sich gegen seinen Schoß. Es dauerte nur wenige Sekunden, und schon spürte sie Gabriels Erregung.

Instinktiv schlossen sich ihre Hände fester um seine Schultern. Noch lieber hätte sie sie allerdings gegen seinen Unterleib gepresst. Doch dafür müsste sie ihn erst noch ausziehen. Dabei fiel ihr ein, wie er ausgesehen hatte, als er nur eine Jeans und sonst gar nichts angehabt hatte. Fast hätte sie lustvoll aufgestöhnt.

Ihr Schlafzimmer war nur wenige Schritte entfernt. Leider besaß sie nur eine eins vierzig breite Matratze, was natürlich den Vorteil hatte, dass man sich eng aneinander kuscheln musste. Und das würde bestimmt Spaß machen.

Gabriel löste sich von ihrem Mund, um kleine, zärtliche Küsse auf ihrem Gesicht zu verteilen. Er nahm ihr Ohrläppchen zwischen die Zähne und biss spielerisch zu. Ein wohliger Schauer rieselte durch Noelle hindurch.

Wir sollten definitiv so schnell wie möglich ins Schlafzimmer übersiedeln, dachte sie, schon ganz atemlos vor Verlangen. Ins Bett gehen und …

„Ich sollte gehen“, sagte er, ließ die Arme sinken und trat einen Schritt zurück.

Noelle blinzelte ihn an. „Wie bitte?“

„Es ist schon spät.“

„Es ist acht Uhr.“

„Ich weiß, aber wenn ich bleibe ...“

... würden sie Sex haben. Das war ihr durchaus bewusst. Darum ging es hier doch.

„Ich verstehe nicht so ganz“, gab sie zu.

„Ich habe keine Altersversorgung.“

Hatte sie mehr getrunken, als ihr bewusst war? Sie blickte hinüber zum Altglasbehälter und stellte fest, nein, sie hatte nur eine Flasche Bier leer getrunken. Die zweite stand noch halb voll auf dem Couchtisch. Selbst auf leeren Magen sollte sie davon nicht so betrunken sein, dass sie ihre Sinne nicht mehr beisammen hatte.

„Eine Altersversorgung?“

„Ich bin nicht das, was du suchst“, antwortete er.

Wirklich? Die Schmetterlinge in ihrem Bauch sagten aber ganz etwas anderes.

„Es ist nicht so, dass ich dich nicht begehre“, fuhr er fort.

„Oh, gut, denn wenn du es mit dem Argument versucht hättest, hätte ich dich auf das Offensichtliche hinweisen müssen.“

Er schenkte ihr ein träges, sinnliches Lächeln, das sie noch mehr zum Zittern brachte. Doch schon im nächsten Augenblick schwand das Lächeln. „Ich mag dich, Noelle.“

Mist! Auch wenn sie etwas aus der Übung war, was die Sache mit den Dates anging, wusste sogar sie, dass alle Unterhaltungen, die mit dem Satz „Ich mag dich“ begannen, niemals gut endeten.

„Aber?“, hakte sie nach und wappnete sich.

„Aber du willst Dinge, an die ich nicht glaube. Du willst für immer. Du willst Liebe. Das kann ich dir nicht bieten. Ich werde bald wieder abreisen, und selbst es nicht so wäre, wäre ich nicht der Richtige für dich.“

„Und wenn ich nur Sex will?“

Zufällig blickte sie gerade nach unten, als sie diese Frage stellte, und stellte befriedigt fest, dass sich seine Erektion deutlich unter seiner Hose abzeichnete.

„Ich fürchte, so viel Glück habe ich nicht."

„Willst du damit sagen, dass ich nicht zu dieser Sorte Frau gehöre?"

„So was in der Richtung."

Gern hätte sie ihm versichert, dass er sich täuschte, doch leider hatte er recht. Sie war eher altmodisch. In ihrer Welt gehörten Sex und Liebe zusammen. Oder wenn schon nicht Liebe, dann zumindest sehr große Zuneigung mit der Aussicht auf Liebe.

War sie bereit, eine Ausnahme zu machen? Konnte sie ihr Herz außen vor lassen, während sie Gabriel ihren Körper schenkte?

Ihre Körper schrie: Ja, bitte! Nimm mich jetzt! Doch ihr Verstand war vorsichtiger. Wollte sie wirklich derart losgelöst von ihren Gefühlen handeln? Wollte sie sich wirklich auf unverbindlichen Sex einlassen?

Gabriel gab ihr noch einen zarten Kuss. „Du weißt, dass ich recht habe", erklärte er entschlossen.

„Es gefällt mir aber nicht", erwiderte sie und folgte ihm ins Wohnzimmer.

Er zog seine Stiefel an. „Mir auch nicht."

Sie musterte ihn. Sexy, charmant, ein Arzt, ehrenhaft und nicht willig, mit ihr ins Bett zu gehen. Gab es eine Beschwerdestelle fürs Leben? Wenn ja, dann hätte sie so einiges zu sagen.

Gabriel stand auf und ging hinüber zur Tür. Noelle reichte ihm seine Jacke. Als er hineinschlüpfte, legte sie ihre Hände auf seinen Oberkörper.

„Was ist, wenn ich meine Meinung ändere?", wollte sie wissen.

„Besorg eine große Packung Kondome.“
Sie grinste. „Extra large?“
„Du sagst es.“

Gabriel war in einigen der größten Städte im Mittleren Osten gewesen. Er hatte gelernt, zu feilschen, sei es beim Essen, bei Teppichen und sogar, während der Zeit, als er verlobt gewesen war, um Schmuck. Er wusste, wie man den Menschenmassen trotzte, der Hitze und den Insekten. Worauf er jedoch nicht vorbereitet war, waren die Frauen von Fool's Gold.

Der Morgen hatte noch harmlos begonnen. Er hatte sich einen extra Schuss Espresso in seinem schwarzen Kaffee gegönnt, denn obwohl er erschöpft gewesen war, hatte er eine unruhige Nacht verbracht. Nachdem er Noelle geküsst hatte, war er von einer inneren Unruhe ergriffen worden. Er wollte sie, und er wusste, dass er sich nicht mit ihr einlassen sollte. Keine sehr angenehme Mischung. Die gute Nachricht war, dass seine Hand aufgehört hatte wehzutun, und er würde in ein paar Tagen hier zu einem Arzt gehen können, um die Fäden ziehen zu lassen. Die schlechte Nachricht war, dass er jetzt, wo ihn der Schmerz in der Hand nicht mehr ablenkte, noch mehr Zeit hatte, an Noelle zu denken.

Er war pünktlich im Laden erschienen, doch Noelle war bereits da gewesen und hatte Kartons sortiert, die am Tag zuvor geliefert worden waren. Sie hatten sich ganz normal unterhalten, allerdings hauptsächlich über geschäftliche Dinge, einschließlich der Tatsache, dass sie zusätzliche Hilfe für den Verkauf eingestellt hatte. Es schien fast so, als hätte es den Kuss am Abend zuvor gar nicht gegeben. Doch es war passiert, und sein Schwanz erinnerte ihn immer wieder daran. Gabriel hatte Noelles Körper an seinem gespürt, und jetzt wollte er mehr.

Insgeheim hatte er gehofft, dass die Kunden eine Ablenkung darstellen würden, und in gewisser Weise taten sie das auch. Nur dass die Kunden in Fool's Gold anders waren. Zum einen wurden sie schnell persönlich. Wie zum Beispiel eine attraktive Frau um die fünfzig, die vorbeikam, um sich die Teddybären anzuschauen und sich als Denise Hendrix vorstellte.

„Ich habe noch mehr Enkelkinder bekommen", sagte sie lächelnd. „Natürlich wusste ich, dass es sich irgendwann auszahlen würde, sechs Kinder zu haben. Sie sind also Gideons Bruder, richtig?"

„Ja", murmelte er und wünschte, jemand anderes käme vorbei, um seine Zeit zu beanspruchen. Vielleicht konnte er sich entschuldigen, um etwas wegzuräumen. Oder um Kaffee zu holen.

„Max und ich hören uns fast jeden Abend seine Sendung an. Wir mögen die Musik. Sie sind Arzt?"

Gabriel überlegte, ob jetzt wohl gleich kam, dass eine oder alle ihre Töchter noch unverheiratet waren, und wenn ja, wie er sich möglichst elegant aus dieser Diskussion verabschieden konnte. Doch ehe er zu diesem Problem eine Lösung gefunden hatte, tauchte ein hübscher Teenager mit roten Haaren und grünen Augen neben ihnen auf.

„Gabriel, richtig?", fragte sie, bevor sie sich zu der anderen Frau drehte. „Hallo Grandma!"

„Melissa." Die ältere Frau umarmte den Teenager. „Was machst du denn hier?"

„Ich arbeite hier."

„Dann will ich dich nicht von der Arbeit abhalten." Die ältere Frau umarmte das Mädchen noch einmal, winkte Gabriel zu und verschwand.

„Ich bin Melissa Sutton", sagte das Mädchen und streckte ihm die Hand entgegen. „Noelle hat mich gerade eingestellt, damit ich während der kommenden Wochen aushelfen kann. Ich arbeite an diesem Wochenende, dann muss ich noch eine

Woche an die Uni in San Diego, bevor ich meine Prüfungen schreibe. Danach bin ich dann bis zum Ende des Jahres hier. Noelle meinte, ihr werdet hier total überrannt."

Während sie sprach, ging sie durch den Laden und richtete Dinge wieder gerade. Sie schüttelte den Pelz eines Teddys auf, bevor sie sich wieder zu Gabriel umdrehte.

„Was ist?", fragte sie, weil er sie mit bohrendem Blick ansah.

„Bist du überhaupt schon alt genug für die Uni?"

Sie lachte. „Ich bin achtzehn. Keine Sorge, ich bin nicht so wie die anderen Aushilfen. Ich komme nicht nach Hause, um Spaß zu haben. Ich will Geld verdienen." Ihre Miene wirkte auf einmal verschmitzt. „Meine Eltern zahlen zwar fürs College, aber für alle Extras muss ich selber sorgen. Leider habe ich eine Vorliebe für Latte macchiato entwickelt, die ziemlich viel Geld verschlingt. Daran ist Patience schuld. Ihr gehört das Brew-haha. Ich habe da gearbeitet, als das Café im Frühjahr eröffnet hat, und bin total süchtig geworden. Wobei das Koffein natürlich hilft, die langen Nächte im Studium zu überstehen. Mom sagt, du bist Arzt?"

Er hatte keine Ahnung, wer ihre Mutter war, daher wusste er auch nicht, ob er sie schon getroffen hatte. „Ja", meinte er und überlegte, warum alle so fasziniert von seinem Beruf zu sein schienen – und wieso sie alle wussten, was er beruflich tat.

„In der Army, oder?"

Er nickte.

„Ich will Anwältin werden. Noelle war ja auch Anwältin, aber sie redet nicht viel darüber. Sie hat mir aber versprochen, mir ein paar nützliche Tipps zu geben, wenn ich hier bin, und ich werde sie bestimmt darauf festnageln."

Es kamen einige neue Kunden herein, und Melissa kümmerte sich schnell und effizient um sie, sodass Gabriel sich wieder mit dem Aufstocken der Regale beschäftigen konnte, was er ohnehin am liebsten tat. Noelle stand an der Kasse, wenn sie nicht gerade Kunden half. Der Laden war voller Menschen, so wie es sein sollte.

Gegen Mittag kam eine blonde Frau mit zwei Kleinkindern herein. Das ältere Kind – ein Mädchen – umklammerte mit seinen kleinen Händen eine Stoffgiraffe.

„Hallo du", sagte die Frau und umarmte Melissa. „Ich habe schon gehört, dass du wieder da bist."

„Nur über das lange Wochenende. Dann muss ich noch die Abschlussarbeiten schreiben. Am siebten fangen die Winterferien an." Melissa drehte sich zu Gabriel. „Das ist meine Tante, Dakota Andersson. Und das ist Gabriel Boylan."

„Freut mich, Sie kennenzulernen", sagte Dakota und schüttelte ihm die Hand. „Gideons Bruder, richtig. Sie sind Zwillinge?"

„Zweieiige."

Das kleine Mädchen winkte Melissa aufgeregt zu, die es in die Arme schloss und hochhob. „Wie geht es meinem kleinen Schatz?" Sie blickte über den Kopf des Mädchens. „Dakota ist ein Drilling, und die sind sogar eineiig. Außerdem hat sie noch drei weitere Geschwister. Ihr Bruder Ethan ist mein Stiefvater." Melissa hielt inne. „Stimmt das? Wenn Liz meine Tante ist und er mit ihr verheiratet ist, dann ist er vielleicht auch mein Stiefonkel. Wie auch immer. Er ist mein anderer Dad."

Dakota hob ihren Sohn hoch. „Wir haben eine komplizierte Familie."

„Ich habe vorhin Ihre Mutter getroffen", sagte Gabriel und erinnerte sich an Melissas Großmutter.

Dakota lachte. „Seien Sie dankbar, dass wir alle schon verheiratet sind, sonst hätte sie sofort angefangen, uns zu verkuppeln."

Das überraschte ihn jetzt nicht im Geringsten.

Ehe Dakota den Laden wieder verließ, wandte sie sich noch einmal an Melissa. „Du hast hoffentlich die Lichterzeremonie nicht vergessen? Du bist doch dabei, wenn der Weihnachtsbaum heute eingeschaltet wird, oder? Noelle weiß Bescheid und macht den Laden früher zu."

Melissa lächelte. „Ich bin da, versprochen."

Dakota winkte und ging hinaus. Melissa blickte zu Gabriel.

„Du siehst aus, als hättest du das Gefühl, in eine Falle getappt zu sein."

„Nein, tue ich nicht", erwiderte er automatisch, obwohl vielleicht etwas dran war.

„Die Stadt ist manchmal ein wenig anstrengend. Ich bin hier aufgewachsen, und selbst mir wird es hin und wieder zu viel. Wenn ich meinen Freunden auf dem College davon erzähle, wie es hier zugeht, wollen sie mir immer gar nicht glauben."

„Es gibt also eine Lichterzeremonie", meinte er. „Wieso bin ich nicht überrascht?"

„Ja, die Stadt hat einen großen Weihnachtsbaum aufgestellt, der heute Abend zum ersten Mal eingeschaltet wird. Du hast bestimmt gesehen, dass alle Schaufenster festlich dekoriert sind."

„Sind sie doch schon die ganze Zeit", meinte er und dachte an die Kürbisse und die Truthähne in den Schaufenstern.

Melissa sah ihn mitleidig an. „Das war zu Thanksgiving. Ich rede jetzt von Weihnachten. Wir nehmen die Feiertage hier sehr ernst."

„Das ist mir schon aufgefallen."

„Seit letztem Mittwoch sind die Dekorationen überall ausgetauscht worden. Und heute Abend findet die Lichterzeremonie statt. Du bist doch auch dabei, oder?"

Gabriel konnte sich ein Dutzend Sachen vorstellen, die er lieber tun würde. Nur hatte er das dumme Gefühl, dass Noelle gern dabei wäre, und weil das so war, würde er mit ihr gehen. Denn er war ausgesprochen gern mit ihr zusammen. Ihm gefiel ihr Enthusiasmus und der Glaube daran, dass alles möglich war. Er wusste, dass sie sich irrte, aber er respektierte ihren Standpunkt.

„Ich bin dabei, ja."

Drei Frauen kamen in diesem Moment zu ihnen und schauten sich die Krippen an. Gabriel kontrollierte noch einmal die Bestände und wollte gerade ins Lager gehen, um neue Teddys zu holen, als er sah, dass seine Mutter auf ihn zusteuerte.

Er verspannte sich, doch als er sah, dass sie allein war, beruhigte er sich wieder. Er war noch nicht bereit, die nächste Runde mit seinem Vater auszukämpfen.

Sie sah anders aus als noch vor ein paar Tagen, als sie angekommen waren. Irgendwie glücklicher. In beiden Händen trug sie Einkaufstüten.

„Du warst schon fleißig", stellte er fest und nahm ihr die Tüten ab.

„Hauptsächlich Geschenke", erwiderte sie und umarmte ihn. „Ein paar Sachen für Carter. Und ein paar Babysachen."

„Wer ist schwanger? Felicia?"

„Nicht dass ich wüsste, aber sie hat ausdrücklich gesagt, dass sie Kinder möchte. Ich plane einfach schon mal voraus." Der Blick aus ihren blauen Augen wurde ganz weich. „Sie wird eine wunderbare Mutter. Ich freue mich so für die beiden!"

Weil er fürchtete, dass sie gleich in Tränen ausbrechen würde, blickte er zu Noelle hinüber und hielt die Einkaufstüten hoch. Sie nickte und verstand, dass er sie seiner Mutter hinaus zum Wagen tragen würde.

Gemeinsam gingen sie zur Ladentür.

„Dieses Mal wollen wir von Anfang an an allem teilnehmen", fuhr seine Mutter fort, bevor sie ihn von der Seite ansah. „Was ist mit dir? Irgendwelche Babys in Sicht?"

Er fluchte lautlos. „Nein."

„Noelle scheint sehr nett zu sein."

„Sie ist eine Freundin, Mom. Aber nicht *meine* Freundin."

„Oh. Ich dachte, ihr zwei hättet eine gewisse Verbindung."

Hatten sie, aber er würde ganz sicherlich nicht mit seiner Mutter darüber diskutieren, dass er Noelle unglaublich sexy fand.

„Gibt es jemanden Spezielles in deinem Leben?", hakte sie nach.

„Im Moment nicht."

Eine ausweichende Antwort, aber es war immer noch besser, als die Wahrheit zu sagen.

„Ich hatte mir ernsthafte Sorgen um Gideon gemacht", gab sie zu, als sie zum Parkplatz gingen und sie zu der Stelle zeigte, wo sie ihren Explorer geparkt hatte. „Nach all dem, was ihm zugestoßen war. Redet er mit dir darüber? Über seine Gefangenschaft?"

„Nicht wirklich. Ich kenne auch nur die grundlegenden Fakten."

„Zu mir hat er kein Wort darüber gesagt. Dein Vater meint, ich soll ihn nicht bedrängen. Dass ich nicht verstehen kann, was er durchgemacht hat. Womit er vermutlich recht hat, aber ich würde gern für Gideon da sein."

„Du solltest mit Felicia darüber reden", empfahl er ihr. „Sie kennt Gideon besser als sonst jemand. Sie wird wissen, wie man am besten mit seiner Vergangenheit umgeht."

Seine Mutter nickte und öffnete den Kofferraum des Explorers, damit er die Tüten hineinlegen konnte. Anschließend berührte sie seinen Arm.

„Du weißt, dass ich dich liebe, oder?", fragte sie und sah ihn eindringlich an.

„Ja, das weiß ich, Mom."

„Ich habe damals zugelassen, dass dein Vater den Ton angab. Das habe ich immer bereut. Ich weiß, dass er schwierig war. Es ist nur …" Sie verstummte kurz, ehe sie fortfuhr: „Er ist ein ehrenhafter Mann."

Norman Boylans Ehre stand nicht infrage. Es war der Erziehungsstil, den er bei seinen Söhnen angewendet hatte, mit dem Gabriel Probleme hatte. Und dass seine Mutter es zugelassen hatte, dass ihr Mann sämtliche Regeln aufgestellt hatte.

„Ich möchte dich nicht verlieren", sagte seine Mutter mit Tränen in den Augen. „Bitte sag mir, dass ich es nicht schon habe."

Er zog sie in die Arme. „Ich liebe dich, Mom. Du hast mich nicht verloren."

Es entsprach der Wahrheit. Er würde sie immer lieben, aber er hatte herausgefunden, dass Liebe am besten in einer gewissen Entfernung gedeihen konnte.

„Wirst du bei der Army bleiben?", fragte sie.

„Ich weiß es noch nicht."

„Wenn du mich fragst, würde ich dir raten, den Dienst zu quittieren. Lass dich irgendwo nieder. Verliebe dich. Heirate."

„Damit ich dir Enkel schenken kann?", neckte er sie, hauptsächlich, um sie abzulenken.

„Genau." Die Traurigkeit wich langsam aus ihren Augen. „Ich bin stolz auf dich, Gabriel. Du arbeitest hart, und du hast vielen Soldaten das Leben gerettet. Ich weiß, dass deren Familien dankbar sind. Aber jetzt ist es an der Zeit, dass du einmal das tust, was du gern tun möchtest."

„Mein Beruf als Arzt gefällt mir."

„Wir wissen beide, warum du Arzt geworden bist."

Er zuckte mit den Schultern. „Das ist lange her. Jetzt ist es das, was ich tue. Und, wie du schon sagtest, ich kann anderen helfen."

„Ich frage mich immer, ob du nicht glücklicher geworden wärst, wenn du etwas anderes hättest tun können", gab sie zu.

„Darüber denke ich nicht nach."

Er hatte seinen Weg gewählt, und jetzt gab es kein Zurück mehr.

Einen Moment lang legte sie den Kopf gegen seine Schulter, bevor sie sich wieder aufrichtete. „In Ordnung. Ich habe dich lange genug aufgehalten. Du musst wieder an die Arbeit gehen. Es wäre schlimm, wenn ich der Grund wäre, dass Noelle dich feuert."

Er lachte. „Das wird schon nicht passieren, aber okay. Wir sehen uns später, Mom."

Sie nickte und küsste ihn auf die Wange. Während sie in den Wagen stieg, drehte er sich um und ging in Richtung Laden. Auf dem Weg dorthin winkte ihn eine ältere Frau heran.

„Junger Mann! Junger Mann! Könnten Sie mir mit meinen Sachen helfen?"

Sie hatte ein paar Tüten und Päckchen. Gabriel musterte die Sachen, dann die Frau und nickte dann langsam.

„Natürlich helfe ich Ihnen gern, Ma'am."

Er nahm alles und ging mit ihr zu ihrem Wagen. Aber als er die Sachen in den Kofferraum lud, achtete er sorgsam darauf, seinen Hintern von ihr abzuwenden. Vielleicht hatte er sich das gestern nur eingebildet, aber inzwischen hatte er gelernt, dass man als Mann an einem Ort wie Fool's Gold nicht vorsichtig genug sein konnte.

7. KAPITEL

Sobald die Sonne unterging, fiel auch die Temperatur schnell. Noelle vergrub sich tiefer in ihrem dicken Mantel und war dankbar für den Schal, den sie in letzter Minute noch umgebunden hatte. Der Himmel schien heute irgendwie niedriger als sonst zu sein, denn schwere Wolken hingen über der Stadt. Auch wenn sie keine Expertin war, vermutete sie, dass Schnee in der Luft lag.

Sie hatte ihren Laden eine Stunde früher als üblich geschlossen und war nach Hause gelaufen, um sich eine Jeans anzuziehen. Kaum war sie in ihre Stiefel geschlüpft, hatte Gabriel auch schon an ihre Haustür geklopft. Als er am Nachmittag die Lichterzeremonie erwähnt und sie bestätigt hatte, dass sie natürlich hingehen würde, hatte er angeboten, sie um halb sieben abzuholen.

Das hier ist kein Date! ermahnte sie sich streng. Wäre es ein Date, würde das bedeuteten, dass sie miteinander ausgingen. Aber einen Mann für heiß und begehrenswert zu halten und darüber nachzudenken, ob man mit ihm schlafen wollte, war etwas vollkommen anderes als diese ganze Ausgeh-Sache.

Als sie jetzt mit Gabriel in Richtung Stadtzentrum schlenderte, überlegte Noelle, warum eine Lichterzeremonie für ihn überhaupt von Interesse war.

„Du kommst mir gar nicht vor wie ein Mann, der zusieht, wenn die Beleuchtung eines Weihnachtsbaumes eingeschaltet wird“, sagte sie, als sie an einer Ampel auf Grün warteten.

„Ich habe gehört, dass man das nicht verpassen darf. Übrigens, Melissa ist klasse.“

„Ich weiß. Als sie vorbeikam und fragte, ob ich noch immer Hilfe benötigen würde, habe ich sie mir geschnappt.“ Sie lachte. „Ich habe sie sogar am Ärmel festgehalten und sie angefleht, sich nicht irgendwo anders zu bewerben. Als sie noch auf der Highschool war, hat sie meiner Freundin Patience geholfen, als die ihr Café eröffnet hat, und schon da war sie großartig. Pünktlich, freundlich, fleißig. Sie ist eine Traumangestellte.“ Sie machte eine kleine Pause und sah zu ihm. „Nicht in deiner Liga, natürlich.“

„Natürlich.“

Auch Gabriel hatte sich warm eingepackt und trug einen dicken Mantel und Stiefel. Aber von seinem Gesicht war noch genügend zu sehen, um sie daran zu erinnern, was für ein gut aussehender Mann er war. Diese dunkelblauen Augen, dieser Mund … Ihr Blick verharrte auf seinen Lippen. Ich hätte nichts dagegen, noch ein paar Küsse mit ihm auszutauschen, dachte sie sehnsüchtig.

„Da drüben“, sagte er, zog ihre Hand aus ihrer Jackentasche und nahm sie in seine. „Heiße Schokolade.“ Er führte sie zu einem Stand und begann zu lachen.

„Was ist?“, fragte Noelle, die nur eine Menschentraube und im Hintergrund den dunklen Schatten des aufragenden Weihnachtsbaumes erkennen konnte.

Er zeigte mit dem Finger zum Stand, und sie sah Ana Raquel, die die Kunden bediente. „Sie wird mich bestimmt wieder fragen, warum ich nicht verheiratet bin.“

„Dafür ist sie zu beschäftigt“, versicherte Noelle ihm. Es gefiel ihr, dass die kleine Blondine den sexy Arzt nervös machen konnte. „Aber wenn sie etwas sagt, erkläre ich ihr, dass du im Bett ein Gott bist, dann wird sich die Gerüchteküche einem etwas anderen Thema zuwenden.“

Gabriel zuckte zusammen. „Ich bin mir nicht sicher, ob ich dieses Gerücht gern verbreitet haben will.“

„Natürlich willst du das. Wollen das nicht alle Männer?“

„Dann habe ich ja einen Ruf zu verlieren. Ich möchte doch nicht, dass du enttäuschst bist.“

Noelle blieb mitten auf dem Bürgersteig stehen, entzog ihm ihre Finger und stemmte beide Hände in die Hüften. „Das ist reine Spekulation." Sie blickte sich um und senkte die Stimme. „Ich habe noch nicht Ja gesagt."

„Du hast aber auch noch nicht Nein gesagt."

Sie wollte ihm gerade zustimmen, als ihr wieder einfiel, was geschehen war. Sie beugte sich vor, damit sie noch leiser sprechen konnte. „Du bist doch derjenige, der einen Rückzieher gemacht hat", flüsterte sie und bohrte ihm einen Finger in die Brust.

„Ich habe nur das getan, was richtig war."

„Als ob das wichtig wäre", grummelte sie, obwohl sie natürlich wusste, dass es wichtig war.

Er legte ihr einen Arm um die Schultern und zog sie in Richtung Getränkestand. „Du brauchst flüssige Schokolade in deinem Blutkreislauf", erklärte er. „Heiß, sämig und köstlich."

Das hört sich gut an, dachte sie. „Mit Schlagsahne?"

„Natürlich. Was hat das sonst für einen Sinn?"

Sie stellten sich in die Schlange und gaben dann ihre Bestellung auf. Ana Raquel überredete sie noch zu zwei Brownies, die sie selbst gebacken hatte, gab ihnen ihr Wechselgeld heraus und schickte sie ihres Weges.

„Siehst du", meinte Noelle, als sie sich zu all den Leuten gesellten, die bereits um den Weihnachtsbaum herumstanden. „Du warst fast anonym. Fühlst du dich jetzt besser?"

„Ich gebe zu, ihre Nichtbeachtung hat mich verletzt."

Sie lachte. Jetzt, da er sich ein wenig entspannt und sie besser kennengelernt hatte, merkte sie, dass man mit Gabriel viel Spaß haben konnte. Er nahm sich selbst nicht allzu ernst, und er hatte eine sehr eigene Sicht der Dinge. Beides ausgesprochen gute Charaktereigenschaften.

Sein Arm lag nach wie vor um ihre Schultern, was bedeutete, dass sie ihn mit Browniestücken füttern musste, da er in der anderen Hand seinen Kakaobecher hielt. Ihr gefiel das Gefühl seiner Lippen auf ihren Fingerspitzen und die Wärme seines Atems. Um sie herum ertönte Weihnachtsmusik, und sie konnte mehrere hell erleuchtete Schaufenster sehen.

„Es ist schön, dass all die Läden weihnachtlich dekoriert sind“, sagte sie. „In meinem Laden sieht es ja immer so aus, aber wenn all die anderen mitmachen, ist das auch nett.“

„Was machst du zu den anderen Feiertagen?“, fragte er.

„Ich habe ja erst dieses Jahr zum Labour Day eröffnet, und da drehte sich auch schon alles um Weihnachten. Aber ich habe doch diese beiden kleinen Schaufenster an der Seite. Da dachte ich mir, dass ich die immer passend zu den jeweiligen Feiertagen dekorieren könnte. Herzen zum Valentinstag, so was in der Art.“

„Du könntest auch eine Abteilung im Laden für die unterschiedlichen Feiertage einrichten“, schlug er vor. „Von Januar bis, sagen wir, Oktober. Sobald die Leute hier herausgefunden haben, dass sie bei dir auch niedliche Osterhasen kaufen können, kommen bestimmt noch mehr Kunden.“

Sie starrte ihn an. „Das ist eine ausgezeichnete Idee.“

Er küsste sie auf die Nasenspitze. „Danke, dass du so überrascht klingst.“

Sie lachte. „Du hast nichts mit Einzelhandel zu tun und kommst trotzdem auf so eine tolle Idee. Das werde ich auf jeden Fall tun.“ Sie schmiegte sich wieder an ihn. „Diese Jahreszeit erinnert mich immer an meine Familie. Meiner Mom und meiner Großmutter hätte es in Fool's Gold bestimmt richtig gut gefallen.“

„Sie sind hier bei dir“, meinte er. Felicia hatte ihm von dem schrecklichen Verkehrsunfall erzählt.

„Glaubst du das?“

Er nickte. „Wir können jederzeit gehen, aber etwas von uns bleibt hier. Ich habe viele Soldaten sterben sehen, und wenn es so weit ist …“ Er verstummte. „Tut mir leid. Nicht das richtige Thema für diesen Anlass.“

Sie drehte sich, damit sie ihn anschauen konnte. „Gabriel, du musst dich bei mir nicht zurückhalten. Du kannst mich gar nicht schockieren."

„Wollen wir wetten?"

„Okay, du könntest, aber das ist okay. Ich überstehe das schon. Wenn du über etwas reden möchtest, dann höre ich gerne zu."

Gabriel dachte an all das, was er während seiner vielen Einsätze erlebte hatte. Die Schreie, das Entsetzen, das Blut. Niemals würde er ihr erzählen, wie eine Sprengladung einen Soldaten zerfetzen konnte. Dass es in der ersten Stunde nur darum ging, den Blutverlust zu stoppen. Dass weitaus mehr als nur Granatsplitter in einen derart verwundeten Körper eindrangen. Dass man auch Steine, Schmutz und Pflanzenfasern aus den Wunden entfernen musste. Dass er sich manchmal, wenn die Soldaten in den Operationssaal geschoben wurden, fragte, ob noch genügend von ihnen übrig war, damit sie es schaffen konnten.

Genauso wenig würde er ihr erzählen, dass er, wie jeder andere Soldat, den er kannte, auch immer wieder unter Albträumen, Schweißausbrüchen und Orientierungslosigkeit litt. Trotz ihres Angebots würde sie das alles nicht wissen wollen. Niemand wollte das wissen. Die Bilder, wenn man sie erst einmal im Kopf hatte, wurde man nämlich nicht wieder los.

Er schaute in ihre blauen Augen und lächelte. „Weihnachten wurde auch bei uns groß gefeiert", erzählte er. „Meine Mom hat wochenlang gebacken, und mein Dad war ziemlich zahm." Er grinste. „Gideon und ich vermuten, dass das an dem vielen Rum lag, den Mom in seinen Eierpunsch gekippt hat. Es gab immer viele Geschenke, und wir haben Weihnachtslieder gesungen, bevor wir um Mitternacht in die Kirche gegangen sind."

„Das klingt nett."

„Das war es auch. Nachdem mein Dad zum Ausbildungsoffizier ernannt worden war, sind wir nicht mehr umgezogen. Das war auch gut, denn so konnten Gideon und ich vier Jahre lang die gleiche Highschool besuchen. Er hat Football gespielt, und ich …“

„Du hast obskure Bücher gelesen und deinen Dad zur Verzweiflung getrieben.“

„So was in der Art.“

Sie ist schön, dachte er und registrierte die Menschen um sich herum gar nicht mehr, als er sich auf Noelles Gesicht konzentrierte. Inzwischen hatten sie ihren Kakao ausgetrunken und die Becher in einen Mülleimer geworfen. Daher hatte Noelle beide Hände frei und legte sie jetzt auf seine Brust.

Durch den dicken Mantel konnte er nicht viel von ihrer Berührung spüren, nur einen leichten Druck, aber selbst das war angenehm. Noch viel netter wäre es, dachte er, wenn wir beide nackt wären, aber die Lichterzeremonie war wohl nicht der richtige Ort für derlei Dinge.

Trotzdem beugte er sich vor und küsste Noelle. Ganz zart, ohne mehr zu erwarten oder zu fordern. Doch er kostete den Kuss aus, wollte sie schmecken, wollte ihre weichen Lippen erkunden und ihre Nähe genießen. Als er sich schließlich wieder aufrichtete, seufzte Noelle.

„Du kannst gut küssen“, erklärte sie.

„Danke. Es freut mich, dass du meine Fähigkeiten zu schätzen weißt.“

Sie lachte. „Ah, jetzt regt sich das große Ego des Herrn Doktor.“

„Das, was sich da regt, ist nicht mein Ego“, flüsterte er ihr ins Ohr.

Noch einmal lachte sie laut auf und lehnte sich an ihn. Eine ältere Frau trat auf ein kleines Podium, und die Zuschauer wurden still.

„Guten Abend! Für all diejenigen, die mich nicht kennen, ich bin Bürgermeisterin Marsha. Willkommen zu unserer alljährlichen Lichterzeremonie."

Die Bürgermeisterin fuhr fort, über die Traditionen und die kommenden Veranstaltungen zu sprechen, die während der Adventszeit stattfinden würden. Dazu gehörte auch das Anzünden einer großen Menora am ersten Tag des jüdischen Chanukka-Festes. Gabriel wusste nicht, wo sie den großen Leuchter aufbauen wollten, aber es würde ihn nicht überraschen, wenn er seinen Platz direkt neben dem Weihnachtsbaum finden würde. So war man hier wohl in Fool's Gold – alle Glaubensrichtungen waren willkommen.

Noelle stand noch immer an ihn geschmiegt neben ihm. Er schlang beide Arme um sie, weil er ihr so nah wie möglich sein wollte. Was auch immer die Zukunft für ihn noch bereithielt, wohin auch immer es ihn verschlagen würde, an diese Wochen hier in dieser merkwürdigen Kleinstadt würde er sich immer erinnern. Er würde sich an den Weihnachtsbaum und den Elefanten in der Parade erinnern und auch an die alten Damen, die jüngeren Männern an den Hintern tatschten. Aber vor allem würde er sich an Noelle erinnern, und wenn es einmal zu schlimm werden sollte, konnte er sich in diesen Erinnerungen verlieren.

Felicias Wegbeschreibung war sehr akkurat, dachte Gabriel, als er auf den Parkplatz des Radiosenders fuhr, der jetzt seinem Bruder gehörte. Er konnte es immer noch nicht fassen, dass Gideon das wirklich getan hatte. Vom Soldaten zum DJ – das war eine äußerst ungewöhnliche Laufbahn. Gabriel konnte nur ahnen, wie schwierig das Leben für seinen Bruder nach der Gefangenschaft gewesen sein musste.

Er ging nach hinten zum Eingang und drückte auf die Klingel. Keine Minute später öffnete ihm sein Bruder grinsend die Tür.

„Das Bier steht schon kalt“, begrüßte Gideon ihn.

„Sie hat dir verraten, dass ich komme.“

„Na sicher. Sie meinte, es wäre gut für mich, wenn ich mit dir rede. Es würde unsere geschwisterliche Beziehung stärken und für eine noch stärkere Bindung sorgen. Außerdem würde es mich daran erinnern, wie gut es ist, Geschwister zu haben, damit ich es Carter erklären kann, wenn er einen Halbbruder oder eine Halbschwester bekommt.“

Gabriel folgte seinem Bruder einen schmalen Flur entlang. „Das klingt genau nach deiner Frau.“

„Ich weiß.“ Aus Gideons Stimme klang Stolz heraus. „Ich habe echt verdammt viel Glück gehabt mit ihr.“

Sie gingen in den Aufnahmeraum, der vollgestellt war mit den unterschiedlichsten Geräten. Es gab diverse Computer und ein Bedienungspult, das kompliziert genug aussah, um damit auch ein Flugzeug zu fliegen. Aus den Lautsprechern erklang Musik. Auf dem Tisch vor den beiden Stühlen stand jeweils eine Bierflasche. Gideon setzte sich vor das Mikrofon und bedeutete Gabriel, sich ihm gegenüberzusetzen.

„Ich wusste ja, dass du diesen Job machst“, meinte Gabriel und ließ sich auf den gemütlichen Lederstuhl fallen. „Aber ich konnte mir das überhaupt nicht vorstellen. Ein Radiosender?“

„Ich weiß. Ich hatte das auch nicht geplant. Ich bin irgendwann einfach so durch die Stadt gefahren und sah zufällig das Schild, auf dem stand ‚Zu verkaufen‘.“

Gabriel nahm sein Bier und lehnte sich auf dem Stuhl zurück. „Ich glaube, die wichtigere Frage ist doch, wieso bist du überhaupt hier in der Stadt herumgefahren?“

„Stimmt.“

Das Lied endete, und Gideon drückte auf eine Taste. „Wir spielen eine Mischung aus vorproduzierten Sendungen und Live-Shows“, erklärte er. „Ich moderiere jeden Abend meine

Sendung, und ein paar andere werden hier im Haus produziert, aber wir kaufen auch viel fertig ein. Das ist billiger."

Gabriel hatte noch nie darüber nachgedacht, wie ein Radiosender geführt wurde, aber das, was sein Bruder sagte, ergab natürlich Sinn. Heutzutage gab es viel Konkurrenz um die Frequenzen. Ein kleiner Sender konnte nicht überleben, wenn er durchgängig live sendete, das würde viel zu viel Personal erfordern. Als Gabriel sich jetzt umschaute, sah er, dass außer Gideon keine anderen Mitarbeiter anwesend zu sein schienen.

Wieder ertönte aus den Lautsprechern ein neues Lied, und sein Bruder lehnte sich entspannt zurück.

„Du warst bei der Lichterzeremonie", meinte Gideon beiläufig.

„Woher weißt du das?"

„Ich habe es aus mehr als einer Quelle erfahren. Du warst mit Noelle da."

Gabriel wartete, um zu hören, ob noch mehr kam, doch sein Bruder schwieg. Diese Stadt, dachte er. Hier blieb nichts geheim.

„Stimmt, ich war mit Noelle zur Lichterzeremonie."

„Und du hast sie geküsst."

Gabriel unterdrückte ein Stöhnen. „Nur kurz."

„Na, da hab ich aber was anderes gehört." Er grinste. „Du solltest vorsichtig sein, Brüderchen! Dieser Ort, der geht einem unter die Haut. Man denkt immer, man kümmert sich nur um seinen eigenen Kram, aber dem ist leider nicht so. Und ehe du es dich versiehst, steckst du mittendrin und tust Dinge, die du nie für möglich gehalten hast."

Gabriel griff nach seinem Bier. „Das mag für dich zutreffen, aber ich bleibe nicht hier."

„Das sagst du jetzt."

„Dabei bleibe ich auch."

„Ha, ha. Die berühmten letzten Worte. Warte mal ein paar Wochen." Sein Bruder drückte wieder ein paar Tasten und schob eine CD ein. „Als ich hierherkam, habe ich mich anfangs ziemlich abgekapselt. Habe mir ein Haus außerhalb der Stadt gekauft, habe mit kaum jemandem geredet. Eines Tages sah ich dann Felicia und wusste, ich stecke in Schwierigkeiten. Es hat nicht lange gedauert, bis sie sich bei mir im Haus eingenistet hatte, und auf einmal habe ich ein verdammtes Bowling-Team unterstützt." Er zuckte mit den Schultern. „Es ist nicht alles auf einmal passiert. Das muss ich ihnen ja zugestehen. Sie saugen dich ganz langsam auf, und du bemerkst es erst, wenn es zu spät ist und du nicht mehr entkommen kannst."

„Du hattest ja auch Carter", meinte Gabriel. „Das ist ein großer Unterschied."

„Stimmt. Als auf einmal ein Sohn auf der Bildfläche erschien, von dem ich nichts gewusst hatte, änderten sich von heute auf morgen die Spielregeln. Ich wusste nicht, was ich mit ihm anfangen sollte. Wenn Felicia nicht gewesen wäre, hätten wir es nicht geschafft."

Das konnte Gabriel nachvollziehen. Er war bei all den Frauen, mit denen er sich auf Affären eingelassen hatte, sehr vorsichtig gewesen, und er vermutete, dass sein Bruder das auch gewesen war. Wenn dann auf einmal ein Kind aus dem Nichts auftauchte, stellte das die Welt eines Mannes sicherlich auf den Kopf.

Aber das ist nicht unbedingt etwas Schlechtes, dachte er und trank noch einen Schluck Bier. Würde er zu den Männern gehören, die an ein Happy End glaubten, dann würde er sich darüber sogar sehr freuen. Doch in dem Fall wäre er ja bereits längst verheiratet und hätte einen Haufen Kinder.

„Du kommst doch gut mit Carter aus", sagte er.

„Es wird immer besser, ja. Er ist alt genug, um mir zu sagen, was er will, das ist schon mal eine große Hilfe. Er lässt mich definitiv wissen, wenn ich etwas falsch mache. Felicia passt auf, dass das Verhältnis ausgewogen bleibt." Er grinste. „Ich könnte dir auch die passende psychologische Erklärung dazu liefern, aber das würde zu lange dauern."

„Ganz zu schweigen davon, dass du dann Wörter benutzen müsstest, die du nicht verstehst."

„Das kommt schon mal vor", gab Gideon zu. „Aber sie ist es wert."

„Sie hat dir geholfen, wieder zurück ins Leben zu finden."

Gideon nickte. „Ich hatte mich erholt, so gut es eben ging. Danach ging es nur noch darum, zu lernen, mit der Vergangenheit zu leben, mit den Albträumen und diesen Dingen."

Gabriel dachte an all die Dachfenster im Haus seines Bruders und an die große Veranda, auf der Gideon viel Zeit verbrachte. Viel hatte er nicht über seine Gefangenschaft erzählt, aber Gabriel wusste, dass er fast zwei Jahr lang von den Taliban festgehalten worden war. Man hatte ihn in ein unterirdisches Gefängnis eingekerkert und fast täglich gefoltert. An so etwas wäre ein weniger starker Mann zerbrochen. Gabriel war sich nicht sicher, ob er es überlebt hätte.

„Hast du die Eltern gesehen?", fragte sein Bruder.

„Mom ist heute im Laden vorbeigekommen. Mit Dad habe ich seit Donnerstag nicht gesprochen." Es war zwar erst zwei Tage her, doch es kam ihm viel länger vor.

„Es wird langsam besser mit ihm", berichtete Gideon. „Ich glaube, das ist Carters Einfluss. Oder Websters." Er lachte leise. „Dad erzieht den Hund besser als irgendeiner von uns."

Gabriel stimmte in das Lachen ein. „Das glaube ich gern. Wenn er einen unerfahrenen Rekruten in einen Soldaten verwandeln kann, dann bringt er deinen Hund auf jeden Fall dazu, zu gehorchen." Er hob die Flasche und prostete seinem Bruder zu. „Du siehst glücklich aus. Das ist schön."

„Danke. Vor einem Jahr hätte ich dir noch versichert, dass

es unmöglich wäre, aber ich habe mich geirrt. Mithilfe von Felicia und meinem Sohn ist es mir gelungen, zurück ins Leben zu finden."

„Darüber bin ich sehr froh."

Gabriel wollte, dass sein Bruder glücklich war. Wenn jemand es verdient hatte, dann Gideon. Einen Moment lang gestattete er sich, zu überlegen, wie sich sein Leben wohl gestalten würde, wenn er an das Glück glauben würde. Doch er tat es nicht. Worin lag der Sinn, alles zu haben, wenn man es jeden Augenblick wieder verlieren konnte?

Paper Moon befand sich in einer Übergangsphase. Seit einigen Generationen schon war es ein Brautmodengeschäft gewesen, das die Beebes noch vor sechs Monaten eigentlich hatten verkaufen wollen. Isabel Beebe war vorübergehend nach Fool's Gold zurückgekehrt, um ihren Eltern zu helfen, die Boutique aufzumöbeln, um einen guten Preis zu erzielen. Aber manchmal durchkreuzte das Leben selbst die perfektesten Pläne, und jetzt war Isabel frisch verlobt, hatte vor, für immer in der Stadt zu bleiben, und wollte den Laden mit einer Abteilung für Designermode vergrößern. Das erklärte auch das große Loch in der Seitenwand des Ladens.

„Achtet nicht auf das Chaos", sagte Isabel, als sie Patience vor einen fünfteiligen Spiegel schob. „Sind das die Schuhe? Es wäre nämlich nicht gut, wenn wir den Saum mit den falschen Schuhen umstecken."

„Ja, das sind sie", erwiderte Patience und biss sich auf die Lippen. „Oh, Isabel, du hattest recht. Das ist wirklich das perfekte Kleid."

Noelle saß in einem der gemütlichen Sessel neben dem Spiegel und betrachtete ihre wirklich bezaubernd aussehende Freundin. „Bist du es eigentlich irgendwann einmal leid, das immer wieder zu hören?"

„Nein", gab Isabel zu, während sie sich bückte und das Rockteil zurechtzupfte. „Ich weiß die Bestätigung zu schätzen."

Patience hatte eigentlich gar kein „echtes" Brautkleid anziehen wollen. Sie war schon einmal verheiratet gewesen und hatte sich gefragt, ob sie es überhaupt verdiente, diese ganze Zeremonie noch einmal zu durchleben. Aber nachdem Felicia und Isabel sich auch verlobt hatten, hatten die beiden sie gefragt, ob sie nicht an ihrer Hochzeit direkt nach dem Tanz des Winterkönigs teilnehmen wollte. Zwar hatte Patience dem begeistert zugestimmt, hatte sich aber weiterhin standhaft geweigert, ein traditionelles Hochzeitskleid zu tragen, und stattdessen erklärt, sie würde ein elfenbeinfarbenes Kostüm vorziehen.

Aber Isabel hatte keine Ruhe gegeben und ihre Freundin immer wieder dazu gedrängt, verschiedene Kleider anzuprobieren. Schließlich hatte sie einfach das bestellt, in dem Patience am besten ausgesehen hatte. Jetzt stand die künftige Braut in einem weißen Kleid vor ihnen, das bis zum Knie ziemlich eng anlag, bevor es in einen weit schwingenden Rock überging. Das Oberteil war trägerlos, aber mit Spitze überzogen, was dem Kleid einen Hauch von Züchtigkeit verlieh und gut zu Patience passte.

„Ich hätte von Anfang an auf dich hören sollen", murmelte Patience.

„Jetzt begreife ich auch, warum dir diese Arbeit gefällt", meinte Noelle zu Isabel und freute sich, dass ihre Freundin so glücklich aussah.

„Es ist wirklich sehr befriedigend", gab Isabel zu, bevor sie auf das kleine Podium trat und das Kleid noch einmal glattstrich. „Es sitzt schon fast perfekt. Ich rufe meine Schneiderin an, damit sie einen Termin mit dir abmacht. Es sollte möglichst früher als später entsprechend geändert werden, und vergiss nicht, von diesem Tag an bis zur Hochzeit darfst du weder ein Gramm zu- noch abnehmen."

„Ja, Ma'am", sagte Patience und schaute sich noch einmal im Spiegel an. Sie drehte sich gerade herum, als sie plötzlich abrupt stehenblieb und ihr der Mund aufklappte. „Oh, wow!"

Noelle blickte auf und sah Felicia aus der Umkleidekabine kommen. Ihre umwerfende rothaarige Freundin hatte sich für ein elfenbeinfarbenes Kleid entschieden, das wirklich hauteng saß. Mit seinem diagonalen Schnitt und den raffiniert drapierten Falten umschmeichelte es ihren vollkommenen Körper auf geradezu perfekte Weise. Wie Patiences Kleid auch ging es ab Höhe der Knie in ein weit schwingendes Rockteil über, aber Felicias Kleid endete in Dutzenden von zarten Blüten, die aus herrlicher Seide gefertigt worden waren. Sie fielen stufenförmig bis zum Boden und bildeten eine Art von Schleppe.

„Ich weiß nicht", murmelte Felicia. „Ich kann kaum darin laufen, und vielleicht ist es für Fool's Gold doch ein bisschen übertrieben. Ich möchte nicht, dass die Leute glauben …"

„Hör sofort auf!", schimpfte Noelle und ging auf ihre Freundin zu. Sie umkreiste sie, bewunderte das Rückenteil des Kleides, die unglaublichen Blüten und die Tatsache, dass die Farbe des Kleides die Haut ihrer Freundin geradezu zum Leuchten brachte. „Hör auf! Du bist fast überirdisch schön! Du brauchst dieses Kleid. Es ist wie für dich gemacht. Niemand sonst könnte es tragen."

Sie blickte zu Isabel und Patience, die beide mit großen Augen dastanden, und nickte.

Felicia überraschte sie alle, als sie plötzlich in Tränen ausbrach und Noelle umarmte. „Ich liebe dich. Du bist eine wunderbare Freundin. Vielen Dank."

Isabel und Patience eilten herbei, um sich an der Gruppenumarmung zu beteiligen. Noelle genoss die Zuneigung, die sie glücklich und zufrieden machte. Das ist genau das, wonach ich gesucht habe, dachte sie überglücklich. Menschliche Nähe und das Gefühl, dazuzugehören. Und sie hatte es gefunden.

Schließlich lösten sie sich wieder voneinander. Isabel schniefte und wischte sich die Tränen ab. „Ich glaube, künftig sollte jede für sich ihr Kleid anprobieren, sonst sind wir die ganze Zeit am Heulen."

„Du hast recht", meinte Felicia. „Diese Fülle an Emotionen ist überwältigend."

„Wie sie schon sagte." Patience deutete auf Felicia und wischte sich die Tränen ab.

„Okay, dann übernehme ich jetzt mal wieder das Kommando", erklärte Isabel. „Ihr beiden, ihr zieht euch um."

Als die beiden anderen in die Umkleidekabinen verschwanden, drehte Noelle sich zu Isabel. „Was ist mit deinem Kleid?"

Sie lächelte schüchtern. „Es ist dort", erwiderte sie und ging voran in den hinteren Teil des Ladens.

Noelle war schon im Paper Moon gewesen. Er beherbergte Dutzende von Ständern, auf denen die schönsten Kleider hingen. Aber aufgrund der Umbaumaßnahmen war fast die Hälfte des Raumes abgetrennt worden.

„Teil des Umbaus", erklärte Isabel und deutete auf eine provisorischen Wand.

„Wo sind all die anderen Kleider?", wollte Noelle wissen und überlegte, dass man ja Brautkleider nicht so einfach lagern konnte wie extra Papierhandtücher. Man konnte nicht einfach einen Lagerraum mieten und sie dort lassen.

„Bei Dellina. Sie hat ein zusätzliches Zimmer. Die Ständer passten genau dort rein, und die Temperatur beträgt ungefähr einundzwanzig Grad. Du weißt schon, normale Zimmertemperatur. Gerade richtig für meine Bestände." Sie griff nach einem Kleid und hielt es hoch.

Wie die beiden anderen Kleider auch, war dieses ebenfalls trägerlos, aber Isabels Kleid hatte einen weit schwingenden Rock. Winzige Blüten aus Spitzenstoff und Kristallen bedeckten das Oberteil und liefen zur Taille hin aus. Der Rock bestand aus Lagen über Lagen hauchdünnen Stoffes, der bei jeder Bewegung rauschte und mitschwang.

„Es gibt auch noch einen passenden Schleier dazu“, sagte Isabel seufzend. „Da tauchen dieselben Blüten am Rand wieder auf. Ich weiß, dass das Ganze eher mädchenhaft als nach Haute Couture aussieht, aber ich konnte nicht anders.“

„Du wirst umwerfend aussehen.“

Isabel hängte das Kleid zurück und drehte sich zu ihr herum. „Ist das alles okay für dich? Wir bringen dich hoffentlich nicht dazu, dass du uns am liebsten die Kehle durchschneiden würdest.“

Noelle grinste. „Nein, nein, ich besitze nicht einmal ein Messer, das für solch eine Tat geeignet wäre, und mir geht es gut. Das ist doch wirklich toll, und ich bin begeistert, dass ich an einer geheimen Tripelhochzeit teilnehmen darf.“

Isabel sah nicht überzeugt aus. Noelle zuckte mit den Schultern.

„Wenn ich schon seit Ewigkeiten mit jemandem zusammen wäre, der mir partout keinen Ring an den Finger stecken will, wäre ich vielleicht sauer, aber so ist es ja nicht. Ich mag euch alle wirklich gern, und ich freue mich für euch. Außerdem hast du mir ein fantastisches Kleid besorgt.“

Passend zu den trägerlosen Hochzeitskleidern hatte Isabel ein paar unterschiedliche Kleider vorgeschlagen, die Noelle gefallen könnten. Zusammen hatten sie ein trägerloses Cocktailkleid ausgewählt, das im Oberteil leicht gekräuselt und an der Taille auf interessante Art verschlungen war. Es war kurz genug, um sexy zu wirken, aber nicht so sexy, um von den Bräuten abzulenken. Die blauviolette Farbe schmeichelte ihrem Teint, und es war ein Kleid, das Noelle auch später, zu anderen Gelegenheiten, noch tragen konnte.

„Ich möchte nur nicht, dass das für dich deprimierend ist“, meinte Isabel. „Ich wünschte, Consuelo hätte sich bereit erklärt, Brautjungfer zu sein, aber als ich sie noch mal gefragt habe, hatte ich das Gefühl, sie würde mir gleich wehtun."

Noelle lachte. „Das klingt ganz nach Consuelo! Keine Sorge. Ich übernehme gerne die Rolle als Trauzeugin. Ehrlich."

„Wenn du dir sicher bist."

„Bin ich."

Gerade als sie in den großen Raum des Ladens zurückkehrten, kam Dellina, die Hochzeitsplanerin, mit den Armen voller Blumen herein. Sie legte die Sträuße hin, schaute sich die vier Frauen an und stemmte die Hände in die Hüften.

„Was ist los?", fragte sie. „Ihr habt geheult. Versucht nicht, mir weiszumachen, ihr hättet nicht geheult! Und wehe, eine von euch erklärt mir jetzt, sie will nicht mehr mitmachen."

„Sie haben die Kleider anprobiert und sahen so fantastisch aus, dass wir ein bisschen rührselig wurden", erklärte Noelle.

Patience grinste. „Nein, Felicia sah so schön aus, dass wir angefangen haben, zu heulen. Ich habe keinerlei bewegende Emotionen ausgelöst."

„Du sahst umwerfend aus", widersprach Felicia. „Bezaubernd und zart. W…wie diese Blumen." Tränen schossen ihr in die Augen.

Dellina schüttelte den Kopf. „War etwa Alkohol im Spiel?"

„Nein", meinte Isabel fröhlich. „Das haben wir völlig nüchtern hinbekommen."

„Ein beängstigender Gedanke", murmelte Dellina. „Und? Habt ihr euch jetzt wieder eingekriegt? Können wir uns mit den Blumen beschäftigen, ohne dass irgendjemand hysterisch wird?"

Die drei Bräute nickten. „Ich war nie hysterisch", stellte Noelle klar.

„Gut. Dann lasst uns an die Arbeit gehen, Mädels! Dies hier sind ein paar Vorschläge in Bezug auf die Blumen. Ich habe mir überlegt, dass wir uns eine Hauptfarbe aussuchen, und dann entscheidet sich jede von euch für eine Variante dieser Farbe.

Auf diese Weise könnt ihr eure Lieblingsfarbe bekommen, ohne dass sich irgendetwas beißt."

Noelle hörte zu, während Dellina erklärte, welche Blumen am besten für einen Brautstrauß geeignet waren, bevor sie ihnen unterschiedliche Möglichkeiten zeigte.

Nicht einmal zwei Jahre ist es her, da habe ich meine eigene Hochzeit geplant, dachte Noelle traurig. Sie und Jeremy wollten eine Sommerhochzeit am Strand feiern. Nur über das Brautkleid waren sie sich nicht einig gewesen. Sie hatte das Kleid ihrer Großmutter tragen wollen und hatte es ändern lassen. Der Umhang aus Spitze wurde entfernt, das eng anliegende Oberteil mit dem herzförmigen Ausschnitt hatte sie jedoch beibehalten. Die Schneiderin, zu der sie das Kleid gebracht hatte, hatte die Blüten aus Spitze sorgfältig neu aufgesetzt und ein paar Abnäher eingenäht. Aber als Noelle es anprobiert hatte, um es Jeremy zu zeigen, hatte er erklärt, es wäre viel zu altmodisch.

Letztlich war es bedeutungslos gewesen, denn sie war krank geworden, und er hatte sie verlassen. Zur Begründung hatte er erklärt, die Sache mit ihr wäre ihm zu unsicher.

Jetzt verscheuchte sie diese unangenehmen Gedanken und widmete ihre Aufmerksamkeit wieder der Diskussion um die Blumen.

„Während ihr darüber nachdenkt", sagte Dellina, zog ein Tablet aus ihrer riesigen Handtasche und berührte den Bildschirm, „erzähle ich euch noch ein paar andere Dinge. Evie Jefferson und ich haben uns unterhalten. Nach dem Tanz des Winterkönigs werden die Mädchen den neuen Tanz vorführen, den sie ihnen beigebracht hat. Es gibt andere Musik, und danach kommt Bürgermeisterin Marsha auf die Bühne, um zu erklären, was passiert."

Sie erläuterte, wie der Abend ablaufen sollte. Wie die drei Bräutigame ihren Platz einnehmen würden, bevor Noelle dann als Erste den Gang entlangkommen sollte.

„Ich habe eine Liste mit passender Musik“, sagte Dellina und kramte einen Zettel heraus. „Ich bin aber auch offen für andere Vorschläge. Es folgt der traditionelle Hochzeitsmarsch, und dann habt ihr drei euren großen Auftritt. Trauung, Ring, Kuss, und dann laden wir alle zu einem späten Abendessen ein, ehe es zur Kirche geht, um dort den Mitternachtsgottesdienst zu feiern.“

„Du bereitest ein Abendessen vor?“, fragte Noelle.

„Ich organisiere es.“ Dellina grinste. „Glaub mir, ein Koch-Gen ist mir leider nicht in die Wiege gelegt worden. Ana Raquel und Greg kümmern sich ums Essen. Es wird köstlich.“

Felicia holte ihr eigenes Tablet aus der Tasche. „Ich habe eine Liste mit all den Sachen, die bestellt worden sind“, sagte sie. „Inklusive Champagner.“

Noelle blickte zur Uhr an der Wand. „Wenn ihr mich nicht mehr braucht, dann gehe ich zurück in meinen Laden. Wir werden im Moment von Kunden nur so überlaufen, und ich habe Gabriel allein gelassen.“

„Danke für alles“, sagte Isabel. „Du warst großartig.“

„Ich helfe euch doch gerne. Sagt Bescheid, wenn es noch etwas zu tun gibt.“

Sie winkte ihren Freundinnen zu und verließ den Laden. Als sie zum Christmas Attic eilte, ermahnte sie sich, sich für ihre Freundinnen zu freuen und nicht daran zu denken, dass nach Weihnachten alles anders sein würde. Ihre Freundinnen würden in die Flitterwochen entschwinden, Gabriel würde wieder zurück nach Deutschland fliegen, und in ihrem Laden würde wieder Ruhe einkehren. Ihre Freundinnen würden zwar zurückkommen, doch als verheiratete Frauen, und Noelle befürchtete, dass sich zwangsläufig einiges ändern würde.

Und was Gabriel betraf – nun, sie bezweifelte, dass sie ihn je wiedersehen würde. Es sei denn, er besuchte seinen Bruder künftig regelmäßig. Aber das war wohl eher unwahrscheinlich. Daher war es nur vernünftig, sich nicht mit ihm einzulassen. Nur war sie sich leider nicht sicher, ob sie vernünftig sein wollte.

Sie wollte gerade um die Ecke biegen, als Patience sie eingeholt hatte. „Ich muss auch wieder zurück“, sagte sie. „Und ich vertraue Dellina vollkommen, was das Menü angeht.“ Sie deutete auf das Schaufenster von Da Bump Maternity. „Oh, schau mal! Sie hat einen lustigen Weihnachtsmann aufgestellt.“

Noelle blickte zum Schaufenster und sah einen tanzenden Weihnachtsmann. Außerdem entdeckte sie Elfen. Niedliche Elfen, die sie, soweit sie sich erinnern konnte, vorher noch nicht gesehen hatte.

„Na, sie ist mit ihrer Deko ja ziemlich spät dran“, meinte Noelle. „Es ist aber auch wirklich eine hektische Zeit.“

„Sie ist nicht zu spät dran“, widersprach Patience. „Es geht um den Wettbewerb. Ich hatte mir auch überlegt mitzumachen, aber mit der Hochzeit und all dem anderen, was ich so um die Ohren habe, schaffe ich es nicht. Vielleicht im nächsten Jahr. Obwohl in der Regel sowieso Josh gewinnt. Ich glaube, er holt sich Leute von außerhalb, die das Dekorieren übernehmen. Er ist eben ein typischer Wettkämpfer. Der Rest von uns nimmt das alles nicht ganz so ernst.“

Noelle blieb stehen und wandte sich ihr zu. „Wovon redest du?“

„Na, von dem Wettbewerb für die beste Schaufensterdekoration zu den Feiertagen“, erklärte Patience. „Es ist eigentlich ein bisschen albern. Als Preis gibt es einen kleinen Pokal zu gewinnen. Das Ganze soll einfach nur Spaß machen.“

„Und wieso weiß ich davon nichts?“, fragte Noelle und blickte auf das Schaufenster. „Ich habe ein Geschäft für Weihnachtsdekoration! Ich muss doch auf jeden Fall mitmachen!“

„Oh, oh!“ Patience hob beide Hände. „Da ist aber jemand entschlossen. Da gehe ich dir lieber aus dem Weg.“

8. KAPITEL

Gabriel schloss die Kasse und reichte die Einkaufstüte über den Tresen. „Vielen Dank für Ihren Besuch", sagte er. „Frohe Weihnachten."

Es kam für ihn völlig unerwartet, aber er hatte Spaß daran, hier im Laden zu arbeiten. Die Leute waren richtig glücklich, wenn sie das fanden, wonach sie gesucht hatten, und ihm gefiel es, wenn er einen Verkauf abschließen konnte. In seinem Beruf flickte er seine Patienten so gut es ging zusammen, und dann waren sie weg. Selbst wenn seine Patienten in Deutschland das Krankenhaus verließen, waren sie noch längst nicht gesund, sondern hatten noch einen langen Heilungsprozess vor sich. Aber hier konnte er eine Weihnachts-CD verkaufen und verspürte sofort das Gefühl, etwas geschafft und abgeschlossen zu haben.

Die Ladentür wurde geöffnet, und Noelle kam hereingestürmt. Sie wirkte aufgeregt, und ihr Schal rutschte ihr schon von der Schulter.

„Was ist los?", fragte er alarmiert und ging auf sie zu. Adrenalin schoss durch seinen Körper, als er überlegte, ob ein Verkehrsunfall oder irgendeine andere Tragödie passiert war, um die er sich jetzt kümmern musste. Er hatte seinen Arztkoffer nicht dabei, sodass er nicht viel würde tun können, aber …

„Hier in der Stadt findet ein Schaufenster-Wettbewerb statt", verkündete Noelle. „Wieso habe ich nichts davon gewusst? Es gibt sogar Preise und so was. Wir müssen gewinnen!"

Gabriel holte tief Luft und entspannte sich ganz bewusst wieder. Es würde noch einen Moment dauern, bis sich sein Adrenalinspiegel wieder normalisiert hatte, aber zumindest wusste sein Verstand, dass bei Noelle alles okay war.

„Ein Wettbewerb?“, fragte er. „Für Schaufenster?“

„Ja, für die Deko. Ich wünschte, Melissa wäre hier, die hätte ich bestimmt darüber ausfragen können. Es wurden wohl Flyer verteilt, aber anscheinend habe ich den nicht bekommen.“ Sie ging hinüber zum Computer, gab das Passwort ein und loggte sich ins Internet ein, bevor sie sich auf die Suche machte.

„Ah, hier ist es!“, rief sie kurz darauf triumphierend. „Der Sieger wird nächsten Mittwoch gekürt, und das bedeutet, dass uns nicht mehr viel Zeit bleibt.“ Sie blickte sich im Laden um. „Ich muss mich sofort an die Arbeit machen.“

„Du willst versuchen, zu gewinnen?“

Nachdem sie ihm einen mitleidigen Blick zugeworfen hatte, meinte sie nur: „Natürlich! Das ist wichtig. Zum einen bin ich das erste Jahr im Geschäft, zum anderen ist das hier ein Weihnachtsladen. Ich muss zumindest mitmachen, selbst wenn ich nicht gewinnen sollte.“

Eine unerwartete Seite an Noelle, dachte er, aber ihm gefiel ihre Zielstrebigkeit.

„Wie kann ich helfen?“

Das entlockte ihr ein Lächeln, und Gabriel blieb fast die Luft weg. Er musste ein Stöhnen unterdrücken, als er erkannte, dass zu seinem körperlichen Verlangen nach Noelle noch ein weiteres Gefühl hinzugekommen war. Er mochte sie, und das erschwerte irgendwie alles. Erotisches Verlangen war ein vergleichsweise harmloses Gefühl. Da ging es lediglich um Biologie und körperliche Nähe. Aber jemanden zu mögen … das war etwas ganz anderes. Da ging es um die Persönlichkeit des anderen, ums Kümmern, und es bedeutete, dass er sie vermissen würde, wenn er wieder abreiste.

Zu spät, dachte er. Es war bereits passiert.

„Ich gehe mal durch die Stadt, und schaue mir die anderen Schaufenster an“, sagte Noelle. „Ich mache mir Notizen, und dann können wir heute Nachmittag einen Schlachtplan ausarbeiten.“ Sie blickte zu der Dekoration im Südfenster. „Ich weiß, dass wir einen größeren Baum brauchen – so viel ist schon mal sicher. Aber einen echten.“

„Du willst einen echten Tannenbaum in dein Schaufenster stellen?“

„Warum nicht? Der wird einen wunderbaren Duft verströmen und viel authentischer aussehen. Hm, ob Heidi mir wohl eine ihrer Ziegen leihen würde?“

„Keine Ziegen!“, erklärte er kategorisch. „Du kannst keine Ziege in deinem Schaufenster halten.“

„Da hast du wohl recht. Aber wenn wir das Fenster wie einen Stall dekorieren würden, und sie nur dort schlafen müsste …“ Sie schüttelte den Kopf. „Es bliebe immer noch das Problem mit der Sauberkeit, und ich weiß auch nicht, wie viele Stunden am Tag so eine Ziege schläft.“ Sie schlang sich den Schal um den Hals. „Okay, ich gehe jetzt mal spionieren, und anschließend können wir uns dann zu einer Brainstorming-Session zusammensetzen.“

Spionieren? Brainstorming? Gabriel rieb sich die Schläfen. Er merkte schon, dass er Kopfschmerzen bekam.

Gegen acht am Abend überlegte Gabriel, ob Noelle wohl willig war, sich geschlagen zu geben.

„Ich würde so gern noch an ein Wunder glauben“, murmelte sie und zog sich die Kapuze ihrer Jacke über den Kopf. Es schneite, und die Temperatur ging immer weiter zurück, aber Gabriel wusste, dass die Kälte nicht der Grund für Noelles schlechte Stimmung war.

Sie blieb mitten auf dem Bürgersteig stehen und holte tief Luft. „Du kannst gern nach Hause gehen“, fügte sie hinzu, obwohl sie nicht sonderlich überzeugend klang.

„Das meinst du doch nicht ernst.“

„Niemand will so lange nach einem Weihnachtsbaum suchen."

„Warum willst du jetzt aufhören?", fragte er, ohne zu erwähnen, dass sie bereits alle fünf Verkaufsstellen in der Stadt abgeklappert hatten. Er könnte schwören, dass Noelle jeden einzelnen Baum Nadel für Nadel unter die Lupe genommen hatte, aber keiner war ihr gut genug gewesen. „Du kannst doch jetzt nicht aufgeben."

„Tue ich ja nicht. Ich glaube immer noch daran, dass der perfekte Baum irgendwo hier ist. Er muss einfach hier sein."

„Dann findest du ihn auch."

Sie sah nicht überzeugt aus. „Sagst du das, weil du mit mir einer Meinung bist, oder nur, weil du glaubst, dass das der schnellste Weg ist, um dem Schnee zu entkommen?"

„Beides", gab er zu.

Sie warf ihm ein Lächeln zu, das ihn sofort von innen erwärmte.

Ihre Wangen waren von der Kälte gerötet, genau wie ihre Nase. Schneeflocken landeten auf dem Kunstfellbesatz ihrer Kapuze und auf ihren Schultern. Sie sah bezaubernd und gleichzeitig sexy aus, und er vermutete, dass sie keine Ahnung hatte, was sie bei ihm anrichtete.

„Ich kann nicht anders", gab sie zu. „Das ist mir wichtig."

„Das habe ich schon fast vermutet." Er stampfte mit den Füßen auf.

„Geh nach Hause", sagte sie. „Du frierst. Ich gebe auf."

Er blickte ihr ins Gesicht. „Wieso bin ich fest davon überzeugt, dass du lügst?"

„Tue ich doch gar nicht."

Sie blickte ihn mit Unschuldsmiene an, zumindest glaubte sie das wohl. Aber Gabriel wusste genau, was sie dachte. Sie war nicht der Typ, der einfach aufgab.

„Das kannst du jemand anderem weismachen! Du wirst so lange suchen, bis du den perfekten Baum gefunden hast. Einen, mit dem du eine Chance hast, irgend so eine Schleife zu gewinnen."

„Ich habe gehört, es geht um einen Pokal."

„Na ja, dann."

„Bist du böse?", fragte sie.

„Nein. Ich frage mich nur, wie du wohl drauf bist, wenn du *wirklich* etwas willst. Komm."

„Wohin gehen wir?"

„Ich bringe dich nach Hause. Auf dem Weg dorthin können wir uns einen Plan ausdenken, wie wir den perfekten Baum finden."

Sie war neben ihm hergegangen, hüpfte jetzt jedoch vor ihn und grinste. „Ehrlich? Ich habe überlegt, ob wir vielleicht in die Berge fahren und einen Baum fällen können."

„Ist das legal? Gehören die Berge nicht dem Land oder der Gemeinde?"

„Ich weiß es nicht, aber das finde ich raus. Außerdem, es ist doch nur ein Baum."

„Na großartig! Eine besessene Gesetzesbrecherin."

Sie standen in der Nähe des Parks, gegenüber von Morgan's Books. Es war dunkel, und es schneite leicht. Noch immer waren Dutzende von Menschen unterwegs. Von irgendwoher erklang Musik, blecherne Weihnachtslieder, die Gabriel an seine Kindheit erinnerten. Die untere Hälfte seines Körper war inzwischen so kalt, dass er sie kaum noch spürte, was vermutlich ganz gut so war, denn Noelle sah ihn an, als hätte er gerade einen Welpen aus einem Feuer gerettet.

„Du willst mir also wirklich helfen?", fragte sie.

„Inzwischen bin ich schon zu weit gegangen, um noch umkehren zu können."

„Das ist fantastisch!" Sie hüpfte auf und ab. „Ich erkundige mich, ob es legal ist, *bevor* wir hoch in die Berge fahren. Wie ist das? Wir können mit meinem Wagen fahren."

„Du willst *fahren?*“

„Es wäre wohl ein bisschen schwierig, zu Fuß zu gehen und einen Baum hinter sich herzuschleifen.“

„Darf ich dich daran erinnern, was beim letzten Mal passiert ist, als du bei Schnee in den Bergen unterwegs warst?“

Sie wischte seine Besorgnis mit einer Handbewegung vom Tisch. „Das geht schon. Ich habe die Rechtschaffenheit auf meiner Seite. Was kann da schon schiefgehen?“

„Fordere das Schicksal nicht heraus! Ich komme mit, und ich fahre. Wir nehmen Gideons Pick-up.“

Noch einmal setzte sie ihre Unschuldsmiene auf. „Das wäre sehr nett. Danke.“

„Gerne“, antwortete er und strich ihr kurz über die Wange.

Sie grinste und griff nach seiner Hand. „Das wird bestimmt ein Riesenspaß! Wir suchen uns einen richtig großen Baum und fällen ihn. So, als wären wir Pioniere oder so. Dann bringen wir ihn hierher und stellen ihn im Schaufenster auf. Bestimmt gewinne ich dann den Wettbewerb.“

Da war sich Gabriel nicht so sicher. „Du musst vorher das Fenster ausmessen, sonst schleppen wir womöglich einen Baum an, der viel zu groß ist.“ Er legte ihr einen Arm um die Schultern und ging mit ihr weiter.

„Okay, ich mache mich nachher gleich mal im Internet schlau, welches der beste Baum wäre. Er soll schließlich lange halten und gut aussehen. Vielleicht weiß Felicia das auch. Sie weiß doch alles.“

„Warst du während des Jurastudiums auch schon so?“, wollte er wissen und musterte sie. „Wolltest du immer die Beste sein?“

„Ich habe nicht den besten Abschluss in meinem Jahrgang gemacht, wenn du das wissen wolltest.“

„Warst du Zweitbeste?“

„Drittbeste. Aber darum geht es hier doch gar nicht.“

„Es ist ein Wettbewerb, also geht es doch darum."

Ehe sie darauf etwas antworten konnte, kam ein kleines Mädchen auf sie zugerannt. Es sah niedlich aus, hatte glänzende schwarze Haare und große Augen. Die Kleine war ungefähr fünf Jahre alt. Sie trug einen warmen roten Mantel und Gummistiefel mit roten Punkten darauf.

„Hallo, du!", sagte Noelle und ging in die Hocke, während sie das Mädchen anlächelte. „Ist dir auch schön warm?"

„Ja", sagte die Kleine und lächelte schüchtern. „Wir haben für meine Grandma eine Christbaumkugel bei dir im Laden gekauft. Du hast mir beim Aussuchen geholfen."

„Daran erinnere ich mich", versicherte Noelle ihr. „Hast du sie ihr schon geschenkt?"

Das Mädchen nickte.

„Und? Hat sie ihr gefallen?"

Noch einmal nickte die Kleine und strahlte. „Sie hat geweint."

„Das sind die besten Geschenke."

Die Mutter des Mädchens trat zu ihnen und ergriff die Hand ihrer Tochter. „Wir waren am langen Wochenende schon mit meinen Eltern hier in der Stadt", erklärte die Frau. „Ihr Laden ist einfach bezaubernd. Sophie wollte Ihnen das unbedingt sagen."

Noelle strich dem Mädchen kurz über die Wange. „Danke, dass du mir von deiner Großmutter erzählt hast, Sophie."

„Gerne."

Noelle stand auf und winkte Sophie hinterher, bevor sie sich wieder zu Gabriel herumdrehte. „Geht es dir nicht auch so, dass man in so einem Moment am liebsten die ganze Welt umarmen möchte?"

„Du machst Menschen glücklich."

„Ich versuche es. Es liegt zwar weniger an mir als am Laden, aber trotzdem."

Sie warf sich in seine Arme. Er fing sie auf und zog sie fest an sich.

Noelle täuschte sich. *Sie* war diejenige, die etwas ganz Besonderes an sich hatte. Ohne sie wäre The Christmas Attic lediglich eine Ansammlung von Dingen. Sie war es, die dem Ganzen Leben einhauchte. Während er sich nicht an das kleine Mädchen und ihre Mutter erinnern konnte, bezweifelte er nicht, dass Noelle ihnen viel Zeit gewidmet hatte. Das tat sie mit jedem ihrer Kunden und machte dadurch den Einkauf in ihrem Laden zu einem Erlebnis.

„Wir fahren in die Berge", sagte er. „Finde heraus, wo es die besten Bäume gibt, und dann machen wir uns auf den Weg."

Sie sah ihn lächelnd an. „Du bist gar nicht so ein harter Kerl, auch wenn du immer so tust. Eigentlich bist du ein ganz Netter."

Und er müsste ihr eigentlich raten, nicht an ihn zu glauben. Er wäre bestimmt kein guter Fang. Er wollte ihr nicht wehtun, aber ihr Vertrauen verdiente er ganz gewiss nicht. Doch das hier ist nicht der richtige Zeitpunkt für solche Erklärungen, dachte er und küsste sie sacht auf den Mund. Nicht an solch einem wunderbaren, verschneiten Abend, wenige Wochen vor Weihnachten.

Gabriel ging mit zügigen Schritten durch die kalte Nacht, dankbar, dass die eisigen Temperaturen dem brennenden Verlangen in seinem Körper den Garaus machten. Er hatte sich wie ein Gentleman verhalten. Er hatte Noelle nach Hause gebracht und sich an ihrer Haustür verabschiedet, ohne auch nur anzudeuten, wie sehr er sich wünschte, mit ihr reinzukommen.

Ihr Blick hatte ihre Unentschlossenheit verraten, und Gabriel hatte geahnt, dass es ein Leichtes gewesen wäre, sie zu überzeugen. Ein paar Küsse, und sie wäre vermutlich dahingeschmolzen. Aber sosehr er sie auch begehrte, es war ihm wichtig, dass sie sich wirklich sicher war. Und dass sie genau wusste, worauf sie sich da einließ.

So ein Gewissen kann manchmal ganz schön nerven, dachte er, als er um die Ecke bog.

„Hallo Gabriel."

Eine ältere Frau tauchte neben ihm auf. Dabei hätte er schwören können, dass an diesem verschneiten Abend niemand mehr unterwegs war. Jedenfalls nicht um diese Uhrzeit. Normalerweise wurden hier so gegen neun Uhr die Bürgersteige hochgeklappt.

Die Frau hatte weißes, gelocktes Haar und strahlend blaue Augen. Sie war vermutlich Ende sechzig, ging aber aufrecht und wirkte äußerst agil. Er hatte sie schon irgendwo einmal gesehen, konnte sich aber nicht mehr erinnern, wo.

„Ma'am", begrüßte er sie, ohne sich groß darüber zu wundern, dass Menschen, die er noch nie kennengelernt hatte, wussten, wer er war.

„Ich bin Marsha Tilson, die Bürgermeisterin", sagte sie lächelnd. „Ich freue mich, dass ich Sie treffe. Ich wollte ohnehin mit Ihnen sprechen."

Sie deutete auf die andere Straßenseite. Er spähte durch den Schnee und entdeckte ein Schild, auf dem Jo's Bar stand.

„Kommen Sie, ich spendiere Ihnen einen Kaffee", sagte sie und trat bereits auf die Straße. „Einen Irish Coffee", fügte sie lachend hinzu. „Den macht niemand besser als Jo."

Mehr oder weniger gegen seinen Willen folgte Gabriel der Bürgermeisterin. Eigentlich sollte er das lieber nicht tun. Er konnte doch nicht mit einer dreißig Jahre älteren Frau in eine Bar gehen. Dazu fiel ihm wieder die andere alte Dame ein, die neulich seinen Hintern begrapscht hatte, und er überlegte, ob er sich gerade in eine noch heiklere Situation hineinmanövrierte. Doch aus unerfindlichen Gründen trabte er neben der

Bürgermeisterin her und beantwortete höflich ihre Fragen, als sie wissen wollte, wie es ihm in der Stadt gefalle.

Als sie in die Bar traten, stellte er fest, dass er sich in der merkwürdigsten Bar befand, die er je gesehen hatte. Die Wände waren in einem femininen, hellen Lila-Blau-Ton gestrichen, und die großen Fernsehbildschirme zeigten Menschen, die eindeutig übergewichtig waren und auf einem Laufband trainierten. War das eine Sport-Show, die ihm während seiner Jahre im Ausland entgangen war?

Die Bürgermeisterin führte ihn zu einem Tisch in der Ecke. „Irish Coffee, bitte, Jo", rief sie, während sie sich einen Stuhl herauszog.

„Kommt sofort, Bürgermeisterin." Die Frau hinter dem Tresen lachte leise. „Wen quälen Sie denn heute Abend?"

„Jo, ich quäle nie jemanden. Das wissen Sie doch."

„Nein, natürlich nicht."

„Das ist Dr. Gabriel Boylan, Gideons Bruder."

„Willkommen", begrüßte Jo ihn. „Versuchen Sie gar nicht erst, sich gegen unsere Bürgermeisterin zu wehren. Das funktioniert sowieso nie. Sie ist wie Treibsand. Entspannen Sie sich, dann wird alles gut. Wenn Sie anfangen dagegen anzukämpfen, sinken Sie nur noch tiefer ein."

Die Bürgermeisterin legte ihren dicken Mantel über einen leeren Stuhl und setzte sich. Sie trug ein hellblaues Kostüm und eine Perlenkette. „Hören Sie nicht auf Jo, das bildet sie sich alles nur ein."

Gabriel nickte, obwohl er sich fragte, ob Jo wohl diejenige war, die die Wahrheit sagte. Nachdem er sich die Jacke ausgezogen hatte, setzte er sich der Bürgermeisterin gegenüber.

Sie legte die Hände auf den Tisch und verschränkte die Finger ineinander. „Sie sind über die Feiertage hier."

Er war sich nicht sicher, ob das eine Frage oder eine Feststellung war, doch er nickte.

„Sie arbeiten bei Noelle im Christmas Attic. Das ist für Sie sicherlich etwas komplett anderes."

„Das ist es, ja."

„Ihre Arbeit beim Militär ist sicherlich sehr befriedigend, aber extrem schwierig. An das medizinische Personal werden extrem hohe Anforderungen gestellt. Die posttraumatischen Belastungssyndrome der heimkehrenden Soldaten werden jetzt immerhin schon thematisiert, und das ist auch gut so. Aber Sie und Ihre Kollegen haben ebenfalls mit psychischen Problemen zu kämpfen."

„Mitgefühls-Erschöpfung-Syndrom", erwiderte er tonlos.

„Ja. Ich habe etwas darüber gelesen. Was Sie mitansehen müssen, was Sie tun, all das zehrt an einem Menschen. Ich hoffe, Sie empfinden Ihren Urlaub hier als heilsam." Sie lächelte freundlich. „Ich würde mir niemals anmaßen anzunehmen, ich wüsste, was Sie durchgemacht haben, Gabriel, aber wenn Sie jemanden zum Reden brauchen, kann ich Ihnen entsprechende Namen nennen."

„Es geht mir gut."

Sie musterte ihn einen Augenblick lang. „Ich glaube, das tut es im Moment noch nicht, aber Sie werden das hinbekommen."

Jo brachte zwei hohe, schlanke Gläser an ihren Tisch. Der Irish Coffee war mit einem Klacks Schlagsahne garniert. Nachdem sie die Gläser vor Gabriel und die Bürgermeisterin gestellt hatte, meinte Jo: „Ich habe einen großzügigen Schuss Whiskey hineingetan."

Die Bürgermeisterin seufzte. „Sie waren schon immer ein braves Mädchen, Jo."

„So bin ich. Die Beste der Besten", meinte Jo lachend und ging zurück zum Tresen.

Die Bürgermeisterin hob ihr Glas. „Auf die Feiertage und darauf, dass wir mit denen zusammen sind, die wir lieben."

Gabriel stieß mit ihr an. „Auf die Familie.“

„Ich habe eine wunderbare Enkelin und zwei Urenkel“, erzählte sie. „Und einen Schwiegerenkel. Ich fühle mich wirklich gesegnet. Wie ich hörte, ist Ihre Familie jetzt auch hier.“

„Ja, sie bleiben auch bis über die Feiertage.“

Sie hob die Augenbrauen. „Ach ja? Ich dachte, sie überlegen, für immer hierherzuziehen. Aber vielleicht habe ich das missverstanden.“

Gabriel vermutete, dass diese gerissene ältere Dame nicht viel missverstand, was bedeutete, dass sie über Informationen verfügte, die er nicht besaß. Seine Eltern wollten nach Fool's Gold ziehen? War das möglich? Er versuchte sich auszumalen, was Gideon wohl davon hielt, konnte es aber nicht. Obwohl er und sein Bruder Zwillinge waren, standen sie sich nicht mehr besonders nahe. Gideon hatte sich so sehr verändert, dass er es vielleicht tatsächlich begrüßen würde, seine Familie in der Nähe zu wissen.

„Noelle ist sehr nett“, wechselte sie jetzt das Thema und nippte an ihrem Drink.

Oh! Darum ging es also? Wollte die Bürgermeisterin ihn vielleicht warnen, damit er die Finger von Noelle ließ? Er dachte darüber nach, war aber eigentlich froh darüber, dass jemand sich um Noelle sorgte. Sie hatte keine Familie hier, war auf sich gestellt. Er wusste zwar, dass sie viele Freundinnen hatte, aber er war froh, dass noch mehr Menschen an ihrer Seite waren.

„Das ist sie.“

„Ihr Laden ist etwas ganz Besonderes. Aber wenn Sie sich entschließen sollten, nicht länger in der Army zu bleiben, kann ich mir nicht vorstellen, dass Sie in den Einzelhandel wechseln.“

„Das stimmt. Es ist im Moment aber eine nette Abwechslung.“

„Das glaube ich gern. Aber Sie sind Arzt. Es liegt Ihnen im Blut, andere zu heilen. Unser neues Krankenhaus ist fast fertig. Eine Klinik auf dem allerneuesten Stand der Technik mit einem Notfallzentrum von Weltklasseformat."

Diese Aussage kam so unerwartet, dass er sein Gegenüber vermutlich wie ein Idiot anstarrte. „Sie wollen mit mir über einen Job reden?"

„Ich möchte, dass Sie die Möglichkeit in Erwägung ziehen. Vielleicht halten Sie uns für eine verschlafene Kleinstadt, aber selbst hier haben wir eine Reihe von Notfall-Patienten. Es gibt Verkehrsunfälle und schwere Sportverletzungen in den Bergen, sowohl im Winter als auch im Sommer. Inzwischen ist es uns gelungen, ein exzellentes Team zusammenzustellen, zu dem unter anderem auch Dr. Simon Bradley gehört. Er ist Facharzt für plastische Chirurgie, der sich auf Brandwunden spezialisiert hat. Außerdem erarbeiten wir ein Programm, mit dem Patienten aus der ganzen Welt hierhergebracht werden können. Viele von ihnen werden aus armen Ländern stammen. Dazu müssen natürlich auch Spenden gesammelt werden, um ihnen hier helfen zu können. Es ist eine aufregende Aufgabe."

„Ich bin kein Chirurg."

„Ja, das weiß ich. Trotzdem würden wir Ihre Dienste hier sehr gut gebrauchen können. Ich würde mich freuen, wenn Sie bei Gelegenheit einige der anderen Ärzte hier in der Stadt treffen und näher kennenlernen würden. Außerdem sind wir dabei, einen Such- und Rettungsdienst aufzubauen. Vermutlich kann der im nächsten Jahr seine Arbeit aufnehmen."

Darauf war er nun wirklich nicht gefasst gewesen, auf solch ein Angebot. Hierbleiben? In Fool's Gold?

„Ich kann nicht", sagte er und sprang auf.

„Sie müssen sich ja nicht sofort entscheiden", erwiderte sie völlig ruhig und ohne ihn aus den Augen zu lassen.

Gabriel war alles andere als ruhig. Sein Brustkorb fühlte sich auf einmal viel zu eng an, und er hatte das Gefühl, als würden die Wände sich um ihn schließen. In der Ferne hörte er das Rauschen des Krieges, die Verwundeten. Doch die Bürgermeisterin lächelte ihn weiter an. Was bedeutete, dass die lauten Geräusche lediglich in seinem Kopf existierten und er schleunigst von hier verschwinden musste.

„Danke, aber nein", sagte er und schnappte sich seine Jacke.

„Natürlich. Aber wenn Sie Ihre Meinung ändern, bin ich leicht zu finden."

Er nickte und flüchtete zur Tür. Ehe er dort jedoch ankam, rief sie ihn noch einmal.

„Gabriel?"

Widerstrebend drehte er sich zu ihr um.

„Sagen Sie Noelle, sie soll mich anrufen! Dann helfe ich ihr, die besten Weihnachtsbäume zu finden."

Gabriel fluchte leise vor sich hin. Woher wusste die alte Dame von ihrer Suche nach einem Weihnachtsbaum? Woher wusste sie …

Ist mir egal, dachte er, als er nach draußen stürmte. Inzwischen schneite es sehr viel heftiger als vorhin noch. Der Schnee blieb auf den Bürgersteigen liegen und bedeckte die parkenden Autos. Es war ein Abend, an dem man am besten zu Hause blieb.

Ich nicht, dachte Gabriel, während er sich hastig seine Jacke anzog. Heute Abend würde er so lange spazieren gehen, bis er zu erschöpft war, um sich an irgendetwas zu erinnern. Zu erschöpft, um etwas anderes zu tun, als ins Bett und in einen traumlosen Schlaf zu fallen.

„Du bist sauer", stellte Noelle fest, als Gabriel den Pick-up an einem Stoppschild anhielt.

„Ich bin nicht sauer“, brummte er und behielt den Blick auf die Straße gerichtet.

„Kommt mir aber so vor. Und wenn du vorhast, dich weiter so zu benehmen, dann kehr bitte um und bring mich zurück in die Stadt. Ich fahre dann allein los, um einen Baum zu suchen.“

Er überquerte die Kreuzung, bevor er an den Rand der Straße fuhr und anhielt. Nachdem er auf Parken geschaltet hatte, drehte er sich zu Noelle.

„Du würdest nicht einmal fünfzig Meter weit den Berg hochkommen“, wies er sie zurecht.

„Das weißt du doch gar nicht.“

Seine Mundwinkel zuckten. „Darauf würde ich sogar wetten.“

Er sieht müde aus, dachte sie, als sie die Schatten unter seinen Augen registrierte. Schon den ganzen Morgen lang war er ziemlich schweigsam gewesen, sogar als er ihr die Nachricht von Bürgermeisterin Marsha überbracht hatte, dass sie sie wegen des Weihnachtsbaumes anrufen solle. Sie hatten gewartet, bis Melissa im Laden war, ehe sie sich auf den Weg gemacht hatten, aber Gabriel schien nicht sehr glücklich über das zu sein, was sie vorhatten.

„Kannst du nicht schlafen?“, fragte sie und griff nach seiner verletzten Hand. Die Fäden waren inzwischen gezogen worden, und die Haut war schon fast wieder völlig verheilt. „Tut es immer noch weh?“

„Nein, alles gut. Ich war gestern nur lange unterwegs.“

Er war noch unterwegs gewesen, nachdem er sie nach Hause gebracht hatte? „Oh“, meinte sie leise, während sie sich fragte, mit wem er wohl unterwegs gewesen war.

„Hey“, meinte er und berührte ihre Wange. „Bürgermeisterin Marsha hat mich in so eine Bar geschleppt und mir einen Irish Coffee spendiert. Deswegen sollte ich dir doch auch ausrichten, dass du sie anrufen sollst.“

„Bist du sauer wegen der Weihnachtsbäume? Du warst wirklich großartig, aber ich möchte nicht, dass du meinetwegen etwas tust, das du gar nicht tun willst."

„Ich habe doch versprochen, dass ich dir helfe."

„Das weiß ich, aber es ist mir wichtig, dass du mit Freude im Herzen dabei bist."

Er drehte sich zur Windschutzscheibe, verschränkte die Arme über dem Lenkrad und legte dann den Kopf darauf. Er murmelte etwas vor sich hin, das verdächtig nach „Gebt mir einen Gnadenschuss" klang, aber sie war sich nicht ganz sicher.

„Gabriel?"

„Mit Freude im Herzen?" Er klang fassungslos.

„Ja. Es ist Weihnachten – na ja, fast. Wir fahren in die Berge, um den perfekten Weihnachtsbaum zu finden, der nur auf uns wartet, davon bin ich überzeugt. Es schneit, es ist wunderschön, und wir brauchen eine freudige Grundstimmung."

Er wandte sich wieder zu ihr um und sah jetzt eher belustigt als verärgert aus. „Du hättest niemals eine gute Anwältin abgegeben."

„Ich fürchte, damit hast du recht." Oder sie wäre eine sehr gute Anwältin geworden, hätte sich dann aber nicht mehr an solchen Dingen wie dieser wunderbaren Schneelandschaft erfreuen können.

Wie anders wäre ihr Leben wohl verlaufen, wenn sie nicht krank geworden wäre? Das war eine Frage, über die sie selten grübelte. Hätte sie Jeremy geheiratet? Damals hätte sie bestimmt Ja gesagt, denn sie war davon überzeugt gewesen, dass er der Richtige war. Aber er hatte ihr nicht beigestanden und letztlich nicht mehr in ihr sehen wollen als so etwas wie beschädigte Ware. So leicht, wie es ihm gefallen war, sie zu verlassen, musste sie sich wirklich fragen, ob er sie je geliebt hatte.

Gabriel richtete sich wieder auf. „Eine freudige Grundstimmung kann ich nicht unbedingt bieten, aber ich könnte es mit positiver Akzeptanz probieren. Reicht das?"

„Sicher. Deine Freude finden wir schon noch."

„Ich wusste gar nicht, dass wir sie vermissen."

Er legte den Gang wieder ein und lenkte den Pick-up zurück auf die Straße. Noelle blickte auf die Wegbeschreibung der Bürgermeisterin und wies ihn an, der Mother Bear Road ungefähr drei Kilometer weit zu folgen und dann rechts in den Privatweg abzubiegen.

„Solange wir nicht der Namensgeberin begegnen", murmelte er.

„Sie hält Winterschlaf. Bären halten Winterschlaf."

„Na, dann wollen wir mal hoffen, dass du damit recht hast."

An der Ecke bogen sie ab und fuhren die Berge hinauf. Gabriel behielt die Strecke im Auge. Die Straße war vor Kurzem geräumt worden, sodass sie gut vorankamen, aber als Noelle auf den Privatweg deutete, sah die Sache schon anders aus.

Hier lag der Schnee bereits einige Zentimeter hoch, und der Pick-up kam ins Schlingern, als er sich durch die immer größer werdenden Schneewehen kämpfte.

„Bist du sicher, dass wir richtig sind?", fragte er. „Wenn es weiter so schneit, bleiben wir stecken."

Sie blickte auf den Zettel mit der Beschreibung. „Es ist nur noch eine Viertelmeile bis zur Hütte. Von dort müssen wir laufen."

„Es gibt eine Hütte?"

„Ja, für Notfälle. Sie gehört der Stadt oder der Kommune. Die Bürgermeisterin hat erzählt, dass dort immer Lebensmittel lagern, falls sich Leute verirren und dort stranden. Sie meinte, wir sollten uns von der Hütte aus direkt östlich halten und ein paar hundert Meter weit gehen, dann würden wir die

Tannen finden." Sie blickte zum Himmel. „Der Schneefall lässt nach. Das ist ein Zeichen."

„Wir Glücklichen."

Sie ignorierte ihn und hielt nach der Hütte Ausschau. Kurz darauf hatten sie sie erreicht, und Gabriel wendete den Pick-up, damit sie in Fahrtrichtung standen, bevor sie ihre Jacken, Handschuhe und Schals anzogen und aus dem Wagen stiegen.

Das Erste, was Noelle auffiel, war die Stille. Nur das Geräusch ihrer Schritte im knirschenden Schnee war zu hören. Um sie herum war nichts als unberührte Natur. Kahle Bäume und Büsche, überzogen von einer frischen Schneedecke. Nicht einmal Tierspuren waren zu entdecken. Die Hütte wirkte dunkel und still. Auf dem Dach türmte sich der Schnee, und an den Seiten hatten sich schon hohe Schneewehen gebildet, die fast bis zu den Fenstern reichten.

„Es ist fast so, als wären wir die einzigen beiden Lebenden auf dieser Welt", meinte Noelle mit einem kleinen Seufzer. „Es ist so schön."

„Ja, das ist es."

Sie drehte sich herum, um ihn anzulächeln, sah jedoch, dass Gabriel sie alles andere als amüsiert anschaute. Seine dunkelblauen Augen leuchteten voller Intensität und Hunger, was in Noelle den Wunsch hervorrief, sich an ihn zu schmiegen. Doch dann blinzelte er, und der Ausdruck war verschwunden.

Erst der Tannenbaum! ermahnte sie sich streng. Über eine Verführung konnte sie später nachdenken.

„Okay", sagte sie also und holte noch einmal den Zettel mit der Wegbeschreibung hervor. „Wir müssen nach Osten."

Gabriel deutete in eine Richtung. „Dort entlang."

Sie wollte ihn gerade fragen, woher er das wusste, verkniff es sich jedoch. Vermutlich hatte sie ihn schon genug genervt, indem sie ihn hier mit heraufgeschleppt hatte. Außerdem war es ja nicht so, dass sie einen herausragenden Orientierungssinn besaß.

„Na, dann marschier mal voran“, meinte sie, nachdem Gabriel eine Axt und ein Seil aus dem Pick-up geholt hatte.

Nur langsam kamen sie in dem hohen Schnee vorwärts, und Noelle war schnell klar, dass sie das niemals allein geschafft hätte. Allein die Fahrt hierher hätte schon eine Herausforderung dargestellt, und natürlich hatte sie auch keine Ahnung, wie man einen Baum fällte. Vielleicht hätte ich mich doch mit einem der Bäume aus der Stadt zufriedengeben sollen, überlegte sie und presste die Lippen aufeinander. Das sollte sie Gabriel gegenüber aber wohl lieber nicht erwähnen.

„So, so, du und Bürgermeisterin Marsha“, sagte sie stattdessen, während sie sich bemühte, mit Gabriel Schritt zu halten. „Das muss ja interessant gewesen sein.“

„Sie wollte mit mir über das neue Krankenhaus sprechen.“

„Über das neue Krankenhaus? Ach ja! Das bauen sie gerade. Meine Freundin Montana ist mit Simon Bradley verheiratet. Der ist …“

„… ein berühmter plastischer Chirurg, der sich auf Patienten mit Brandwunden spezialisiert hat. Hat man mir erzählt. Die Bürgermeisterin hat ihr Möglichstes getan, mir einen Job dort schmackhaft zu machen.“

„Warst du interessiert?“

„Nein.“

Die Enttäuschung schlug ihr auf den Magen. Sie hätte Fool’s Gold gern als tolle Stadt angepriesen, davon geschwärmt, wie nett die Leute hier waren. Und wenn Gabriel blieb, könnten sie doch … Was? Sich verlieben? Das wollte er doch gar nicht. Er wollte weder eine Frau noch eine Familie. Für ihn war das, was man damit gewann, das Risiko nicht wert. Wenn er hierblieb, würde sie mehr Zeit mit ihm verbringen wollen, und das würde ganz sicherlich nur dazu führen, dass er ihr das Herz brach. Da wäre es besser, wenn er verschwand, solange sie ihre Emotionen noch einigermaßen unter Kontrolle hatte.

„Gehst du zurück zur Army?“

„Das habe ich noch nicht entschieden.“ Er blickte auf, als es wieder zu schneien anfing. „Wenn es nach meinem Dad geht, schulde ich es ihnen, meine zwanzig Jahre abzuleisten.“

„Er will dir keine Wahl lassen?“

„Doch, sicher. Solange ich das wähle, was er will.“ Er deutete nach vorn. „Tannen“, sagte er.

Sie war sich nicht sicher, ob er sich über die Tannen freute oder einfach nur das Thema wechseln wollte. Wie auch immer, sie stapften weiter durch den Schnee und hielten nach dem perfekten Weihnachtsbaum Ausschau.

9. KAPITEL

Noelle schüttelte den Kopf.

Gabriel hätte sich gern beklagt; dies war schon der fünfte Baum, den sie abgelehnt hatte. Aber er konnte es ihr nicht verdenken. Bäume, die in freier Natur wuchsen, hatten deutlich mehr Macken als die Tannen, die speziell für Weihnachten angebaut wurden. Bei dem einen wuchsen auf der einen Seite keine Nadeln, bei einem anderen waren die Zweige völlig verkrüppelt. Hätte sie sich einen in der Stadt ausgesucht, wäre sie auf jeden Fall besser bedient gewesen. Was er ihr natürlich nicht sagen würde, denn sie wirkte ohnehin von Minute zu Minute niedergeschlagener.

Trotz der dicken Jacke und des Schals, den sie trug, konnte er erkennen, dass Noelle die Schultern hängen ließ. Ihre Wollmütze saß nicht mehr keck auf ihrem Kopf, sondern rutschte ihr über die Ohren. Zu gern hätte er ihr versichert, dass sie das finden würden, wonach sie suchten, aber er war nicht mehr überzeugt davon, dass sie einen vernünftigen Baum aufspüren würden. Der perfekte Tannenbaum schien sich in diesem Jahr sehr gut zu verstecken.

Es schneite jetzt immer heftiger, während sie sich einen Weg durch die hohen Schneewehen bahnten. Obwohl sie beide feste Stiefel trugen, waren sie vom Stiefelrand bis zum Knie pitschnass. Die Temperatur schien auch immer weiter zu fallen.

„Noelle“, begann er zögernd, weil er sie nicht enttäuschen, aber auch ihre Sicherheit nicht riskieren wollte. „Wir müssen zurück.“

Sie nickte schweigend.

„Hey“, meinte er und streckte die Hand nach ihr aus. „Du musst nicht …“

Der Rest des Satzes wurde von einem gewaltigen Rauschen übertönt, als sich der Schnee von den Bäumen über ihnen löste und herabstürzte. Riesige Mengen an Schnee ergossen sich ohne Vorwarnung auf sie und begruben sie fast. Noelle schrie auf, fiel zu Boden und verschwand völlig in der weißen Pracht. Gabriel gelang es nur mit Mühe, stehen zu bleiben, doch auch er steckte auf einmal bis zur Taille im Schnee fest.

„Noelle!“

Mit beiden Händen wühlte er im Schnee und suchte nach ihr. Sie war auf ihrem Po gelandet, hatte jedoch schon beide Arme nach oben gestreckt und versuchte, sich zu befreien. Als Gabriel nach ihr griff, stieß sie sich vom Boden ab und schaffte es aufzustehen.

„Alles okay?“, fragte er, während er sich die Handschuhe abstreifte und ihr dann den Schnee aus dem Gesicht wischte. „Hast du dir wehgetan?“

Mit großen Augen sah sie ihn an. „Ich wurde vom Schnee attackiert.“

„Oder von den Bäumen. Wie auch immer, ich glaube nicht, dass die Natur dir wirklich freundlich gesonnen ist.“

„Was ist passiert?“

Während sie sprach, checkte er ihre Augen und drängte sie anschließend, ein paar Schritte zu gehen. Ihr Gleichgewicht schien nicht gestört zu sein, und offenbar hatte sie auch keine Schmerzen.

„Der Schnee ist wohl zu schwer geworden und von den Bäumen gerutscht. Passiert schon mal. Immerhin war es keine Lawine.“

Zitternd jammerte sie: „Mir ist der Schnee den ganzen Rücken runtergerutscht, auch in die Stiefel.“ Sie holte tief Luft. „Okay, ich habe die Nase voll. Es gibt keinen perfekten Baum. Ich werde den Schaufensterwettbewerb nicht gewinnen. Wir bleiben einfach bei dem, was wir haben.“

Er zog sie an sich und küsste sie auf die Wange. „Wir finden in der Stadt einen schönen kleinen Baum für dich.“

Sie nickte. „Okay. Sicher."

Es gefiel ihm nicht, wie niedergeschlagen sie klang. Seine Noelle war überschwänglich und aufgeregt. Sie wollte das schönste Fenster von Fool's Gold haben oder wie zum Teufel dieser komische Wettbewerb genannt wurde.

„Was ist aus der freudigen Grundstimmung geworden?"

„Mir ist zu kalt, und ich wurde attackiert. Mir ist die Freude vorübergehend abhandengekommen."

„Wir sollten zusehen, dass wir zurück zum Auto kommen", meinte er und schlang einen Arm um ihre Taille, um ihr durch die Schneewehen zu helfen. Die Axt in seiner anderen Hand wurde immer schwerer. „Dir geht es bestimmt besser, wenn dir wieder warm wird."

Sie nickte, schwieg aber. Er spürte, dass sie zitterte. Die Kälte schien noch beißender geworden zu sein, und es schneite immer heftiger. Um es ein wenig leichter zu haben, benutzten sie die Spuren, die sie auf dem Hinweg im Schnee hinterlassen hatten, aber selbst die waren schon bald kaum noch zu erkennen.

Erst als sie in Sichtweite der Hütte gelangten, erkannte Gabriel seinen Denkfehler. Es *schneite*. Sie waren weder in der Stadt noch direkt am Highway. Sie befanden sich eine Viertelmeile entfernt von einer einspurigen Straße, die wiederrum drei Meilen vom geräumten Highway entfernt war. Das Wenige, was er noch vom Pick-up erkennen konnte, verhieß auch nichts Gutes. Der Schnee reichte bereits über die Stoßstange hinweg, und außerdem wurde es schon langsam dunkel.

Noelle schaute auf und sah den Pick-up. „Das ist aber eine Menge Schnee."

„Ja, stimmt."

„Schaffen wir es überhaupt, von hier wegzukommen?"

„Ich weiß es nicht. Es könnte sein, dass wir hier feststecken, bis es aufhört zu schneien."

Ein Schauder fuhr durch Noelle hindurch. Als er sie in der langsam einsetzenden Dämmerung musterte, stellte er fest, dass sie blass war und gar nicht mehr aufhören konnte zu zittern. Er zog die Handschuhe aus und berührte ihre Finger. Sie waren nass und eiskalt.

Es war viel zu riskant, zurückzufahren. Soweit er sich erinnerte, hatte der Wetterbericht vorhergesagt, dass der Schneefall bis Mitternacht anhalten konnte. Er warf einen Blick auf die kleine Hütte. Ein Schornstein ragte aus dem Schnee auf dem Dach auf, und das, was er ansonsten noch erkennen konnte, sah aus, als wäre es gut in Schuss.

„Lass uns reingehen“, meinte er. „Wir sehen erst einmal zu, dass wir dich wieder auftauen, und dann machen wir es uns heute Nacht hier gemütlich. Morgen früh versuche ich, uns freizuschaufeln.“

Er wartete darauf, dass Noelle mit einem Scherz antworten würde, aber das Einzige, was er hörte, war das Klappern ihrer Zähne.

Er half ihr die letzten Meter zur Hütte, fand die Stufen, die zur Veranda hinaufführten, und überlegte noch, wo er nach dem Schlüssel suchen sollte, als er zu seiner Überraschung feststellte, dass die Tür unverschlossen war.

Drinnen war es immerhin sehr viel wärmer als draußen, aber ziemlich dunkel. Gabriel tastete nach einem Schalter an der Wand, und erstaunlicherweise leuchteten die Lampen auf.

„Zumindest haben wir noch Strom“, meinte er und überlegte, wie lange es wohl dauern würde, bis der ausfiel. „Als Erstes sorgen wir dafür, dass dir wieder warm wird, dann schaue ich mal, ob ich Feuerholz finde.“

„Glaubst du, dass der Strom ausfällt?“, fragte Noelle mit noch immer klappernden Zähnen.

„Wenn es so weiterschneit, bestimmt.“

Schnell hatte er den Schalter für die Heizung gefunden und drehte die Temperatur hoch. Ein Rundgang durch die Hütte verlief schnell, denn sie war klein und bestand lediglich aus einem Raum von ungefähr fünfundfünfzig Quadratmetern. Ein Doppelbett stand an dem einen Ende, die Küche befand sich am anderen, und dazwischen war der Wohnbereich. Der einzige abgetrennte Raum war das kleine Badezimmer. Erfreut stellte Gabriel fest, dass es noch fließend Wasser gab, auch wenn es nicht sonderlich warm war.

Er führte Noelle zum Sofa und half ihr, die Jacke auszuziehen. Sie war pitschnass. Bei ihrem unfreiwilligen Sturz hatte sie wohl wirklich den Schnee überall hinbekommen. Inzwischen war der natürlich geschmolzen, und dementsprechend nass waren auch Noelles Pullover und die Jeans. Die Ärmste zitterte am ganzen Körper.

Nachdem er sie gedrängt hatte, sich hinzusetzen, zog er ihr schnell die Stiefel aus. Ihre Socken waren nass und die Füße auch eiskalt. Er ging hinüber zum Bett und nahm die Bettdecken. In der Truhe aus Zedernholz, die am Fußende des Bettes stand, fand er weitere Decken. Er schnappte sich alle und eilte zurück zum Sofa.

„So, komm, stell dich hin", meinte er und half Noelle auf die Füße. „Wir müssen dich aus deinen nassen Klamotten bekommen."

Er wartete auf eine witzige Erwiderung, doch sie nickte nur. Weil sie so sehr zitterte, schaffte sie es nicht einmal, ihre Jeans zu öffnen, daher griff Gabriel nach dem Knopf und zog dann den Reißverschluss herunter.

Der kalte, nasse Stoff klebte regelrecht an ihr. Er zog die Hose herunter und bemühte sich, die weiche Haut und die langen Beine zu ignorieren. Noelle trat aus der Jeans heraus, bevor sie den Pullover über den Kopf zog. Das langärmlige T-Shirt folgte, und im nächsten Moment stand sie in Slip und BH vor ihm.

Noelle war groß und schlank, hatte eine helle Haut, kleine Brüste und schmale Hüften. Zitternd und mit Gänsehaut stand sie vor ihm. Sosehr Gabriel sich auch wünschte, diesen Augenblick auszukosten und ihren Anblick zu genießen – er wusste, dass dies nicht der richtige Zeitpunkt dafür war. Daher wickelte er sie schnell in die Decken ein und begann, mit den Händen über ihre Arme und Beine zu reiben.

Während er sie derart berührte, ermahnte er sich, nicht zu vergessen, dass er Arzt war. Seine Handlungen waren rein professionell und aus den unterschiedlichsten Gründen wäre es falsch, sie zu genießen.

Er rubbelte sie ab, bis sie schließlich nicht mehr ganz so sehr zitterte. „Komm, roll dich auf dem Sofa zusammen", sagte er zu ihr. „Ich kümmere mich um alles andere."

Sie nickte, noch immer nicht in der Lage zu sprechen.

Als er die Lüftungsschlitze der Heizung kontrollierte, spürte er, dass warme Luft herauskam, aber es steckte nicht viel Kraft dahinter. Zweifellos war das Gerät klein und alt. Es würde einige Stunden dauern, bis die Hütte behaglich warm sein würde. Er breitete Noelles feuchte Sachen über den Stühlen in der Nähe der Heizung aus. T-Shirt und Pullover waren nicht ganz so nass wie ihre Jeans, aber es würde schon irgendwann alles trocknen.

Im Kühlschrank fand er nichts zu essen, aber die Regale waren voller Konservendosen und eingepackter Lebensmittel. Im Gefrierfach entdeckte er zu seiner Überraschung mehrere Behälter mit Mahlzeiten, auf denen genau stand, was sie enthielten und wann sie eingefroren worden waren. Die meisten waren in den letzten beiden Monaten gekocht worden. Die Bürgermeisterin hatte also nicht übertrieben, als sie Noelle versichert hatte, die Hütte wäre gut ausgestattet.

Nachdem er Essen herausgeholt hatte, nahm er die Deckel ab, damit es auftauen konnte. Auf der Arbeitsplatte stand zwar eine Mikrowelle, doch die würde auch nur so lange funktionieren, wie sie Strom hatten. Es wunderte Gabriel sowieso, dass er noch nicht ausgefallen war. Wahrscheinlich würde es nicht mehr lange dauern.

Als Nächstes machte er sich daran, die Schubladen und den Schrank unter der Spüle zu erkunden. In einem kleinen Alkoven neben der Haustür fand er Laternen, sowohl gasbetriebene als auch elektrische. Letztere lud er erst einmal auf und fand dann zwei weitere, die er ebenfalls in die Steckdose steckte.

Es gab einen Holzofen, was ja an sich nicht schlecht war. So konnten sie immerhin etwas kochen, wenn der Strom ausfiel, vorausgesetzt, einer von ihnen fand heraus, wie so ein Teil funktionierte. Er hatte mal Marshmallows über einem Lagerfeuer geröstet, aber darauf beschränkte sich seine Erfahrung mit offenem Feuer auch schon. Er blickte zu Noelle, die mit geschlossenen Augen und eingerollt in die Decken auf dem Sofa saß. Auch sie sah nicht unbedingt so aus, als wäre sie ein Outdoor-Fan.

Immerhin hatte sie jetzt wieder mehr Farbe im Gesicht und zitterte auch nicht mehr ganz so stark. Sie öffnete die Augen und schaute ihn an.

„Wie geht es dir?“, fragte er.

„Ich komme mir so blöd vor. Es tut mir leid, dass wir hier draußen eingeschneit sind. Ich habe mich wohl ein wenig zu sehr in diesen Schaufensterwettbewerb hineingesteigert.“

„Du gibst doch wohl jetzt nicht auf?“

„Wir stecken in einem Schneesturm fest. Es ist Sonntag. Selbst wenn wir morgen von hier wegkommen, bleibt uns nicht mehr viel Zeit. Und wenn wir sogar bis Dienstag bleiben müssen, dann habe ich keine Chance mehr, irgendetwas zu kreieren.“

„Und ich dachte, du wärst diejenige, die die Hoffnung nie aufgibt. Hattest du nicht etwas davon gesagt, dass wir mit Freude an diese Aufgabe herangehen sollten?“

„Wenn mir nicht mehr ganz so kalt ist, finde ich meine Freude bestimmt wieder."

Er ging zum Sofa und setzte sich neben sie. Langsam zog er sie an sich und strich mit den Händen an ihren Armen auf und ab. „Gib nicht auf! Du bist doch diejenige mit dem unerschütterlichen Glauben." Er presste einen Kuss auf ihren Scheitel.

Die Decken rochen nach Zedernholz, während Noelles Haar einen blumigen Duft verströmte. Vermutlich von ihrem Shampoo. Selbst durch all die Decken hindurch konnte er die Konturen ihres Körpers spüren. Auch wenn er nichts sehen konnte, wusste er zufälligerweise, dass sie so gut wie nichts anhatte. Eine Tatsache, die einen vorhersehbaren Effekt auf seine Blutzirkulation hatte.

Noelle hob den Kopf und schaute Gabriel an. „Es tut mir wirklich leid, dass du meinetwegen jetzt in dieser Hütte feststeckst", sagte sie. „Ich weiß, dass das nicht deine Vorstellung von Spaß ist."

„Eine romantische Hütte in den Bergen, allein mit einer schönen Frau? Ja, du hast recht. Das ist echt das Letzte!"

Sie lächelte. „Danke für die Bemühungen. Das ist lieb von dir. Ich hätte die ganze Sache zu Ende denken sollen. Ich hätte …"

Er wusste nicht, was sie sagen wollte, aber eigentlich war es ihm auch fast egal. Was ihm nicht gefiel, war, dass sie ein schlechtes Gewissen hatte wegen etwas, das völlig unbedeutend war. Und da ihm nur ein Weg einfiel, wie er sie zum Schweigen bringen konnte, senkte er den Kopf und presste seinen Mund sacht auf ihren.

Ihre Lippen waren so herrlich weich, wie er sie in Erinnerung hatte. Und außerdem warm, was gut war, wenn man bedachte, wie kalt ihr eben noch gewesen war. Weder zögerte Noelle, noch entzog sie sich ihm, stattdessen öffnete sie bereitwillig die Lippen, als er den Kuss vertiefte. Gleichzeitig schlang sie die Arme um seinen Hals und seufzte.

Ihre Zungen fanden sich zu einem erotischen Tanz, und Gabriel war, als würde man Benzin in ein bereits loderndes Feuer schütten.

Da Noelle die Arme um seinen Hals geschlungen hatte, konnte sie die Decken nicht mehr festhalten. Folglich rutschten sie herab und bauschten sich an ihrer Taille. So viel nackter Haut konnte er einfach nicht widerstehen. Er wollte endlich wissen, wie es sich anfühlte, mit den Händen über ihren bloßen Rücken zu streichen.

Mit federleichten Berührungen glitt er an ihrer Wirbelsäule entlang und über den Verschluss ihres BHs. Sanft zog er die Linien ihrer Schultern nach, ehe er an ihren Seiten hinabglitt.

Noelle neigte den Kopf und drehte ihren Oberkörper auf eine Art, die man nur als Einladung verstehen konnte. Man hätte ein moralisch sehr viel stärkerer Mann sein müssen, um dem zu widerstehen. Das war Gabriel nicht, also streifte er ihre Rippen, bevor er eine ihre kleinen Brüste umschloss. Unter seinen Fingern spürte er das seidige Material des BHs und die aufgerichtete, harte Spitze, die sich darunter verbarg.

Während er spielerisch mit dem Daumen den empfindlichen Nippel rieb, rutschte Noelle ein wenig nach hinten. Ihre blauen Augen wirkten sehr viel dunkler, ihre Lippen waren geöffnet und vom Küssen leicht geschwollen. Sie griff nach seiner anderen Hand und legte sie auf ihre Brust.

Gabriel war schon mit vielen Frauen zusammen gewesen. Er war verführt worden und hatte verführt. Aber dies hier war anders. Lag es an der verdammten Hütte oder daran, dass er sich wieder inmitten von Zivilisten aufhielt? Oder lag es vielleicht an Noelle? Er wusste es nicht. Doch er begehrte sie mit einer Intensität, die ihm fast den Verstand raubte. Gleichzeitig war er fest entschlossen, sie nicht zu drängen, sich nicht einfach nur das zu nehmen, wonach er sich sehnte. Auf keinen Fall wollte er sie in irgendeiner Form verletzen. In der Regel war sie ein glücklicher Mensch, aber er hatte sie auch schon niedergeschlagen erlebt, und das wollte er auf keinen Fall noch einmal mitansehen müssen.

Er hatte ihr unmissverständlich erklärt, dass er zwar an die Liebe glaubte, selbst aber nichts damit zu tun haben wollte. Wenn sie bereit war, das zu akzeptieren, dann war sie diejenige, die die Initiative ergreifen musste. Und Dankbarkeit, weil sie vermutlich meinte, er hätte ihr das Leben gerettet, war nicht gleichzusetzen mit einer bewussten Entscheidung.

Es tat weh, doch er löste sich widerstrebend von ihr. Einen kurzen Moment lang schwelgte er noch in der Vorstellung, dass Noelle rittlings auf ihm saß, dass er sie ausfüllte und den empfindlichen Punkt zwischen ihren Beinen streichelte, bis sie beide schließlich in einen Taumel der Lust eintauchten. Doch jetzt zog er entschlossen die Decken wieder über ihre Schultern und zwang sich, den Blick abzuwenden.

„Noch immer ganz der Gentleman?“, fragte Noelle leicht belustigt. Ihr Körper kribbelte noch immer, zum einen, weil er langsam wieder warm wurde, zum anderen, weil Gabriels Berührungen ihn in Aufregung versetzt hatten.

„Hast du Kondome dabei?“

Sie öffnete den Mund und schloss ihn wieder. „Nein“, erwiderte sie schließlich. Sie hatte ja nicht einmal ihre Handtasche dabei.

„Ich auch nicht.“

Also war es absolut vernünftig, jetzt aufzuhören, auch wenn es nicht das war, was sie wollte. In Gabriels Armen hatte sie sich stark gefühlt. Ihr hatte es gefallen, wie er sie berührt und wie sie darauf reagiert hatte. Aber – leider gab es immer ein Aber – sie war sich noch immer nicht sicher, ob sie dazu bereit war, sich auf eine körperliche Beziehung einzulassen, wenn sie genau wusste, dass es nur eine kurze Affäre werden würde. Eins hatte sie sich während ihrer Genesungsphase geschworen: Sie wollte nie mehr etwas im Nachhinein bereuen müssen. Dabei war sie davon ausgegangen, dass sich dieser Vorsatz vor allem auf all das beziehen würde, was sie nicht getan hatte, aber es galt natürlich auch andersherum.

Gabriel gab ihr noch einen flüchtigen Kuss, bevor er aufstand. „Ich gehe mal nach draußen und sehe nach, ob ich hier Handyempfang habe. Ich möchte Melissa anrufen und ihr Bescheid sagen, dass wir über Nacht hierbleiben. Dann kann sie den Laden abschließen, und es kommt niemand auf die Idee, einen Suchtrupp nach uns loszuschicken."

„Da geht er hin, mein guter Ruf", meinte sie theatralisch, grinste dabei aber.

Ohne das Lächeln zu erwidern, fragte er: „Machst du dir Sorgen darüber, was die Leute denken könnten?"

„Ich habe es eher andersherum gemeint", versicherte sie ihm. „Meine Freundinnen sind auch alle nicht so ganz ohne. Wenn ich ihnen erzähle, dass ich die Nacht mit dir in einer einsamen Hütte verbracht habe, werden sie bestimmt beeindruckt sein."

Er musterte sie ausgiebig. „War das ein Scherz?"

„Ach herrje! Irgendwas habe ich falsch gemacht, wenn du noch fragen musst."

Er überraschte sie damit, dass er sie an sich riss und fest in die Arme schloss. „Dir geht es besser."

Noelle bekam kaum noch Luft. „Was?"

„Du warst traurig, als wir keinen Weihnachtsbaum finden konnten, und nach der Schneeattacke warst du völlig erfroren. Da hast du kaum noch einen Ton rausgebracht. Du warst völlig niedergeschlagen." Er löste sich von ihr und sah sie an. „Das hat mir gar nicht gefallen."

Seine Sorge um sie war irgendwie süß. Zärtlich berührte sie sein Gesicht. „Du bist echt merkwürdig, das weißt du, oder?“

„Ja, das hat man mir schon mal gesagt.“ Er stand wieder auf. „Ich versuche, Melissa zu erreichen. Danach besorge ich Brennholz. Du ruhst dich aus. Das ist ein Befehl.“

„Du bist doch nicht mein Boss.“

„In dieser Situation bin ich dein Arzt, und du hörst gefälligst auf mich.“

„Ooh, der strenge Onkel Doktor! Ich zittere.“

In seinen Augen blitzte etwas auf. Etwas, das auf Hunger und Verlangen schließen ließ und Noelle in Erinnerung rief, dass sie halb nackt vor ihm saß.

Sie würde ihm nicht widerstehen können, wenn er diesem Verlangen freien Lauf ließ, aber Gabriel hatte bereits bewiesen, dass er mehr von ihr wollte. Sie sollte diejenige sein, die die Initiative ergriff, denn nur so konnte er sicher sein, dass sie wusste, worauf sie sich einließ.

„Ich komme gleich wieder“, sagte er, als er nach seiner Jacke griff und zur Tür ging. „Halte dich warm.“

Sie nickte, und er ging nach draußen. Als sie allein war, stand sie auf und merkte, dass sie wieder sicher auf den Beinen war. Ihr war noch immer nicht wirklich warm, aber sie zitterte nicht mehr am ganzen Körper. Nachdem sie eine der Decken wie einen Umhang um sich gewickelt hatte, erkundete sie die kleine Hütte.

Die Möbel waren abgenutzt, sahen aber sauber aus. An einer Wand standen Bücherregale mit Taschenbüchern, die von Agententhrillern bis hin zu Liebesromanen reichten. Ein Kartenspiel lag auf einem Stapel mit Brettspielen. Auf einem der Regale in der Küchenecke stand ein gläserner Briefbeschwerer mit einer Rose darin. Und eine kleine Freiheitsstatue zierte eins der Fensterbretter.

Dass es im Bad fließend Wasser gab, war großartig. Sie hatten genügend Essen, und sogar ein kleines tragbares Radio entdeckte sie. Sie suchte nach Batterien, fand sie in einer Schublade und legte sie ins Radio. Es funktionierte! Sie bekam Fool's Gold FM rein und musste grinsen. Das bedeutete, dass sie nachher Musik hören konnten. Obwohl sie bezweifelte, dass Gabriel den Oldie-Sender romantisch finden würde. Jedenfalls nicht, wenn sein Bruder die Sendung moderierte.

Als Nächstes ging sie zu dem kleinen Fenster und versuchte, trotz des heftigen Schneefalls und der Dunkelheit etwas zu erkennen. Die Suche nach dem Tannenbaum hatte sich als eine lehrreiche Lektion entpuppt. Noch immer falle ich in frühere Verhaltensmuster zurück, dachte sie. Noch immer will ich stets die Beste sein, will ich gewinnen, egal zu welchem Preis. Diese Charaktereigenschaft hatte ihr zwar geholfen, das Jura-Studium durchzuziehen, und ihr später auch die innere Stärke gegeben, die Krankheit zu besiegen. Aber diese Eigenschaft verhinderte auch, dass sie ein Mensch war, der in sich ruhte. Dabei wollte sie doch ihre innere Gelassenheit wiederfinden. Dafür hätte sie sich wohl besser mit einem der ersten Tannenbäume, die sie in der Stadt gesehen hatten, zufriedengeben sollen, statt Gabriel zu überreden, mit ihr in die Berge zu fahren.

Jetzt sah sie draußen eine Bewegung und beobachtete ihn, wie er zum Holzstapel ging. Er schob den Schnee zur Seite, ehe er die Plane hob. Langsam drehte sie sich wieder um und ging hinüber zum Sofa. Noch immer hatte sie nicht entschieden, was heute Nacht geschehen sollte. Sie wusste, was ihr Körper wollte, aber Herz und Verstand waren eine ganz andere Sache.

Die Haustür flog auf. Gabriel stand im Türrahmen, Kopf und Schultern mit Schnee bedeckt, und sah total aufgeregt aus.

„Was ist los?", fragte sie.

„Du wirst es nicht glauben. Ich fasse es selbst nicht."

Hm, anscheinend brauchte sie nicht in Panik zu geraten. „Du bist kein sonderlich guter Geschichtenerzähler. Was ist passiert?"

„Eine Katze mit ihren Jungen. Am Holzstapel."

Er redete weiter, doch sie hörte kaum noch hin, sondern griff bereits nach ihren nassen Sachen.

„Was tust du da?", fragte er. „Ich kümmere mich darum."

„Du brauchst Hilfe. Manchmal fürchten Katzen sich vor Männern." Sie deutete zur Tür. „Geh und behalte sie im Auge. Ich komme sofort."

Er zögerte, musterte sie von Kopf bis Fuß, ehe er nickte und nach draußen in den Schneesturm verschwand.

Noelle zog sich ihre Jeans und das T-Shirt an. Der Pullover war zu nass, das brauchte sie gar nicht erst zu versuchen. Die Socken waren auch nicht viel besser, doch sie schlüpfte hinein, bevor sie Stiefel und Jacke überzog und nach draußen in die Kälte trat.

Gabriel ging vor dem Holzstapel auf und ab. Als sie näherkam, drehte er sich zu ihr herum und schüttelte den Kopf. „Die Jungen sind wirklich noch winzig. Sie haben kaum die Augen offen. Der Mutter ist kalt, und sie scheint am Verhungern zu sein. Wir müssen sie nach drinnen schaffen."

Er hob die Plane über dem Holz an, und Noelle entdeckte die Katze, die versucht hatte, sich einen Lagerplatz dort einzurichten, wo ein wenig Luft aus der Hütte drang. Vermutlich war es der wärmste Platz, den sie hatte finden können. Vier kleine Kätzchen lagen aneinandergeschmiegt da und miauten, als fühlten sie sich alles andere als wohl.

Die Mutter war klein und dünn und schaute sie aus großen Augen an. Ihr Fell war nicht sehr lang und getigert. Misstrauisch musterte sie Noelle, zweifellos aus Angst, was als Nächstes passieren würde.

Noelle ging in die Hocke, ignorierte die Kälte und den Schnee, und zog die Handschuhe aus.

„Hallo, meine Hübsche", murmelte sie und streckte der Katze die Hand entgegen. „Es ist alles in Ordnung. Hast du dich verlaufen? Lebst du hier ganz allein? Es ist wirklich kalt heute. Ich denke, du solltest lieber mit uns hineinkommen."

Die Katze starrte sie eine ganze Weile reglos an, ehe sie an Noelles Fingern zu schnuppern begann. Das verriet Noelle, dass sie wohl irgendwann einmal jemandem gehört haben musste. Eine Wildkatze würde doch vermutlich sofort verschwinden, oder?

„Geh rein", flüsterte sie Gabriel zu. „Aber zieh dich ganz langsam zurück, damit du sie nicht erschreckst. Such irgendetwas zu essen. Bestimmt gibt es in der Hütte eine Dose mit Thunfisch. Öffne die Dose und bring sie mir."

Noelle blieb, wo sie war, und sprach weiter leise auf die Katze ein, in der Hoffnung, ihr Vertrauen zu gewinnen. Kurz darauf kam Gabriel mit einer offenen Dose zurück. Noelle nahm sie ihm ab und tat sich ein wenig Thunfisch auf den Finger, den sie dann der Katze hinhielt.

Die schlang den Fisch mit einem einzigen Bissen herunter, bevor sie aufstand und miaute. Jetzt sah Noelle, dass sie extrem dünn und ganz offensichtlich völlig erschöpft war.

„Was ist denn mit dir passiert?", fragte sie und stand auf. „Komm, meine Kleine! Wir bringen dich und deine Babys nach drinnen."

Sie hielt der Katze die Fischdose hin, damit sie daran riechen konnte, und ließ ein wenig Thunfisch in den Schnee fallen. Die Katze aß ihn und machte einen Schritt auf Noelle zu. Noch einige Male wiederholten sie diese Prozedur, doch dann kehrte die Katze zu ihren Jungen zurück.

„Hol ein Handtuch", meinte Noelle zu Gabriel.

Er eilte nach drinnen und kehrte mit einem Händehandtuch zurück. Noelle legte es in den Schnee und griff nach dem ersten Kätzchen. Die Katzenmutter beobachtete sie genau, versuchte aber nicht, sie aufzuhalten. Nachdem Noelle alle vier Babys auf das Handtuch gelegt hatte, machte sie sich auf den Weg in die Hütte.

„Nimm du den Thunfisch", befahl sie Gabriel, als die Katze ihr folgte.

Es dauerte nicht lange, bis sie für die Katzenmutter und ihre Jungen ein provisorisches Lager errichtet hatten. Sie stellten es in die Nähe der Heizung, damit die Tiere warm blieben. Während Gabriel der Katze eine Schüssel mit Wasser eingoss, tat Noelle den Thunfisch auf einen Teller und fütterte sie. In null Komma nichts hatte die Katze das Essen verschlungen und kehrte zu ihren Jungen zurück, um sie zu putzen. Doch noch ehe Noelle sich wieder aus ihren nassen Sachen geschält und in ihre Decke eingewickelt hatte, waren Mutter und Kätzchen schon eingeschlafen.

Gabriel kehrte mit dem Holz zurück, das er ja eigentlich hatte holen wollen. Er legte es am Ofen ab und zog sich Jacke und Stiefel aus.

„Was meinst du, wie alt sie sind?", fragte sie leise.

„Etwa zwei Wochen. Die Augen sind schon offen."

„Du weißt ja eine Menge über Katzen."

„Eine ehemalige Freundin von mir hatte zwei Katzen. Als eine trächtig wurde, habe ich natürlich so einiges mitbekommen."

Er saß auf dem Sofa und hatte sich zu ihr herumgedreht. Noelle beobachtete die schlafenden Katzen. „Hast du Melissa erreicht?", fragte sie.

„Ja. Ich habe ihr gesagt, dass wir hierbleiben, bis es aufgehört hat zu schneien. Es hat ihr nichts ausgemacht, den Laden abzuschließen. Sie sagte, dass die Straßen zeitweilig gesperrt wurden, das heißt, es kommt keiner rein oder raus."

„Irre, ein richtiger Schneesturm."

„Macht dich das etwa glücklich?", fragte er.

Sie nickte. „Wir haben es hier doch warm und gemütlich, und jetzt leistet uns sogar noch eine Katze mit ihren Jungen Gesellschaft." Sie blickte noch einmal zu der kleinen schlafenden Familie. „Es ist so kalt draußen! Es ist mir schleierhaft, wie sie so lange überleben konnten."

„Sieh dir bloß mal an, wie dürr sie ist. Ich bezweifle, dass sie was gegessen hat. Vermutlich hätte sie es nicht mehr lange geschafft."

Noelle wollte darüber gar nicht nachdenken, doch sie wusste, dass Gabriel recht hatte. „Wenn wir nicht gekommen wären …"

Gabriel nahm ihre Hand in seine. „Siehst du? So hat deine besessene Suche nach einem Weihnachtsbaum doch noch zu etwas Gutem geführt."

Sie nickte. „Wir haben ihr ein Weihnachtswunder beschert. Und erzähl mir jetzt nicht, dass es noch gar nicht Weihnachten ist."

„Das würde ich doch nie wagen."

10. KAPITEL

Als Noelle erwachte, herrschte totale Dunkelheit, und sie verspürte ein Gefühl von Wärme und Sicherheit. Es dauerte eine Sekunde, ehe ihr klar wurde, wo sie war, und warum ein Arm um ihre Taille geschlungen war. Während sie noch blinzelte, kehrten die Erinnerungen zurück. Die Suche nach einem Tannenbaum. Die Schnee-Attacke, die Hütte und die Katze mit ihren Jungen.

Gabriel und sie hatten einen ruhigen Abend verbracht, hatten sich unterhalten und Radio gehört. Bis gegen neun Uhr hatten sie Strom gehabt, dann war er ausgefallen. Also hatte Gabriel ein Feuer angezündet, und mit den batteriebetriebenen Laternen hatten sie zusätzliches Licht gehabt, auch wenn sie sehr sparsam damit umgegangen waren. Nur als sie die Katze hinausgelassen hatten, damit sie ihr Geschäft erledigen konnte, war ihnen ein wenig mulmig zumute gewesen. Zehn angstvolle Minuten lang hatten sie darauf gewartet, dass die Katzenmutter zurückkam, und schon Überlegungen angestellt, was sie machen sollten, falls sie es nicht tat. Doch sie erschien an der Tür und miaute, um eingelassen zu werden.

Jetzt fragte Noelle sich, wie spät es war und wie lange sie geschlafen hatte. Eigentlich hatte sie ja vorgehabt, Gabriel zu verführen. Leider war dieser Plan an ihrer Erschöpfung gescheitert. Die hatte sie nämlich übermannt, ehe sie sich auch nur überlegen konnte, wie sie diese Verführung anstellen sollte. Sie schlief längst, als er sich zu ihr gesellte.

Er hatte sich im Schlaf an sie geschmiegt und den Arm um ihre Taille geschlungen. In einer perfekten Welt würde sie sich herumdrehen und ihn jetzt verführen. Leider gab es eine ganze Reihe von Dingen, die dagegensprachen. Zum einen war sie sich nicht sicher, was er sexy fand. Zum anderen musste sie dringend mal aufs Klo, und zu guter Letzt musste sie sich erst einmal die Zähne putzen, ehe sie daran denken konnte, jemanden zu küssen.

Das Leben, dachte sie amüsiert. Es machte einen doch immer wieder bescheiden.

Zunächst einmal beschloss sie jedoch, noch einige Minuten zu bleiben, wo sie war. Gabriel fühlte sich so warm und solide an ihrem Rücken an. Es ist schon lange her, dass ich mit einem Mann geschlafen habe, dachte sie, und eine derartige Intimität mit ihm geteilt habe. Es fühlte sich gut an, mit Gabriel zusammen zu sein.

Teil des Heilungsprozesses, überlegte sie. Mochte es ihrem Körper auch schon seit Monaten besser gehen, ihr Geist brauchte länger, um sich zu erholen. Sie hatte dem Tod ins Auge geschaut, hatte aus erster Hand erfahren, wie sterblich sie war. Fast hätte sie alles verloren, und es hatte ihre ganze Kraft erfordert, sich einen Weg zurück ins Leben zu erkämpfen.

Doch das lag jetzt hinter ihr. Sie hatte sich ein neues Zuhause geschaffen, hatte neue Freunde gefunden. Sie war sicher und bekam von allen Seiten Unterstützung. Sie hatte die Vergangenheit hinter sich gelassen. Jetzt fehlt nur noch der nächste Schritt, überlegte sie lächelnd. Die guten Dinge – ein Ehemann, den sie lieben konnte, und natürlich Kinder. Und Erinnerungen. Sie wünschte sich viele, viele schöne Erinnerungen.

Der Mann neben ihr rollte sich auf den Rücken.

„Hast du gut geschlafen?“, fragte er leise.

„Ja, habe ich. Und du?“

„Wunderbar, abgesehen von deinem Schnarchen.“

Abrupt setzte sie sich auf. „Ich schnarche nicht.“

„Ich weiß. Das war ein Scherz.“

Böse blickte sie in seine Richtung. „Das war nicht witzig!“

„Fand ich schon.“ Zärtlich streichelte er ihren Rücken.

„Wir müssen wohl mal an deinem Sinn für Humor arbeiten“, brummte sie.

„Dabei sagen mir andere immer wieder, dass das eine meiner besten Eigenschaften ist."

Neben dem Ofen erklang ein Rascheln, daher griff Noelle nach der Lampe neben dem Bett. Nachdem sie sie angeschaltet hatte, sah sie, dass die Katzenmutter aus ihrem provisorischen Lager aufgestanden war und sich streckte. Die Katze blickte zu ihr und miaute.

„Das hört sich nach einer Aufforderung an. Anscheinend will sie Gassi gehen und hätte gern Frühstück", vermutete Noelle und stand auf.

Dabei versuchte sie, nicht daran zu denken, dass sie außer einem langärmligen T-Shirt und einem Slip nichts weiter trug. Aber es wäre ja wirklich albern gewesen, in ihren Sachen zu schlafen, und hey, Gabriel hatte sich auch bis auf die Unterhose ausgezogen.

Also ist er auch fast nackt, stellte sie fest und bemühte sich wirklich sehr, ihn nicht dabei zu beobachten, wie er aus dem Bett stieg. Starren war ja so unhöflich! Trotzdem, unter den gegebenen Umständen war sie eigentlich sogar bereit, zu ihrem schlechten Benehmen zu stehen.

Glücklicherweise war er derjenige, der sich entschloss, die Katze rauszulassen, also ging er durch die kleine Hütte zur Tür. Die Tatsache, dass er dabei in mein Blickfeld gelangt, ist ja nun wirklich nicht meine Schuld, rechtfertigte Noelle sich, während sie seinen breiten Rücken und die schmalen Hüften musterte. Einen tollen Hintern hat er auch, dachte sie seufzend, bevor sie sich abwandte und ins Bad flüchtete.

Nachdem sie sich die Zähne geputzt hatte, kehrte sie in den großen Raum zurück und prüfte, ob ihre Jeans inzwischen getrocknet war. „Wie spät ist es?", fragte sie. „Es muss ja noch ziemlich früh sein, so dunkel, wie es ist."

Gabriel hatte sich angezogen und griff nach seinen Stiefeln. „Es ist schon hell", widersprach er.

Sie blickte zu dem Fenster, durch das kein Licht drang. „Das verstehe ich nicht."

„Das ist der Schnee."

Sie schüttelte den Kopf. „Nein, das kann nicht sein. Doch nicht bis über das Fenster!"

„Ein ganzes Stück sogar. Es hat zwar aufgehört zu schneien, aber nach der Menge, die da heute Nacht runtergekommen ist, würde ich vermuten, dass es erst vor Kurzem aufgehört hat. Du hättest den Blick sehen sollen, den die Katze mir zugeworfen hat, als ich die Tür für sie aufgemacht habe. Sie war definitiv nicht begeistert."

Noelle ging zur Haustür und machte sie auf. Die Katze kam wieder hereingestürmt und schüttelte sich den Schnee ab. Noelle bestaunte währenddessen die Schneemassen, die sich um das Haus herum aufgetürmt hatten. So weit das Auge reichte, sah man nichts als Weiß. Der Himmel über ihnen war zwar klar und blau, doch hier auf der Erde hatte man das Gefühl, als würde man in einer Schneekugel leben.

„Meinst du, dass wir heute hier rauskommen?", fragte sie.

„Ich weiß es nicht. Ich werde gleich mal Gideon anrufen und hören, wie weit die Räumfahrzeuge schon gekommen sind. Der Privatweg hierher muss auch geräumt werden, denn sonst brauche ich Tage, bis ich uns freigeschaufelt habe."

„Ich kann dir doch helfen", meinte sie. „Standen da nicht mehrere Schaufeln neben dem Holzstapel?"

„Ja, aber selbst wenn wir zu zweit schippen, brauchen wir Tage, bis wir den Weg frei haben. Es ist eine Viertelmeile mit über einem Meter Schnee. Das wird nicht einfach."

Er hatte seine Stiefel zugebunden und marschierte in Richtung Badezimmer. Noelle fütterte die Katze und schaute nach den Kätzchen, ehe sie den Gefrierschrank öffnete und schnell zwei Behälter mit Eintopf herausnahm. Wenn sie hier noch einen Tag oder so bleiben mussten, brauchten sie etwas zu essen, was bedeutete, es musste erst einmal aufgetaut werden, ehe sie es auf dem Ofen erhitzten. Was den restlichen Inhalt des Gefrierfachs anging, konnten sie sich ja noch den ganzen Tag lang überlegen, wie sie das Essen ohne Strom kalt halten sollten. Wobei – eigentlich brauchten sie es ja nur in den Schnee zu stellen, das wäre die einfachste Lösung.

„Ich komme gleich wieder“, meinte Gabriel, als er aus dem Bad kam.

„Sei vorsichtig“, sagte sie und folgte ihm zur Tür.

Er überraschte sie mit einem flüchtigen Kuss, und dann war er auch schon verschwunden. Noelle blickte zu der Katze.

„Ich weiß, was du denkst. Es fängt alles so harmlos an, aber ehe man sichs versieht, ist man alleinerziehende Mutter von vier Kindern und muss sich durch einen harten Winter schlagen.“

Die Katze schloss die Augen und begann zu schnurren.

Gabriel war sich nicht sicher, wie weit er hatte gehen müssen, bis er endlich Empfang hatte. Er wusste nur, dass er, als er endlich oben auf dem Hügel angekommen war, die Hütte kaum noch sehen konnte. Außerdem war er durchgefroren, durchnässt und müde.

Er warf einen Blick auf sein Handy und war äußerst erleichtert, als er sah, dass der Empfang hier oben gut war. Schnell wählte er die Nummer seines Bruders.

„Weißt du, wie spät es ist?“, brummte Gideon zur Begrüßung. „Ich habe Nachtschicht, Brüderchen.“

„Tut mir leid“, erwiderte Gabriel. „Ich brauche deine Hilfe.“

„Was ist passiert?“ Die Frage kam prompt, und schon war die Müdigkeit aus Gideons Stimme verschwunden. Man merkte, dass der Soldat in ihm wieder durchkam.

Gabriel erzählte ihm von der Suche nach dem perfekten Weihnachtsbaum mitten im Schneegestöber und dass er und Noelle eingeschneit waren.

„Wir haben letzte Nacht bestimmt einen Meter Neuschnee bekommen", sagte er. „Vielleicht sogar noch mehr."

Sein Bruder begann leise zu lachen. „Eine Hütte im Wald! Der ist echt gut! Als Nächstes erzählst du mir bestimmt noch, dass ihr euch das einzige Bett teilen musstet, damit ihr auch schon warm bleibt."

Gabriel dachte an die lange Nacht, die er eng an Noelle geschmiegt verbracht hatte. Trotz seiner Erschöpfung hatte er kaum Schlaf gefunden. Sein Körper hatte sich danach gesehnt, gewisse Dinge mit ihr zu tun. Erotische Dinge. Erschwerend kam hinzu, dass Gabriel auf Kondome gestoßen war, als er im Badezimmer herumgekramt hatte. Das hatte das Einschlafen nicht gerade einfacher gemacht. Denn somit stand jetzt ja nichts mehr zwischen ihm und dem, was er sich wünschte – abgesehen von dem Versprechen, das er Noelle gegeben hatte.

„Die Hütte befindet sich auf einem Privatgrundstück", erklärte er und ignorierte geflissentlich die Kommentare seines Bruders, bevor er die Lage der Hütte beschrieb. „Die Bürgermeisterin hat Noelle davon erzählt, sie müsste also alle Details haben. Auf jeden Fall kommen wir hier nicht raus, bevor nicht ein Räumfahrzeug bis zum Pick-up vorgedrungen ist."

Gideon fluchte. „*Mein* Pick-up? Der Pick-up, den du dir ausgeliehen hast?"

„Genau der."

„Na toll! Jetzt bleibt mir ja gar nichts anderes übrig, als dich zu retten."

Gabriel grinste. „Vielen Dank, dass du dir solche Sorgen um *mich* machst."

„Hey, ich liebe diesen Pick-up! Aber okay, ich rufe mal ein paar Leute an. Hast du Handyempfang da in der Hütte?“

„Nein, ich bin ungefähr eine Viertelmeile weg.“

„Na schön, dann wartest du besser nicht, bis ich die Anrufe alle erledigt habe. Lass mir ein paar Stunden Zeit und ruf mich dann wieder an. Bis dahin müsste ich was rausbekommen haben.“

„Mach ich.“

Er schaltete das Handy aus und machte sich auf den Weg zurück zur Hütte. Als er fast angekommen war, bemerkte er eine Bewegung im Schnee. Ein Tier, dachte er. Etwas Kleines und …

Abrupt blieb er stehen und fluchte. Das gibt’s doch nicht! dachte er. Das konnte doch nicht angehen! Aber es war tatsächlich so. Eine Katzenmutter mit einem Kätzchen im Maul. Sie war auf dem Weg in Richtung Hütte.

Die Katze, die sie gestern Abend gerettet hatten, war gestreift gewesen, diese hier war grau und hatte weiße Pfoten. Ihr Junges war älter und größer als die anderen, aber es hielt still, während es von der Mutter durch den hohen Schnee getragen wurde.

Vorsichtig näherte Gabriel sich ihr, um sie nicht zu erschrecken. Die Katze wartete geduldig vor der Haustür und erwartete offensichtlich, dass man sie einließ.

Er öffnete die Tür, und schon schoss sie hinein. Gabriel folgte ihr. „Wir haben Besuch“, verkündete er.

Noelle war gerade dabei, in einem Topf auf dem Holzofen etwas umzurühren. Nachdem sie einen Blick auf die Katze geworfen hatte, schaute sie zu Gabriel. „Das ist nicht wahr, oder?“

„Das habe ich auch gedacht.“

„Wie viele sind da draußen noch?“

„Ich habe keine Ahnung.“

Die neue Katzenmutter ging hinüber zur anderen, und an der Art der Begrüßung konnte man erkennen, dass die beiden sich wohl kannten. Die graue Katze legte ihr Kätzchen neben die Gestreifte, die es zu sich zog und abzulecken begann. Zufrieden ging die Graue wieder zur Tür.

„Sie hat offenbar Familie“, meinte Noelle. „Wir müssen sie alle reinholen.“

„Ich gehe mit ihr“, bot Gabriel sich an.

Glücklicherweise war die Katze gewillt, zu kooperieren. Sie ging voran und blickte sich nur gelegentlich um, als wollte sie sicherstellen, dass er auch hinterherkam. Sie hatte sich ihr Heim in einem Baumstamm eingerichtet, in einer kleinen Höhle, die von einem anderen Tier angelegt worden war. Drinnen lagen noch zwei kleine Kätzchen und zitterten. Eins von ihnen, ein gestreiftes, hatte keinen Schwanz.

„Na, ihr Kleinen“, sagte Gabriel leise und griff nach den Katzen. Sie funkelten ihn böse an und fauchten. Mit ihren scharfen Krallen rissen sie die Haut auf seiner Hand auf.

„Wie nett“, murmelte er und sah die Mutterkatze vorwurfsvoll an. „Hättest du sie nicht besser erziehen können?“

Misstrauisch beobachtete sie ihn, als er die sich wehrenden Kätzchen in seine Jacke und an seine Brust schob. Dort beruhigten sie sich sofort, nachdem sie anscheinend entschieden hatten, dass Wärme sehr viel wichtiger war, als sich gegen ihre Entführung zur Wehr zu setzen.

Die Mutter miaute und blieb dicht bei ihm, als sie zurück zur Hütte stapften. Kaum waren die kleinen Katzen in der Nähe des Ofens abgelegt, rollten sich die beiden Mütter um ihre Familien zusammen und schliefen ein.

Noelle stellte einen Nudeleintopf mit Hühnchen auf den Tisch, und sie und Gabriel setzten sich. „Wir müssen uns wohl nach dem Frühstück mal auf die Suche begeben“, meinte sie, „um zu schauen, ob da draußen noch mehr Katzen herumlaufen.“

Er nickte und erzählte von seinem Telefonat mit Gideon. „In ein paar Stunden hat er mehr Informationen für mich. In der Zwischenzeit fangen wir an, uns freizuschaufeln. Wir schippen eine Stunde lang, kommen wieder rein und ruhen uns aus, bevor wir uns wieder an die Arbeit machen."

„Erzwungene Bewegung. Experten meinen ja, die sollte man in seinen Tagesablauf unbedingt einbauen."

„Ich glaube nicht, dass sie *das* dabei im Sinn hatten." Er dachte an die Schneewehen, die er gesehen hatte, und daran, wie hoch das Haus eingeschneit war. „Die großen Straßen werden sie als Erstes räumen. Wir haben Essen, Wasser und ein Dach über dem Kopf. Es könnte sein, dass anderswo Leute richtig schlimm gestrandet sind."

Noelle griff nach ihrem Löffel. „Willst du mir damit zu verstehen geben, dass ich mich darauf einrichten soll, eventuell ein paar Tage lang hierbleiben zu müssen?"

Er nickte. Auch wenn er wusste, dass Noelle der Schaufensterwettbewerb unglaublich wichtig war, bezweifelte er, dass sie rechtzeitig wieder in der Stadt sein würden, um noch etwas auf die Beine stellen zu können. Und sie würden ganz sicherlich nicht mehr nach dem perfekten Baum suchen.

„Es tut mir leid, dass du mit mir eingeschneit bist", meinte sie. „Ich habe dich mit hierher geschleppt."

„Ich bin doch freiwillig mitgekommen."

„Genau genommen hast du dich beschwert", erwiderte sie lächelnd. „Aber das ist nicht der richtige Zeitpunkt, um das auszudiskutieren. Melissa kümmert sich bestimmt gut um den Laden. Und wenn es unten in der Stadt auch so geschneit hat, dann kommen ohnehin nicht sonderlich viele Kunden."

Sie löffelte ihre Suppe. „Wir haben Kätzchen, wir haben ein Radio, wir haben einen Vorrat an köstlichen Eintöpfen. Was wollen wir mehr?"

Er wusste, dass sie ihn aufziehen wollte, aber im Grunde glaubte sie wirklich das, was sie gerade gesagt hatte. Sie war nicht der Typ, für den das Glas halb leer war. Und sie hatte recht – sie waren in Sicherheit und konnten es durchaus noch eine Woche lang ohne Probleme hier aushalten.

Noelle blickte zu den Katzen und lächelte, während Gabriel ihr Profil musterte. Sie ist wirklich verdammt hübsch, dachte er. Und großherzig. Und obendrein noch überraschend durchsetzungsstark. Sie war alles andere als das, was er sich von diesem Urlaub erwartet hatte, und doch konnte er sich nicht mehr vorstellen, was er mit sich angefangen hätte, wenn er Noelle nicht getroffen hätte.

Noelle begutachtete die Karten in ihrer Hand. Eigentlich brauche ich jetzt nur noch eine Zwei und entweder eine Acht oder einen Pik-König, dachte sie und bemühte sich krampfhaft, nicht triumphierend auszusehen. Sie hatte noch nie ein Pokerface gehabt.

Es war Nachmittag. Zusammen mit Gabriel war sie schon viermal draußen zum Schneeschippen gewesen. Der Schnee war sehr viel schwerer, als er aussah, vor allem, wenn er meterhoch lag. Im Grunde hatten sie eher eine schmale Furche als einen Pfad bis zum Pick-up freigeschaufelt, bevor sie angefangen hatten, den Wagen von den Schneemassen zu befreien.

Als Gabriel zum zweiten Mal mit seinem Bruder telefoniert hatte, hatte Gideon ihm erzählt, dass auch die Stadt im Schnee versunken war. Die Räumfahrzeuge waren zwar unterwegs, doch sie würden es frühestens morgen früh schaffen, bis zur Mother Bear Road vorzudringen. Glücklicherweise hatte die Bürgermeisterin jedoch versprochen, dass auch der Privatweg bis zum Pick-up geräumt werden würde, sodass sie nichts weiter zu tun bräuchten, als den Wagen freizuschaufeln und dann darauf zu warten, dass sie gerettet wurden.

Noch eine Nacht, dachte Noelle, als Gabriel sich eine neue Karte nahm und sie zu den anderen in seiner Hand steckte. Er musterte sein Blatt. Noch eine Nacht, in der sie das Bett mit ihm teilen musste. In der vergangenen Nacht war sie zu erschöpft gewesen, um die Nähe genießen zu können, aber heute hatte sie vor, das Kuscheln auszukosten. Und vielleicht schaffte sie es ja auch, sich zu überlegen, wie sie die Dinge weiter vorantreiben konnte.

Wer auch immer für die Ausstattung der Hütte verantwortlich gewesen war, er war auf jeden Fall sehr gründlich gewesen. In dem kleinen Medizinschrank im Bad hatte sogar eine neue Packung Kondome gelegen, außerdem Aspirin und ein kleines Päckchen mit Verbandszeug. Da keiner von ihnen verletzt war, fand sie die Kondome am interessantesten.

Es war vermutlich eine ziemlich idiotische Idee, mit Gabriel ins Bett zu gehen, aber inzwischen war es ihr egal. Sie mochte ihn. Er war süß und sexy, und es war schon so verflixt lange her, dass sie von einem Mann in den Armen gehalten worden war. Inzwischen hatte sie akzeptiert, dass er bald wieder abreisen würde und nicht an einer langfristigen Beziehung interessiert war. Und auch wenn sie ihre eigenen Ziele nicht aus den Augen verlieren sollte, fand sie, dass es genauso wichtig war, im Augenblick zu leben. Und Gabriel stellte im Augenblick eine äußerst große Versuchung dar.

„Gin", meinte er und breitete seine Karten auf dem Tisch aus.

Entgeistert starrte sie auf die Karten. „Kann nicht sein!"

Er zuckte mit den Schultern. „Sieh doch selbst."

„Du hast schon beim letzten Mal gewonnen."

„Das Glück ist eben auf meiner Seite."

Sie überprüfte die Karten auf dem Tisch und stellte fest, dass er tatsächlich gewonnen hatte. Resigniert legte sie ihre auf den Tisch und konnte noch einige ihrer Karten bei ihm anlegen, bevor sie die Punkte zählte.

„Du nervst“, beschwerte sie sich.

Er lachte nur und stand auf, um hinüber zur Küchenarbeitsplatte zu gehen.

„Wie wär’s mit einem süffigen Roten?“, fragte er und griff nach einer Weinflasche.

„Ich liebe süffigen Wein.“

Nach einigem Wühlen fand er in einer der Schubladen einen Korkenzieher, und Noelle stand auf, um Gläser herauszuholen. Plötzlich flackerte das Licht und ging an. Der Kühlschrank begann zu brummen. Erstaunt sah sie Gabriel an.

„Nicht zu fassen“, meinte sie. „Das ist ja noch unglaublicher als die Tatsache, dass du zweimal hintereinander gewonnen hast. Wir haben wieder Strom?“

„Man muss diese Stadt einfach lieben“, erklärte er und ging zur Heizung. Er hielt die Hand dagegen. „Und die Heizung funktioniert auch wieder.“

Und wir können die Herdplatte wieder benutzen, dachte sie erleichtert, während sie die Laternen hinüber zu der Steckdose trug, um sie aufzuladen. Das Aufwärmen von Essen auf einem Holzofen erwies sich als ziemlich mühsam.

Gabriel brachte den Wein hinüber zum Sofa, und Noelle gesellte sich wieder zu ihm.

„Ich weiß gar nicht, wie wir alle neun Katzen morgen transportieren sollen“, bemerkte sie, nachdem sie am Wein genippt hatte und einen Blick auf die schlafenden Katzen warf.

Er deutete auf die Metallkiste, in der sich im Moment das Feuerholz befand. „Ich habe mir überlegt, wenn wir die mit einer Decke ausschlagen, können wir die Kätzchen hineinlegen. Die Mütter können wir auch so mitfahren lassen, denke ich. Schließlich werden wir nicht allzu schnell sein, das müsste also gehen.“

„Es muss gehen. Ich befürchte nämlich, dass wir nicht so

schnell wieder herkommen, wenn wir hier unsere Zelte abgebrochen haben. Und eine der Katzenfamilien in der Hütte lassen, das möchte ich auch nicht."

„Das werden wir auch nicht."

Das bedeutet, dass ich zwei Katzenfamilien bei mir aufnehmen muss, dachte sie und überlegte, was sie alles brauchen würde. Wenn die Kätzchen alt genug waren, um von der Mutter getrennt zu werden, würde sie all ihre Freundinnen damit beauftragen, ein neues Zuhause für sie zu suchen. Die Katzen würden außerdem kastriert werden müssen. Es war eine Menge, was da auf sie zukam, doch sie war zuversichtlich, dass sie es schaffen würde.

Im Raum herrschte Stille, die nur vom Prasseln des Feuers unterbrochen wurde. „Nicht gerade das hektische Krankenhaus-Leben, an das du gewöhnt bist, was?", meinte sie nach einer Weile.

„Das ist auch gut so. Ich brauchte mal eine Pause."

„Aber ich wette, dabei hast du nicht an stundenlanges Schneeschaufeln gedacht."

„Es ist eine gute körperliche Ertüchtigung", erwiderte er grinsend.

Sie drehte sich herum, damit sie ihn anschauen konnte. „Wärst du auch Arzt geworden, wenn du nicht zum Militär gegangen wärst?"

„Ich weiß es nicht", gab er zu. „Ich wollte auf keinen Fall Soldat werden, daher blieben nicht so viele andere Möglichkeiten übrig. Ich bin gut in dem, was ich tue, und ich weiß, dass ich etwas bewirke."

„Zu einem hohen Preis", stellte sie fest und dachte an all das, was er ihr von seiner Arbeit erzählt hatte.

„Das ist nichts im Vergleich zu dem, was die Soldaten für ihren Einsatz zahlen müssen." Er lehnte sich auf dem Sofa zurück. „Manchmal überlege ich, was ich stattdessen machen könnte. Irgendwo sesshaft werden. Freunde außerhalb des medizinischen Personals finden."

„Hast du das jetzt nicht?"

„Nein. Ich vermeide es, zu enge Beziehungen zu knüpfen."

Sie dachte an die Freundin, die er auf so grausige und unerwartete Weise verloren hatte. „Ich vermute, das ergibt sogar Sinn."

Er nickte. „Es ist schwierig, einen Freund zusammenzuflicken, wenn man nicht weiß, ob er es schaffen wird, während man gleichzeitig schnell zum nächsten Patienten weiter muss."

Die Erkenntnis, was er alles hatte aufgeben müssen, stimmte sie traurig. Irgendwann im Laufe der Jahre war Gabriel zu der Überzeugung gelangt, dass der Preis für die Liebe zu hoch war. Er war nicht mehr gewillt, sein Herz aufs Spiel zu setzen, denn schon morgen konnte er wieder alles verlieren. Dass es die falsche Lektion war, davon war Noelle fest überzeugt, aber sie konnte es ihm natürlich nicht beweisen. Nachdem sie ihr Weinglas zur Seite gestellt hatte, griff sie nach seiner verletzten Hand. Die Wunde war inzwischen verheilt, und man sah nur noch eine Narbe. Es steckt viel Kraft in ihm, dachte sie. Und Wissen. Er würde sich erholen, oder zumindest den Tod auf Abstand halten.

Als sie Gabriel wieder ansah, hatte er den Blick auf sie gerichtet. Doch es wirkte so, als würde er sich sehr bedeckt halten, als wollte er nicht, dass sie seine Gedanken erriet.

In dem Moment, als sie in seine dunkelblauen Augen schaute, begriff sie, dass sie niemals eine Wahl gehabt hatte. Schon vom ersten Augenblick an war ihr Schicksal mit Gabriel besiegelt gewesen. Er war freundlich und lustig und klug und manchmal respektlos, und obendrein kannte er sich mit Katzen aus. Er war die Art von Mann, der durch den Wald stapfte, um den perfekten Weihnachtsbaum für ein Schaufenster zu finden, das ihm überhaupt nicht wichtig war. Er gab alles und verlangte nichts als Gegenleistung.

Wie gerne hätte sie ihm gesagt, dass sie ihm ihr Herz schenken würde. Er konnte es mitnehmen, wenn er wollte, denn es gehörte ihm. Doch er würde diese Geste nicht als Geschenk, sondern als Falle ansehen. Dabei war das gar nicht ihre Absicht.

„Ich bin gleich wieder da", sagte sie und stand auf. Sie ging hinüber in das kleine Bad, öffnete das Medizinschränkchen und holte die Kondome heraus. Nachdem sie sie auf den kleinen Tisch neben dem Bett gelegt hatte, drehte sie sich zu Gabriel herum.

Er war aufgestanden, kam jedoch nicht auf sie zu. „Ich habe mich schon gefragt, ob du die wohl auch entdeckt hast."

„Habe ich", erwiderte sie und zog sich das T-Shirt aus, bevor sie es über das Fußende legte. Sie öffnete die Jeans und ließ sie zu Boden gleiten.

Gabriel stellte sein Weinglas hin. „Einfach so?"

„Wäre dir ein bisschen Drama lieber?"

„Nein", meinte er lächelnd und kam zu ihr.

Ohne zu zögern, schmiegte sie sich in seine ausgestreckten Arme, und er zog sie fest an sich. Zärtlich streichelte er ihren Rücken, bevor er am Verschluss ihres BHs verharrte. Noelle spürte, wie er ihn öffnete, und schon im nächsten Moment rutschte der BH herunter.

Sie hob den Kopf und küsste Gabriel, während er mit den Händen an ihren Seiten entlangstrich. Hitze und Verlangen durchströmten sie, als er endlich bei ihren Brüsten angekommen war und sie sacht umschloss. Währenddessen fanden sich ihre Zungen zu einem erotischen Tanz, und Noelle zupfte ungeduldig am Saum von Gabriels Pullover, weil sie es nicht erwarten konnte, dass er ihn auszog.

Er tat ihr den Gefallen und drängte sie dann zum Bett. Noelle ließ sich fallen, im wahrsten Sinne des Wortes und im übertragenen Sinne, als Gabriel sie überall zu berühren begann und sie auf wunderbare Weise erregte. Erst mit seinen überaus geschickten Fingern, anschließend mit der Zunge, bis Noelle lustvoll aufstöhnte und unausweichlich dem Gipfel entgegenstrebte. Nach Atem ringend half sie ihm, sich auszuziehen, und freute sich insgeheim, dass auch Gabriels Hände zitterten. Nachdem er ein Kondom übergestreift hatte, streckten sie sich auf dem Bett aus, und als die Sonne langsam hinter den Bergen verschwand, drang er in sie ein und füllte sie ganz aus.

„Ich kann mir dich wirklich nicht als herzlose Firmenanwältin vorstellen", meinte Gabriel, während er seine Hand gemächlich über ihren nackten Bauch wandern ließ.

Sie lagen ausgestreckt auf dem Bett, ihre Körper befriedigt … jedenfalls für den Moment. Es gefiel Noelle, dass sie noch immer nackt waren und einander berührten. Für sie war der eigentliche Akt nicht unbedingt ein Gradmesser dafür, ob man auf sexuellem Gebiet zueinanderpasste. Das konnte jeder gut hinbekommen. Es war das Nachher, das zählte. Empfand man Reue? Wollte man es wieder tun? Konnte man gemeinsam lachen?

„Ich war nicht herzlos", antwortete sie auf seine Bemerkung. „Was sich vielleicht noch als Problem erwiesen hätte. Obwohl ich hier wohl mal anmerken sollte, dass nicht alle Firmenanwälte herzlos sind."

Eine Augenbraue schoss in die Höhe.

Grinsend meinte sie: „Na gut, *einige* sind es nicht. Wie ist das?"

„Es fällt mir noch immer schwer, das zu glauben." Sanft strich er über ihre Brüste und neckte dabei die Brustwarzen, die sofort hart wurden. Prompt erzitterte Noelle lustvoll.

Er musterte sie eindringlich. „Das gefällt dir."

„Mir hat alles gefallen, was du getan hast“, gab sie zu. „Ich bin sicher, du hast deine Technik ausgefeilt, während du all deine Erfahrungen gesammelt hast.“

Er stöhnte und rollte sich auf den Rücken. „Das hätte ich dir gegenüber niemals zugeben sollen.“

Sie stützte den Kopf auf eine Hand und lächelte. „Die Tatsache, dass du Sex dazu benutzt hast, um dem Druck zu entkommen, den dein Beruf verursacht?“ Sie machte eine kleine Pause. „Ja, das war nicht unbedingt einer deiner klügsten Schachzüge. Denn du kannst es nicht mehr ungesagt machen, und ich werde es nie und nimmer vergessen.“

Er schaute sie an, und seine Mundwinkel zuckten leicht. „Ich habe mich nicht wie ein streunender Hund benommen.“

„Interessant, denn ich höre ein deutliches Jaulen im Hintergrund.“

„Wenn ich eine Beziehung eingegangen bin, war ich treu.“

„Dafür habe ich keine Beweise.“

Das Lächeln schwand. „Das würde ich niemals tun. Ich begreife es auch nicht, warum man es tun sollte. Wenn jemand unglücklich ist, muss man drüber reden. Wenn du es nicht ändern kannst, dann musst du Manns genug sein und ehrlich sagen, dass du gehen willst.“

„Ich weiß“, entgegnete sie, bevor sie sich vorbeugte und ihm einen Kuss gab.

Gabriel nahm ihre Hand und führte sie zu seinem Schoß. Sie streichelte ihn und schaffte es, ihn innerhalb von drei Sekunden von einem entspannten in einen sehr erregten Zustand zu versetzen.

Eigentlich hatte sie gerade vorschlagen wollen, dass sie sich anziehen und etwas essen sollten. Doch das hier ist ja viel spannender, dachte sie. Und noch spannender wurde es, als Gabriel sie zu sich zog und sie drängte, sich rittlings auf ihn zu setzen.

Sie beugte sich vor und streifte mit den Haaren über seinen Oberkörper. Leise stöhnend schob Gabriel die Hand zwischen sie und fand den empfindlichen Punkt in ihrer Mitte. Ein träges Lächeln lag auf seinen Lippen.

„Wollen wir eine kleine Wette abschließen, wer den stärkeren Willen besitzt?“, fordert er sie heraus. „Wer am längsten aushalten kann?“

Sie seufzte, als er nach den Kondomen griff. „Das ist zumindest ein Spiel, bei dem ich nichts dagegen hätte, auch mal zu verlieren.“

Die Türen zum Triage-Center wurden wieder geöffnet. Sie quietschten ziemlich laut, daher wusste Gabriel schon eine Sekunde bevor es passierte, dass ein weiterer verwundeter Soldat hereingeschoben wurde. Überall war Blut, und von allen Seiten hörte man Schmerzensschreie.

Er deutete zu einer Stelle, wo man den Soldaten hinbringen sollte, und versuchte, aus dem Weg zu gehen, doch es gelang ihm nicht. Es gab einfach zu viele Verwundete, und daher konnte er keinen Platz machen. Wieder öffneten sich die Türen, und er sah, dass sich die Krankentragen ins Endlose erstreckten. Dort draußen lagen Hunderte, die ihn brauchten. Tausende. Und niemals würde er genug tun können.

Abrupt wachte er auf. Da völlige Dunkelheit herrschte, wusste er einen Moment lang nicht, wo er sich befand oder was gerade geschah. Im nächsten Augenblick nahm er aber den Geruch des Feuers wahr und hörte das sanfte Schnurren einer der Katzen. Die Erinnerungen kehrten zurück, und ihm fiel wieder ein, dass er sich in der abgeschiedenen Hütte befand.

Noelle schlief neben ihm. Er legte einen Arm um sie und zog sie an sich. Sie war warm und nachgiebig, im Schlaf genauso wie am Tage. Er hielt sie fest und wartete darauf, dass sich sein Atem wieder beruhigte.

Man musste nicht Psychologie studiert haben, um zu verstehen, was sein Traum bedeutete. Er war erschöpft von seiner Arbeit. Sie hatte ihn völlig ausgelaugt. Es würde Monate dauern, ehe er wieder richtig geheilt war – vielleicht sogar Jahre. Doch er hatte nur bis zum ersten Januar Zeit, um sich zu entscheiden, und er wusste beim besten Willen nicht, was er tun sollte.

Eigentlich ging es bei der Entscheidung nur darum, ob er in der Army bleiben wollte oder nicht. Doch irgendwie hatte Noelle sich in sein Leben geschlichen – und beeinflusste auf einmal nicht nur seine Art zu denken, sondern auch seine Handlungsweise. Er hatte nie vorgehabt, sich mit ihr einzulassen. Hatte nicht vorgehabt, Gefühle zu entwickeln. Das war völlig sinnlos. Schon morgen konnten sie beide tot sein.

Doch in ihren Armen, in diesem Augenblick, fühlte es sich gar nicht so an. Stattdessen glaubte er auf einmal an andere Möglichkeiten. Und ihm war klar, dass diese Vorstellung ihn weit mehr erschreckte als jeder Granatwerfer.

11. KAPITEL

Noelle bemerkte, dass Gabriel aufstand. Sie war sicher, dass es noch früh am Morgen war, aber sie konnte die Uhr nicht erkennen. Also setzte sie sich auf und schaltete die kleine Lampe neben dem Bett an. Gabriel zog sich seine Jeans an, ehe er sich zu ihr herumdrehte.

„Was ist los?“, fragte sie und musterte seine verschlossene Miene. „Alles in Ordnung bei dir?“

„Mir geht es gut. Schlaf weiter.“

„Das ist nicht gerade etwas, das du mir befehlen kannst.“ Sie stand ebenfalls auf und schaute sich nach ihren Sachen um. Beim ersten Mal, als sie ins Bett gegangen waren, hatte sie nur ihre Unterwäsche getragen, und beim zweiten Mal lediglich ihr T-Shirt.

Da sie ihre Sachen nirgends entdecken konnte, beugte sie sich vor und schob die Decken beiseite. Im selben Moment hörte sie Gabriel fluchen. Sie drehte sich um und sah, dass er ihr sein Hemd hinhielt.

„Zieh das an. Bitte.“

Er klang sowohl wütend als auch flehend. Sie schlüpfte in sein Hemd und schloss die Knöpfe. „Was ist los?“

„Nichts. Wir müssen hier raus.“

„Ja, das ist der Plan. Sobald ein Räumfahrzeug hier war, fahren wir zurück in die Stadt.“

Er fuhr sich mit den Händen durchs Haar. „Das reicht nicht. Wir müssen jetzt weg.“

Sie drehte sich, damit sie zur Uhr schauen konnte. „Es ist fünf Uhr morgens. Um diese Uhrzeit wird noch kein Räumfahrzeug hier gewesen sein. Willst du uns den ganzen Weg zur Straße freischaufeln?“

„Wenn es sein muss.“

Sie entdeckte ihren Slip und den BH und sammelte beides ein. Sie hatte keine Ahnung, was passiert war, aber was auch immer es war, es war nichts Gutes. In der vergangenen Nacht war Gabriel ein warmherziger, wunderbarer Liebhaber gewesen. Und heute Morgen benahm er sich, als hätte sie etwas verbrochen. Oder als würde sie etwas völlig Unvernünftiges von ihm verlangen.

Da sie wusste, dass dem nicht so war, weigerte sie sich, sich schuldig zu fühlen. Irgendetwas setzte Gabriel zu. Soweit sie wusste, hatte es nichts mit ihr zu tun. Vielleicht hatten die beiden Tage, die sie hier zusammen verbracht hatte, ihn derart aufgewühlt, dass er nicht mehr richtig damit umgehen konnte. Oberflächlich betrachtet war er ein smarter, charmanter Mann. Doch unter der Oberfläche war er genauso verwundet wie all die Soldaten, die er verarztete. Wie auch immer – sie war nicht bereit, für etwas, das sie nicht getan hatte, die Schuld zu übernehmen.

Also ging sie ins Bad und zog sich schnell an. Als sie wieder in den großen Raum trat, war Gabriel verschwunden. Na gut, dachte sie, wenn er uns bis hinunter in die Stadt freischaufeln will, wünsche ich ihm viel Glück.

Die nächste Stunde verbrachte sie damit, die Hütte wieder in Ordnung zu bringen. Sie fütterte die Katzen und ließ sie nach draußen. Sie wusch die Teller ab, kochte Kaffee und räumte auf. Eine Liste mit all den Vorräten, die sie verbraucht hatten, hatte sie bereits angefertigt, damit sie sie später ersetzen konnte. Darüber würde sie mit der Bürgermeisterin sprechen. Niemand würde wollen, dass sie zur Hütte fuhr, solange noch überall Schnee lag.

Nachdem all das erledigt war, setzte sie sich auf den Boden und spielte mit den älteren Katzenbabys. Sie waren munter und neugierig. Weil sie vorher noch nie auf Menschen getroffen waren, waren sie anfangs schüchtern, doch als Noelle ein Band nahm und sie damit lockte, krabbelten sie ausgelassen auf ihr herum und rollten sich nach einer Weile auf ihrem Schoß zusammen, um ein kleines Schläfchen zu halten.

Kurz nach sieben kehrte Gabriel zurück. Er wirkte durchgefroren und atmete schwer.

„Der Pick-up ist frei", sagte er, während er die Mütze abnahm und sich aus seinem Mantel schälte. „Das Räumfahrzeug müsste innerhalb der nächsten beiden Stunden aufkreuzen. Sie arbeiten sich schon die Mother Bear Road hoch."

Noelle beobachtete ihn, während er sprach, und hoffte, ein Lächeln oder ein anderes Anzeichen dafür zu entdecken, dass er das, was ihn geplagt hatte, überwunden hatte. Doch er schenkte ihr kaum einen Blick, während er sich auszog.

„Drüben steht Kaffee", meinte sie und deutete auf die Kanne. „Ich habe saubergemacht und das Bett abgezogen." Sie hatte vor, die Bettwäsche mitzunehmen, damit sie sie waschen konnte.

Gabriel blickte auf die leeren Gefrierbehälter, den ordentlich zusammengestellten Müll und die zusammengelegten Laken. „Ich hätte dir geholfen", erklärte er.

„Du warst ja beschäftigt."

Eine Sekunde lang sah er ihr in die Augen. Sie traute sich kaum zu atmen, während sie auf etwas wartete. Auf ein Lächeln, eine Andeutung, dass das, was sie für so kurze Zeit miteinander geteilt hatten, noch da war. Doch dann wandte er sich ab, und der Moment war verflogen.

Neun Katzen einzufangen, war nicht gerade einfach. Die kleineren Kätzchen protestierten, als sie in die Kiste gelegt wurden, doch sie konnten sich noch nicht wehren. Die Älteren wollten alles erkunden und kletterten wieder heraus. Die Katzenmütter hatten keinerlei Interesse daran, ihr neues Zuhause zu verlassen. Nach mehreren Fehlversuchen standen Noelle und Gabriel mitten in der Hütte und waren mit dem Verladen der Katzen nicht weiter gekommen als am Anfang. Der Unterschied bestand darin, dass Gabriel sauer war und Noelle nicht aufhören konnte zu kichern.

„Das ist überhaupt nicht lustig", grollte er, während er erneut nach einer der größeren Katzen griff.

Das Tier ließ sich bereitwillig in die Kiste legen, hüpfte aber genauso schnell wieder raus. Die beiden Mütter hatten sich unter dem Bett verschanzt und miauten aus Protest gegen diese Art von Behandlung.

Noelle lachte. „Hör auf! Hör einfach auf. So funktioniert das nicht." Der Pick-up war bereits mit allem anderen beladen. Sie brauchten nur noch die Katzen einzufangen.

„Ich setze mich auf den Rücksitz", sagte sie, „und stelle die Kiste mit den Kleinen neben mich. Du kannst mir die anderen nacheinander durchs Fenster reinreichen. Die Muttertiere solltest du als Letztes einfangen. Ich versuche, sie dir vom Hals zu halten, während wir in die Stadt zurückfahren."

Eine der Mutterkatzen streckte den Kopf unter dem Bett hervor, sah die Kiste und verschwand sofort wieder. Gabriel rieb sich die Schläfen.

„Das könnte funktionieren", gab er zu.

Noelle zog sich den Mantel an und griff nach der Kiste. Währenddessen schnappte Gabriel sich zwei der schon munteren Katzen und folgte ihr. Nachdem sie sich auf dem Rücksitz eingerichtet hatte, streckte sie die Hände nach den Kätzchen aus und setzte sie sich auf den Schoß.

Fünf Minuten später waren alle neun Katzen auf dem Rücksitz des Pick-ups versammelt, und Gabriel kletterte hinter das Lenkrad. Das Räumfahrzeug war da gewesen und hatte die Straße vom Schnee befreit. Noelle schnallte sich an und bemühte sich, die beiden Familien zu beruhigen.

„Es dauert nicht lange", redete sie leise auf sie ein. „Bald sind wir zu Hause."

Leider war das Zuhause ein fremder Ort, an dem es keinerlei Katzenfutter gab, aber das wussten sie ja noch nicht. Gabriel ließ den Motor an und machte sich dann vorsichtig auf den Weg hinunter in die Stadt.

Die Fahrt dauerte nicht so lange, wie Noelle vermutet hatte. Sobald sie auf die Hauptstraße gelangt waren, konnte Gabriel sogar relativ zügig fahren. In Fool's Gold waren die Häuser mit Schnee bedeckt, und auch in den Gärten türmte sich die weiße Pracht. Doch die Bürgersteige waren geräumt und die Straßen frei.

Gabriel lenkte den Pick-up auf ihre Einfahrt und half ihr, die Katzen ins Haus zu bringen. Sie mussten ein paar Mal gehen, doch dann waren die Familien in Sicherheit. Die Mütter und die älteren Kätzchen begannen sofort, auf Erkundungstour zu gehen, während Noelle Gabriel zur Haustür begleitete.

„Ich fahre schnell zur Zoohandlung", sagte er, „und hole dir, was du für die nächsten Tage brauchst. Futter, Streu und ein paar Fressnäpfe."

„Das wäre lieb", erwiderte sie. „Vielen Dank. Ich werde erst einmal duschen gehen, bevor ich herumtelefoniere, um jemanden zu finden, der nach ihnen sehen kann, während ich arbeite."

Wie Fremde tauschen wir belanglose Informationen aus, dachte sie niedergeschlagen. Es war so, als hätte es die beiden vergangenen Tage nicht gegeben.

„Sag mir wenigstens, warum", platzte sie heraus. „Was ist passiert? Warum verhältst du dich so anders?"

Eindringlich ruhte sein Blick auf ihr. Ein Muskel zuckte in seinem Mund. Sie wartete, hoffte, er würde etwas sagen – irgendetwas –, denn dann hätten sie noch eine Chance. Wenn sie reden konnten, würde sich vielleicht alles aufklären. Oder sie konnten das Problem zumindest in Angriff nehmen.

„Alles ist gut“, meinte er jedoch nur. „Wir sind wieder zurück und müssen Dinge erledigen.“

„Na gut“, erwiderte sie leise und erkannte, dass es keinen Sinn hatte. Gabriel musste schon gewillt sein, ihr auf halbem Wege entgegenzukommen. Offensichtlich war er dazu nicht bereit.

Noelle ging duschen und machte sich für die Arbeit fertig. Gabriel kehrte mit den versprochenen Vorräten zurück, und sie stellte zwei Katzenklos im Bad auf, ehe sie die Fressnäpfe mit Wasser und Trockenfutter füllte. Nachdem sie sich noch einmal vergewissert hatte, dass alle Fenster auch wirklich geschlossen waren, ging sie zur Arbeit.

Der Laden war genau so, wie sie ihn in Erinnerung hatte. Er war nicht nur hell und warm, sondern verbreitete auch eine wunderbar weihnachtliche Stimmung. Schon beim Hereinkommen besserte sich Noelles Laune sofort. Sie wusste nicht, ob sie Gabriel wiedersehen würde, und versuchte sich einzureden, dass es ihr egal war. Natürlich war ihr klar, dass sie sich damit nur selbst etwas vormachte. Aber, davon war sie überzeugt, unabhängig davon, ob sie ihn wiedersah oder nicht, sie würde auf jeden Fall darüber hinwegkommen. Der Schmerz würde vorübergehen, und sie hatte schon weit Schlimmeres überlebt.

Kurz vor zehn kam Melissa mit ihrer jüngeren Schwester Abby im Schlepptau.

„Ich fasse es nicht, dass ihr eingeschneit wart“, meinte Melissa und umarmte Noelle. „Das ist so gruselig. Ist bei dir alles okay?“

„So schlimm war es gar nicht. Wir hatten die meiste Zeit sogar Strom. Hallo, Abby.“

Die Fünfzehnjährige lächelte sie an. „Ich habe von den Kätzchen gehört. Ich kann bei dir vorbeischauen und nach ihnen sehen, wenn du willst.“

„Danke, aber müsstest du nicht in der Schule sein?"

Abby grinste. „Heute haben die Lehrer eine Ganztageskonferenz. Solche Tage sind meine Lieblingstage."

„Das waren sie früher bei mir auch", gab Noelle zu.

Sie überließ dem Teenager ihren Ersatzschlüssel und vereinbarte mit Abby einen Plan, wann sie nach der Schule bei Noelle vorbeischauen konnte. Sie diskutierten gerade über die Bezahlung, als das Telefon klingelte. Melissa nahm ab.

„Das war Gabriel", sagte sie ein paar Minuten später. „Er kommt nicht." Sie holte tief Luft und sah Noelle an. „Weißt du, wir haben uns gefragt, ob Abby nicht auch hier arbeiten könnte. Sie ist wirklich pflichtbewusst."

„Ich würde mich auch trotzdem um die Katzen kümmern", versprach Abby schnell, die Finger krampfhaft verschränkt und mit leuchtenden Augen. „Mom hat gemeint, ich könnte ein paar Stunden nach der Schule arbeiten gehen, aber nur bis Weihnachten. Wenn das neue Schuljahr wieder anfängt, muss ich mich auf die Schule konzentrieren."

„Es wäre schön, wenn du uns helfen könntest", versicherte Noelle ihr und ignorierte das Gefühl, einen Schlag in die Magengrube bekommen zu haben. Gabriel hatte sich nicht einmal persönlich von ihr verabschiedet. Dieser Mistkerl! Leider fühlte sie sich nicht besser, auch wenn sie ihn in Gedanken beschimpfte.

„Ich zeig dir, wo du deine Sachen lassen kannst", sagte Melissa und führte ihre Schwester ins Hinterzimmer.

Noelle ging zur Ladentür und drehte das Schild auf ‚Geöffnet', bevor sie aufschloss und ihre erste Kundin begrüßte.

Gabriel fuhr zurück zu dem Appartement, das seine Eltern gemietet hatten, und versuchte zu schlafen. Als das nicht funktionierte, brachte er den Pick-up seines Bruder hinauf zu dessen Haus, tauschte ihn gegen seinen eigenen Wagen aus und machte sich wieder auf den Weg in die Stadt. Mehrere Male fuhr er an Noelles Laden vorbei, doch er ging nicht hinein. Brauche ich ja auch nicht, erinnerte er sich. Er hatte ja angerufen und Bescheid gesagt, dass er nicht kommen würde.

Doch irgendwie schien das auf einmal belanglos. Er konnte an nichts anderes als an Noelle denken. Er vermisste sie und wollte mit ihr zusammen sein. Doch das ging nicht. Weil er ihr nicht das geben konnte, was sie sich wünschte.

Er wartete bis kurz vor sechs und parkte dann so, dass er sie dabei beobachten konnte, wie sie den Laden schloss und sich auf den Heimweg machte. Sie begrüßte mehrere Leute, als sie den Bürgersteig entlangging und schließlich vor dem Schaufenster des Sportladens stehenblieb.

Gabriel fluchte und hämmerte mit der Faust auf das Lenkrad ein. Das Schaufenster! dachte er. Das war doch der eigentliche Grund gewesen, warum sie in die Berge gefahren waren! Sie hatten den perfekten Baum für das Schaufenster finden wollen. Damit Noelle diesen blöden Wettbewerb gewinnen konnte. Nur, dass das in all der Aufregung in Vergessenheit geraten war.

Die Jury würde den Gewinner morgen Vormittag ermitteln. Es blieb also keine Zeit mehr, um … Oder vielleicht doch? Gabriel griff nach seinem Telefon und wählte.

„Dad, sei vorsichtig!“, sagte Gabriel, als er sah, wie sein Vater sich auf einer hohen Leiter streckte.

„Wenn ich runterfalle, kannst du mich ja wieder zusammenflicken“, erwiderte Boylan senior munter.

Na toll, dachte Gabriel, jetzt entwickelte Dad auch noch Sinn für Humor. „Knochenbrüche sind nicht gerade mein Fachgebiet.“

Es war spät oder besser gesagt früh, je nachdem, von welchem Standpunkt aus man es betrachtete. Seine gesamte Familie hatte sich im Christmas Attic versammelt und arbeitete daran, Noelles Schaufenster so perfekt wie möglich zu gestalten, damit es morgen beim Wettbewerb gut abschnitt.

„Ich muss nur noch dieses Kabel hier anbringen", sagte sein Vater. „Gideon, gib mir noch mal die Bohrmaschine."

Gideon folgte Norms Bitte, bevor er seine Aufmerksamkeit wieder auf den Laptop richtete, den er und Carter mitgebracht hatten. Karen und Felicia beugten sich über einen zweiten Computer – besser gesagt, Felicia tippte auf der Tastatur herum, während Karen die Knöpfe eines ferngesteuerten Roboters bediente, der aussah wie ein Weihnachtswichtel.

Als Gabriel am Abend seine Familie um Hilfe gebeten hatte, war er nicht sicher gewesen, was er erwarten durfte. Doch keiner von ihnen hatte ihn im Stich gelassen. Sie hatten sich um kurz nach sechs bei Gideon getroffen und sich überlegt, was sie machen wollten, ehe sie alles zusammengesucht hatten, was sie für die Schaufensterdekoration brauchen würden. So gegen neun waren sie dann in den Laden gefahren. Die Idee war, ein traditionelles Weihnachtsbild mit Hightech-Innovationen zu verbinden.

Der Tannenbaum bildete den Mittelpunkt. Drum herum lagen Geschenke, einige ausgepackt, andere noch in Geschenkpapier. Doch nicht die üblichen Elfen halfen dem Weihnachtsmann, sondern drei kleine Roboter in fescher Weihnachtskleidung. Den Hintergrund bildete eine Lightshow, zu der Weihnachtslieder gespielt wurden.

„Dad, wo hast du bloß diese ganzen alten Songs ausgegraben?", wollte Carter wissen.

„Das sind Klassiker."

„Die sind ja nicht einmal aus diesem Jahrhundert."

Gideon tippte etwas ein, bevor er zu den Lichterketten blickte, die sein Vater anbrachte. „Aus diesem Jahrhundert gibt es ja auch nichts Gutes."

„Hey! Ich bin in diesem Jahrhundert geboren worden!"

Gideon hielt kurz inne und drückte seinem Sohn die Schulter. „Okay, du hast recht. Du bist das einzig Gute."

Karen hielt einen Karton hoch. „Eingepackt oder nicht eingepackt?"

Gabriel schaute auf das Schild und sah, dass es sich um ein Näh-Set handelte, aus dem man sich einen plüschigen Elefanten basteln konnte. „Das ist so was Bizarres, das packen wir nicht ein."

Er blickte auf die Uhr und fluchte. Es war schon nach vier Uhr morgens. Carter gähnte.

„Ich war noch nie so lange auf", meinte der Teenager mit einem Seitenblick zu Felicia. „Ich schaffe es bestimmt nicht, heute in der Schule wach zu bleiben."

Felicia knabberte schuldbewusst auf der Unterlippe herum. „Ja, ich weiß. Ich hätte dir hinten ein Bett zurechtmachen sollen, damit du schlafen kannst."

Norm kletterte die Leiter hinab. „Du machst dir zu viel Sorgen, meine Liebe. Ein Abenteuer wie das hier ist gut für den Jungen. Ich habe meine Jungs früher auch manchmal mitten in der Nacht mit nach draußen genommen, damit wir uns einen vorbeifliegenden Meteor anschauen konnten."

„Einmal sind wir auf einen Hochsitz geklettert und haben Rehe dabei beobachtet, wie sie mit ihren neugeborenen Kitzen vorbeigezogen sind", erzählte Gideon.

Gabriel erinnerte sich an die Stille in den Stunden vor der Dämmerung und an die staksigen Bewegungen der Jungtiere. Das war eine der wenigen Gelegenheiten gewesen, bei der sein Dad ihn nicht angeschrien oder sich darüber beschwert hatte, dass er nicht Manns genug war.

„Das war eine schöne Nacht", gab er zu.

Carter und Felicia krabbelten ins Schaufenster und begannen, die Geschenke zu arrangieren, die Karen ihnen reichte.

Gabriel und Gideon gaben ihnen die drei Roboter dazu, während Norm mit einem Walkie-Talkie nach draußen ging. Er stellte sich auf den Bürgersteig und erteilte Anweisungen, wie sie die Roboter ausrichten sollten.

Gabriel und Gideon schlossen die Lichter an und prüften die Verbindungen. Als alle Lichter ansprangen, schaltete Gideon seinen Laptop dazu und drückte auf Enter. Musik ertönte, und die Lichter begannen zu blinken.

Es dauerte noch fast eine Stunde, bis sie alles am rechten Platz hatten. Gerade als Gabriel letzte Hand anlegte, klopfte jemand an die Ladentür.

Felicia eilte hinüber, um aufzumachen.

„Patience!“, rief sie.

Ihre Freundin trug zwei Tabletts mit To-go-Bechern.

„Ich habe gehört, dass ihr schon die ganze Nacht schuftet“, sagte sie. „Also habe ich ein bisschen eher aufgemacht, damit ich euch einen Kaffee bringen kann. Ich habe normalen und entkoffeinierten.“

„Ich nehme den ohne Koffein“, meinte Norm. „Schatz, für dich auch?“

Karen nickte. „Ich will ja noch ein wenig schlafen heute Morgen.“

Patience reichte ihnen die Becher. Anschließend gab sie auch Carter einen. „Heiße Schokolade mit extra Sahne.“

„Danke.“ Carter strahlte sie an.

Die anderen nahmen den normalen Kaffee. Danach hielt Patience noch eine Tüte mit Donuts auf. „Frisch aus der Bäckerei“, verkündete sie. „Das Schaufenster sieht übrigens toll aus.“

Karen nahm ihr die Tüte ab. Nachdem sie einmal tief den Duft eingeatmet hatte, seufzte sie. „Ich liebe diese Stadt.“

Ihr Mann sah sie eine Sekunde lang an, ehe er sich zu Patience drehte. „Vielen Dank, dass Sie uns das alles gebracht haben! Ich kann mich noch gut daran erinnern, als ich auch jeden Morgen so früh aufstehen musste."

„Inzwischen habe ich mich daran gewöhnt", meinte sie lachend. „Die ersten Wochen waren allerdings ziemlich hart. So, jetzt muss ich aber zurück in meinen Laden. Es kommt eine erstaunlich große Anzahl von Stammkunden, die schon um fünf Uhr Schlange stehen." Sie wandte sich um, um zu gehen, doch dann fiel ihr noch etwas ein. „Oh, Chief Barns bat mich, euch daran zu erinnern, gut abzuschließen, ehe ihr geht."

„Natürlich hat sie das", murmelte Gabriel und dachte, dass das typisch für Fool's Gold war. Hier kümmerte sich jeder um jeden.

Carter und Gideon gingen nach draußen, um sich anzuschauen, wie sich die drei Roboter zu den fünf Songs bewegten, die sie programmiert hatten. Karen und Norm machten sich auf den Weg nach Hause, während Gabriel Felicia beim Aufräumen half.

„Danke, dass du uns um Hilfe gebeten hast", sagte seine zukünftige Schwägerin. „Ich mache meinen Freundinnen gern eine Freude, und dies hier war eine einzigartige Gelegenheit."

„Ich sollte *dir* danken."

Felicia lächelte, während sie das übrig gebliebene Geschenkpapier einsammelte. „Du weißt, dass deine Eltern darüber nachdenken, für immer hierherzuziehen, oder?"

„Hm. Eine interessante Vorstellung."

„Gideon weiß nicht so recht, was er davon halten soll, aber ich würde mich darüber freuen. Carter wird es bestimmt genießen, wenn er seine Großeltern in der Nähe hat. Abgesehen von seinem Vater und dir sind sie die einzigen leiblichen Verwandten, die er noch hat. Großeltern zu haben wird ihm helfen, ein Gefühl für Bindungen und Stabilität zu bekommen. Wenn Gideon und ich ein Baby bekommen, können deine Eltern auch hilfreich sein."

„Wird dich das nicht eher stören? Meinst du nicht, dass sie dir im Weg sind?“

Sie schüttelte den Kopf. „Ich bin ohne Familie aufgewachsen. Meine Eltern …“ Sie holte tief Luft. „Ich war schon von früh an auf mich gestellt und wurde schon mit fünfzehn für mündig erklärt. Ich freue mich über Familie, selbst wenn sie angeheiratet ist.“ Sie griff nach den Geschenkbändern. „Gideon sagt, ich soll dich in Ruhe lassen. Das ist der einzige Grund, warum ich dich noch nicht gefragt habe, ob du nicht auch hierbleiben willst.“

„Hörst du etwa auf meinen Bruder?“, fragte er, hauptsächlich, um sie abzulenken. „Du bist doch hundertmal klüger als er.“

„Ich besitze mehr intellektuelles Wissen, aber er weiß viel eher, was normale Leute denken und fühlen. Da verlasse ich mich ganz auf ihn.“

Sie war so ernst, dass es ihm schon leidtat, sie geneckt zu haben. „Er ist einer von den Guten, und er kann sich glücklich schätzen, dass er dich hat.“

„Danke. Ich habe auch Glück gehabt. Es tut mir leid, dass es in deinem Leben keinen besonderen Menschen gibt. Dafür muss es einen Grund geben.“

Das klang leider fast so wie Ana Raquels Kommentar, dass er inzwischen ein Alter erreicht hatte, in dem er erklären musste, warum er noch Single war.

„Gideon hat geglaubt, dass Liebe ihn schwach machen würde“, fuhr sie fort. „Dass nur emotionale Distanz ihm ein gewisses Maß an Stärke geben könnte.“ Sie musterte ihn. „Ich hoffe, dass du nicht auch so denkst.“

„Das Leben ist kurz. Morgen kann schon alles vorbei sein.“

Mit ihren grünen Augen musterte sie ihn nachdenklich. „Du hast Angst, ein Risiko einzugehen.“

„So was in der Art.“

„Ich könnte dir Statistiken liefern, aus denen die geringe Wahrscheinlichkeit hervorgeht, dass man seine Frau in frühem Alter verliert. Die basieren natürlich auf versicherungstechnischen Zusammenstellungen." Jetzt wirkte ihr Blick auf einmal spekulativ. „Wenn du jemanden Spezielles im Sinn hättest, könnte ich auch den bekannten Lebensstil und mögliche Gesundheitsrisiken einbeziehen."

„Willst du Genaueres über mich und Noelle wissen?"

„Na ja, offen gestanden würde es mich schon interessieren, wie weit eure Beziehung gediehen ist."

Er ging zu ihr, nahm ihr die Bänder aus der Hand und umarmte sie. „Wie ich schon sagte, Gideon kann sich glücklich schätzen."

„Du versuchst, mich mit einer Demonstration von Zuneigung abzulenken. Ich werde die Frage allerdings nicht vergessen."

Er lachte, als sie die Umarmung erwiderte. „Und ich werde sie nicht beantworten."

Sie seufzte. „Du kannst es einer Frau nicht verübeln, dass sie es versucht."

„Nein, das kann ich wohl nicht."

„Du hast dir sehr viel Mühe gegeben. Und das alles für eine Frau, von der du nicht zugeben magst, dass sie dir etwas bedeutet."

Er dachte daran, wie glücklich Noelle gewesen war, als sie Pläne für den Schaufenster-Wettbewerb geschmiedet hatte, und wie dann alles schiefgelaufen war. Betreten erinnerte er sich dann daran, wie distanziert er sich verhalten hatte, aus Gründen, die er selbst nicht einmal erklären konnte. Und dass er sie damit vermutlich sehr verletzt hatte.

Ich hätte es ihr erklären sollen, dachte er grimmig. Er hätte ihr erzählen sollen, dass … Ja, was? Was hätte er sagen sollen? Dass er lieber mit ihr als mit irgendjemandem sonst zusammen war? Dass sie einfach süß und witzig und bezaubernd war, und dass er sich fast vorstellen konnte, es könnte etwas für immer sein? Aber dann? Er blieb nicht hier, und selbst wenn, wollte er nicht allzu viele Gefühle entwickeln. Er wollte dieses Risiko nicht noch einmal eingehen. Was, wenn er sie zu lieben begann, nur um sie dann doch wieder zu verlieren?

„Sie verdient jemanden Besseres als mich“, sagte er schließlich. Jemanden, der bereit war, alles zu riskieren.

„Das ist doch das Tolle und das Unglaubliche an der Liebe“, entgegnete Felicia. „Wir bekommen ganz oft mehr, als wir verdienen.“

„Ich verstehe das nicht“, sagte Noelle fassungslos, während sie auf das Schaufenster blickte. Bunte Lichter leuchteten im Takt der Musik auf. Ein wunderhübsch geschmückter Baum reichte bis zur Decke des Fensters, während drei Roboter sich hin und her bewegten und sorgfältig Geschenke einpackten.

Sie hatte eine ziemlich unruhige Nacht verbracht, immer wieder nach ihrer neuen Katzenfamilie geschaut und sich Sorgen um Gabriel gemacht. Nachdem sie bei Bürgermeisterin Marsha vorbeigeschaut und ihr erzählt hatte, dass sie und Gabriel in der Hütte übernachtet hatten, wusste sie nicht mehr so recht, was sie tun sollte. Sie konnte nicht einmal neues Essen für die Hütte kochen, denn die Bürgermeisterin hatte ihr erklärt, ein städtisches Komitee sei für die Bevorratung der Hütte verantwortlich; man würde sich um alles kümmern. Noelle hatte versprochen, die gewaschene Bettwäsche bis Ende der Woche wieder abzuliefern. Was bedeutete, dass sie nicht wirklich mehr etwas zu tun und somit viel Zeit zum Nachdenken hatte.

Wohl ein Dutzend Mal hätte sie Gabriel fast angerufen, nur um festzustellen, dass sie eigentlich nicht wusste, was sie sagen sollte. Sie hatte sich gefragt, ob er überhaupt an sie dachte. Und jetzt sah sie, was er für sie getan hatte.

„Wir haben viel Spaß gehabt", gab Felicia zu und umarmte sie. „Die ganze Familie hat zusammengearbeitet. Das war eine ausgezeichnete Erfahrung, die das Zusammengehörigkeitsgefühl gestärkt hat. Das muss ich mir für die Zukunft merken. Wenn mal eine Situation heikel werden sollte, bringt eine gemeinsame Aufgabe die Menschen wieder näher."

Sie deutete auf die unterschiedlichen Aspekte des Designs und erklärte, wie Noelle die diversen Fernbedienungen handhaben musste, um alles entsprechend in Gang zu setzen.

„Ich weiß, dass die Entscheidung heute Morgen schon fällt", meinte Felicia, „aber es wäre äußerst befriedigend, wenn du die Deko noch ein paar Tage behalten würdest."

Noelle lehnte sich gegen ihre Freundin. „Die behalte ich für immer."

„Das wäre dann wohl doch ein wenig übertrieben", schalt Felicia sie. „Doch ich weiß den Sinn deiner Worte zu schätzen." Sie musterte das Fenster. „Der kunsthandwerkliche Teil war sehr befriedigend. Vielleicht sollte ich mal einen Kurs belegen und Stricken lernen."

Noelle grinste und überlegte, dass ihre Freundin dann vermutlich eine effizientere Methode entwickeln würde, um Wolle zu verarbeiten. Oder vielleicht würde sie gleich neue Fasern erfinden.

„Ich fasse es nicht, dass ihr das für mich getan habt."

„Natürlich haben wir das", meinte Felicia. „Wir lieben dich. Okay, ich liebe dich, und Carter und Gideon mögen dich sehr. Gideons Eltern kennen dich ja nicht so gut, und über Gabriels Gefühle kann ich mir kein Urteil erlauben, aber er wirkte sehr entschlossen."

Er wollte helfen, dachte Noelle. Ein Teil von ihr, der, der sie beim Anblick von Gabriel immer erzittern ließ, wollte so gern glauben, dass das etwas zu bedeuten hatte. Doch die pragmatische Seite in ihr warnte, dass eine Schaufensterdekoration noch keine Beziehung machte.

„Du bist doch bestimmt völlig fertig“, sagte Noelle. „Gehst du jetzt nach Hause und schläfst dich erst einmal aus?“

„Nein, ich möchte wach bleiben und herausfinden, wie meine kognitiven Fähigkeiten aufgrund von mangelndem Schlaf nachlassen. Das wird bestimmt interessant.“

Noelle tätschelte ihr den Rücken. „Du solltest dir wirklich ein Hobby zulegen.“

12. KAPITEL

Noelle hielt die Schleife, die sie für den zweiten Platz gewonnen hatte, fest in ihrer Hand. Ihr war bewusst, dass sie wie ein Honigkuchenpferd grinste, aber sie konnte nichts dagegen tun. Der zweite Platz! Und das bei ihrer ersten Teilnahme. Natürlich konnte sie die Lorbeeren dafür nicht einheimsen – Gabriel und seine Familie hatten ja die ganze Arbeit geleistet. Aber trotzdem war sie begeistert, dass sie jetzt hier zusammen mit all den anderen Ladenbesitzern unter dem großen Weihnachtsbaum stehen und der lobenden Ansprache der Bürgermeisterin lauschen durfte.

Josh Golden, der Besitzer des erstplatzierten Schaufensters, nahm die Siegestrophäe entgegen und zwinkerte ihr zu. „Im nächsten Jahr werde ich wohl Probleme bekommen. Bis dahin hat Noelle bestimmt herausgefunden, worum es hier geht."

„Ja, darum, die Preisrichter mit Donuts zu bestechen", rief jemand aus dem Hintergrund. Josh grinste nur.

Noelle lehnte sich gegen Patience. „Das ist so großartig", sagte sie. „Ich bin überglücklich! Im nächsten Jahr werde ich ganz früh mit den Planungen anfangen. Am besten gefällt mir, dass sich die Deko bewegt. Felicia hat mir schon versprochen, dass sie und Carter mir wieder dabei helfen. Nächstes Jahr hat Josh keine Chance mehr."

Patience tätschelte ihr den Rücken. „Das ist das Konkurrenzdenken, das wir zu Weihnachten besonders schätzen."

Noelle lachte. „Oh, tut mir leid! Ich kann nicht anders. Ich bin Zweite geworden!"

Melissa trat zu ihnen. „Ist das nicht toll, dass am Ende alles so gut ausgegangen ist?" Darin waren sich alle einig.

Nach der Verleihung der Preise machten sie sich wieder auf den Weg zurück zu ihren Geschäften. Patience verschwand im

Brew-haha, während Noelle und Melissa in die 4th Street bogen und auf The Christmas Attic zusteuerten.

Gabriel half gerade einer Kundin beim Auswählen einer Weihnachtsuhr. Er blickte auf, als sie den Laden betraten. Der Ausdruck in seinen dunkelblauen Augen war unergründlich, er wirkte freundlich, aber distanziert.

Er ist wieder da, dachte Noelle sowohl überrascht als auch erfreut. Sie wusste immer noch nicht, was geschehen war oder wie sie es wieder geradebiegen konnte. Auch wenn sie sich sicher war, dass es nichts gab, wofür sie sich entschuldigen musste, blieben viele Fragen offen. Natürlich könnte sie eine Erklärung von ihm verlangen, aber was würde es bringen? Ihn einfach in Ruhe zu lassen, erschien ihr das Vernünftigste. Wenn er Abstand brauchte, dann würde sie ihn mit Worten nicht von seinem Entschluss abbringen können. Sollte er zu einer Lösung gelangen und ihr wieder nahe sein wollen, war sie offen dafür, allerdings würde sie dann eine vernünftige Erklärung für sein Verhalten verlangen. Doch das hieß nicht, dass sie das, was er für sie getan hatte, ignorieren konnte.

Also ging sie zu ihm hinüber. „Vielen Dank", sagte sie leise, während seine Kundin die Uhr inspizierte. „Das Schaufenster ist großartig geworden."

„Gern geschehen." Sein Blick ruhte einen Moment lang auf ihr und machte ihr Hoffnung.

Noch einmal schenkte sie ihm ein Lächeln, ehe sie die Ehrenschleife an die Kasse hängte und dann nach hinten ging, um ihren Mantel auszuziehen. Anschließend machte sie sich an die Arbeit.

Es war ein geschäftiger Vormittag. Ihre Freundin Charlie kam vorbei, um sich Weihnachtsbaumschmuck anzuschauen. Sie entschied sich für eine mundgeblasene Ballerina, die sie ihrer Mutter schenken wollte. Kurz darauf rief Isabel an, um ihr zu berichten, dass sie ein neues Kleid geliefert bekommen hatte.

„Ich weiß ja, dass wir für dich eigentlich schon eins ausgesucht haben", sagte Isabel am Telefon. „Aber dies hier ist auch fantastisch, und es würde perfekt über deinen kleinen Hintern passen, auf den ich mehr als neidisch bin."

„Du bist unglaublich schön, und Ford liebt dich."

„Ja, mag sein, aber ich würde mich mehr lieben, wenn ich zehn Pfund weniger wiegen würde. Aber schon während ich so was sage, verspüre ich unbändigen Appetit auf Kekse." Sie seufzte. „Mein Leben ist kompliziert. Wie auch immer, komm vorbei, wenn du Zeit hast, und dann kannst du beide anprobieren und dich entscheiden."

„Mein kleiner Hintern und ich kommen heute Nachmittag vorbei", versprach Noelle lachend.

„Emotionale Krise bei den Krippen", murmelte Melissa, als sie mit zwei Adventskränzen in den Händen an Noelle vorbeieilte.

Noelle drehte sich um und sah eine Touristin mittleren Alters, die sich Tränen aus den Augen wischte.

„Ich muss Schluss machen", sagte sie zu Isabel. „Bis nachher."

Sie legte auf und ging schnell zu der Kundin.

„Kann ich Ihnen helfen?", fragte sie bewusst freundlich.

Die Frau schaute sie an. „Es tut mir leid. Ich benehme mich total dumm. Das liegt an diesem albernen Kürbis, den Sie hier haben. Wer kommt schon auf die Idee, eine Krippe aus Kürbissen zu machen? Doch das erinnert mich daran, dass ich als kleines Mädchen Weihnachten bei meiner Urgroßmutter verbracht habe, weil meine Mutter meinen kleinen Bruder bekommen hat. Ich kannte Nana nicht sehr gut. Um ehrlich zu sein, sie hat mir sogar ziemliche Angst eingejagt. Sie war so streng, und sie hatte so einen merkwürdigen Akzent. Das war alles ziemlich einschüchternd für eine Vierjährige. Aber ich erkannte schnell, dass sie ganz lieb und lustig war, und sie hatte diese Krippe aus alten, getrockneten Äpfeln. Etwas, das ihre Großmutter gemacht hatte. Es war total ungewöhnlich, aber auch sehr hübsch, und das hier erinnert mich daran."

Noch mehr Tränen flossen.

„Ich muss sie haben", sagte die Frau.

„Sie sind genau diejenige, auf die diese Krippe gewartet hat", bekräftigte Noelle lächelnd.

Gabriel war sich bewusst, was er tat. Er ging Noelle aus dem Weg. Er war zwar zur Arbeit erschienen, doch abgesehen von höflicher Konversation, die den Laden betraf, wollte er nichts weiter mit Noelle zu tun haben. Es war fast so, als wären sie Fremde, die einander nicht einmal besonders mochten.

Eigentlich war er darauf gefasst gewesen, dass sie ihm böse war oder ihn entlassen würde oder irgendetwas dergleichen. Doch sie hatte ihm für das, was er getan hatte, gedankt und sich dann mit einem Lächeln auf den Lippen – das sogar ihn einschloss – wieder um ihren Laden gekümmert. Sogar jetzt, als sie eine weinende Kundin zur Kasse lotste, diese alberne Kürbiskrippe in der Hand, warf sie ihm ein verstohlenes Grinsen zu.

Nicht einmal das, was er und seine Familie mit dem Schaufenster angestellt hatten, konnte sein schlechtes Benehmen nach einer unglaublichen Liebesnacht wieder wettmachen. Er kam sich vor wie der Grinch, nachdem er in Whoville alle Geschenke gestohlen hatte. Doch die Whos hatten sich davon nicht beirren lassen. Sie feierten Weihnachten trotzdem und waren glücklich, genau wie Noelle.

Gabriel verstand es nicht. Wieso war sie nicht sauer? Wieso verlangte sie keine Erklärung? Sie hatten miteinander geschlafen. Sie waren sich körperlich und geistig unglaublich nahe gekommen, und danach hatte er ihr einfach den Rücken gekehrt, ohne ihr zu sagen, warum. Hatte sie da nicht das Bedürfnis, ihn windelweich zu prügeln?

Entweder war sie die beste Schauspielerin, die man sich nur denken konnte, oder ihr machte es wirklich nichts aus. Er vermutete, dass Letzteres zutraf, was ihn eigentlich noch deutlich mehr störte.

Kurz nach fünf, als sie am Aufräumen waren, folgte er Noelle ins Hinterzimmer und schloss die Tür hinter sich.

Noelle schaute ihn an. „Was gibt's?"

„Du bist nicht sauer."

„Sollte ich das sein?"

„Ja. Du solltest fuchsteufelswild sein. Wir hatten Sex dort oben in der Hütte, und dann habe ich mich davongestohlen. Zwar nicht wortwörtlich, aber emotional. Es wurde mir, ehrlich gesagt, alles zu viel."

„Aber du hast dich um meine Schaufensterdekoration gekümmert."

„Das hat nichts mit Sex zu tun."

„Gut zu wissen. Okay – du hast dich zurückgezogen. Weißt du, warum?"

Er stopfte die Hände in die Jeanstaschen und zog sie gleich darauf wieder raus. Hier ist es eindeutig zu eng, dachte er, während er versuchte, auf und ab zu gehen. Leider wurde er jedoch von diversen Kisten und dem kleinen Tisch, den Noelle immer benutzte, daran gehindert.

„Ich konnte mit der ganzen Situation nicht umgehen", gab er zu und drehte sich wieder zu ihr herum. „Du, wir, die Katzen. Ich kann dir das, was du möchtest, nicht geben. Kann nicht der sein, den du brauchst. In meinem Kopf herrscht einfach ein zu großes Chaos. Ich gehe zurück."

„Zur Army?", fragte sie.

„Ich weiß es nicht. Vermutlich sollte ich das tun."

„Möchtest du es denn?"

Eine Frage, auf die er keine Antwort hatte. „Ich kann dort etwas bewirken", meinte er schließlich. „Und es ist mir wichtig, auch weiterhin etwas zu bewirken. Manchmal kommen so viele Verwundete“, fügte er hinzu und dachte an den Traum, von dem er ihr niemals erzählen würde.

Eine ganze Weile musterte sie ihn eindringlich, bevor sie langsam nickte. „Was auch immer dir Sorgen bereitet – du glaubst, ich kann damit nicht umgehen. Du denkst, ich bin nicht stark genug.“

„Du lebst hier in dieser Welt. Selbst wenn ich meine feste Überzeugung überwinden könnte, dass ich innerhalb von einer Sekunde all das, was mir wichtig ist, verlieren kann, selbst wenn ich bereit wäre, dieses Risiko einzugehen, ich kann es nicht. Schau dir doch diesen Ort an! Das hier ist Fool's Gold. Hier gibt es Elefanten, die als Weihnachtsmann verkleidet in einer Parade mitmarschieren. Ich glaube, dass die Welt, die ich kenne, dich zu einem anderen Menschen machen würde.“

Sie schaute ihm in die Augen. Da er keine Ahnung hatte, was sie dachte, machte er sich auch nicht die Mühe, es herauszufinden. Stattdessen genoss er einfach den Anblick ihres Gesichts, ihrer perfekt geschwungenen Lippen und genoss es, wie ihr blondes Haar bei jeder Bewegung mitschwang.

„Okay. Mal sehen, ob ich das richtig verstehe“, begann sie. „Du bist mir zu schnell zu nahe gekommen. Meine faszinierende Persönlichkeit und der tolle Sex waren einfach zu viel für dich, deshalb hast du die Flucht ergriffen. Emotional, wenn auch nicht wortwörtlich. Jetzt fühlst du dich schuldig, aber wenn du dich zu ausdrücklich entschuldigst, könnte es passieren, dass ich mehr von dir erwarte, als du zu geben bereit bist. Außerdem hast du Angst, dass ich nicht taff genug bin, um mit dem umzugehen, was auch immer dich umtreibt. Richtig so?“

Im Grunde hatte sie recht, aber ihm gefiel nicht, wie sie ihn charakterisiert hatte. „Ich hätte es nicht auf diese Weise …“

Sie hob die Augenbrauen. „Ja oder nein?“

„Ja.“

„Wir treffen uns nach Feierabend bei mir. Und wehe, du kommst nicht! Ich muss dir etwas zeigen."

Mit diesen Worten öffnete sie die Tür und ging zurück in den Laden.

Gabriel sah ihr hinterher. Er war sich nicht sicher, was gerade geschehen war, aber wenn sie einen Kampf ausgefochten hatten, dann hatte er wohl auf ganzer Linie verloren.

Wie befohlen, tauchte Gabriel nach Feierabend in Noelles kleinem Haus auf. Sie öffnete ihm die Tür, in jeder Hand eine Katze. Lachend reichte sie ihm eine.

„Das ist eine völlig absurde Anzahl von Katzen", erklärte sie, während sie vorsichtig über die beiden Mutterkatzen hinwegstieg, als sie zur Seite trat, um Gabriel reinzulassen. „Ein Wurf wäre ja schon schlimm genug gewesen, aber zwei?"

Er sah, dass die jüngeren Kätzchen ihre Kiste immer noch nicht verlassen konnten, doch inzwischen waren sie schon deutlich aktiver. Sie kletterten übereinander in dem Bemühen, es ihren älteren Freunden gleichzutun.

Die Mutterkatzen hatten ihre anfängliche Schüchternheit auch abgelegt und strichen ihm jetzt um die Beine.

„Sie haben gerade gefressen", erklärte Noelle. „Nach einer Mahlzeit sind sie immer besonders anschmiegsam." Sie setzte das Kätzchen, das sie in der Hand hielt, auf den Boden.

Auch Gabriel setzte seine Katze wieder ab und folgte Noelle in das kleine Gästezimmer, das sie in ein Arbeitszimmer umfunktioniert hatte. Auf dem Schreibtisch stand ein Laptop und davor zwei Stühle. Neben dem Laptop befand sich eine Plastikkiste gefüllt mit Ordnern und Akten.

„Setz dich", sagte sie und öffnete die Kiste.

Gabriel gehorchte, nicht sicher, wohin das hier alles führen sollte. Auch wenn Noelle durchaus freundlich zu ihm war, wirkte sie angespannt, so als wollte sie sich verteidigen. Er hatte keine Ahnung, was in der Kiste sein könnte. Ihr Strafregister? Steuerbetrugsakten? Adoptionsunterlagen für sechs Kinder?

Sie reichte ihm einen Ordner. Darauf waren der Name eines Krankenhauses sowie ihr Name vermerkt.

„Eine Krankenakte?“, fragte er.

Sie nickte.

„Noelle, du musst mir nicht …“

„Schau es dir einfach an, okay?“

Er öffnete den Ordner und las die erste Seite. Die Diagnose stach ihm sofort ins Auge. Akute myeloische Leukämie – AML. Nicht zwangsläufig ein Todesurteil, aber eine sehr seltene Krankheit, vor allem für jemanden in Noelles Alter. Die Behandlung bestand aus einer – häufig sehr aggressiven – Chemotherapie. Wenn das nicht half, versuchte man es in der Regel mit einer Knochenmarktransplantation. Viel mehr wusste er darüber nicht, da es nicht sein Fachgebiet war.

Die Krankenakte reichte drei Jahre zurück. Er las ihre ursprüngliche Diagnose und die Prognose – abhängig davon, wie sie auf die Behandlung reagieren würde. Je mehr er las, desto mehr zog sich ihm das Herz zusammen, denn anscheinend hatte Noelle nicht gut auf die Chemo reagiert und wäre fast gestorben.

Er betrachtete sie, ihre gesunde Gesichtsfarbe, das glänzende Haar. „Da hast du ja einen weiten, harten Weg hinter dir“, sagte er leise.

„Das kannst du dir nicht vorstellen.“

Sie reichte ihm ein Foto, auf dem sie in einem Krankenhausnachthemd zu sehen war. Sie war extrem dünn, blass und hatte keine Haare mehr. In ihrem Arm steckte eine Kanüle.

„Ich war schon eine Weile krank gewesen“, erzählte sie und hob eine der Katzen hoch, die ihnen ins Arbeitszimmer gefolgt war. „Ich hatte mich einfach nicht wohl gefühlt. Mein Arzt machte eine Blutuntersuchung und fand ein paar Auffälligkeiten. Eigentlich bin ich davon ausgegangen, dass es sich um Stresssymptome handelt, nachdem ich meine Mom und meine Großmutter verloren hatte."

Sie schmuste mit dem Kätzchen, das sofort anfing zu schnurren.

„Aber es steckte mehr dahinter. Also ging ich zu einem Spezialisten, der einen aggressiven Plan ausarbeitete. Es würde die Hölle werden, aber er war ziemlich zuversichtlich, dass er damit alles wegbekommen würde."

Sie schenkte ihm ein schwaches Lächeln. „Du kannst dir nicht vorstellen, wie oft man eine Spritze verpasst bekommt, wenn man so etwas durchmacht. Was der Tatsache, dass ich beim Anblick von Blut in Ohnmacht gefallen bin, eine gewisse Ironie verleiht, oder?"

Gabriel legte den Ordner zurück auf den Schreibtisch und versuchte, all das, was Noelle ihm gerade erzählte, zu verarbeiten. Ungläubigkeit vermischte sich mit Entsetzen angesichts dessen, was sie hatte durchmachen müssen. Er hatte sich in ihr getäuscht. Sie wusste so einiges über körperliches Leiden.

„Du hättest sterben können", platzte es aus ihm heraus.

„Wäre ich auch fast, mehrmals sogar. Aber ich entschloss mich, zu kämpfen, weil ich der festen Überzeugung war und bin, dass das Leben mir noch mehr zu bieten hat als nur diese Krankheit." Sie holte tief Luft und sah ihn an. „Ich war verlobt. Das Hochzeitsdatum stand fest, und alles war geplant. Es wurde erstmal alles auf Eis gelegt."

Aber nicht, weil sie es gewollt hatte, begriff er und ahnte schon, was jetzt kam.

„Er hat dich verlassen", meinte er tonlos.

Sie zuckte mit den Schultern. „Er konnte einfach nicht damit umgehen. Technisch gesehen bin ich geheilt. Vielleicht habe ich ein langes, gesundes Leben vor mir, vielleicht werde ich aber auch morgen wieder krank. Niemand weiß es. Rein statistisch gesehen könnte ich locker achtzig werden, aber Jeremy wollte hundertprozentige Sicherheit. Also ja, er hat mich verlassen. Als ich wieder in der Anwaltskanzlei arbeiten konnte, gab man mir keine richtigen Fälle mehr. Sie haben mir deutlich zu verstehen gegeben, dass ich nicht länger willkommen war. Ich hatte Schwäche gezeigt, daher war bei ihnen kein Platz mehr für mich."

Zu gern hätte Gabriel sie berührt, sie getröstet, aber Noelle brauchte diesen Trost gar nicht. Sie war viel stärker, als ihm bewusst gewesen war.

„Also hast du eine Nadel in die Landkarte gepiekt", murmelte er.

„Und bin hier gelandet, mit einem eigenen Laden, mit neuen Freunden und einem wunderbaren Leben." Sie lächelte. „Es gibt so vieles, wofür ich dankbar bin. Mein eigenes medizinisches Wunder. Auch wenn ich nicht all das gesehen habe, was du hast mitansehen müssen, musste ich meinen eigenen Kampf ausfechten. Ich weiß, was es bedeutet, überwältigt und völlig erschöpft zu sein, während man sich die Seele aus dem Leib kotzt. Ich bin taff, Gabriel. Jeden Monat nehme ich ein oder zwei Pfund zu. Im nächsten Jahr um diese Zeit habe ich meine Kurven wieder und freue mich darauf, wie Isabel zu sein, die sich um zehn Pfund Übergewicht Sorgen macht. Denn das ist so albern und so normal, und jedes Mal, wenn sie sich über ihre Hüften oder Oberschenkel beklagt, schwöre ich mir, dass ich da auch wieder hinkomme."

Sie setzte das Kätzchen auf den Boden und griff nach Gabriels Hand. „Ich weiß, wie das mit den Dämonen ist, die einen verfolgen. Ich kenne das Gefühl von vertanen Gelegenheiten, und glaub mir, ich weiß, dass es für nichts eine Garantie gibt. Es tut mir leid, dass die Lektion, die du aus deinen Erfahrungen gezogen hast, dir sagt, dass es sinnlos ist, eine Chance zu ergreifen. Ich dagegen finde, man muss *jede* Chance, die sich einem bietet, ergreifen. Wir sind die Summe unserer Erfahrungen, und die sollten aus einem Gefühl von Staunen und Neugier heraus entstehen."

Sie lächelte ihn an. „Ich weiß nicht, ob du bei der Army bleibst oder nicht, aber ich weiß, dass du Fool's Gold wieder verlässt. Ich weiß, dass die Sache zwischen uns nicht von Dauer ist, aber ich möchte trotzdem mit dir zusammen sein. Ich möchte, dass wir Freunde sind, und ich möchte dich als Liebhaber. Und nur damit das klar ist: Wenn du nicht mehr mit mir schlafen willst, nachdem du das alles über mich gehört hast, dann bist du längst nicht so klug wie du aussiehst."

Das ist alles zu viel, dachte er. Er hatte sich grundlegend in Noelle getäuscht. Nie im Leben wäre er darauf gekommen, dass sie krank gewesen war. All die Anzeichen waren ihm entgangen. Schlimmer noch, er hatte ihre gemeinsame Zeit völlig falsch interpretiert, weil er immer nur an sich gedacht hatte.

„Ich bin solch ein Idiot", sagte er, stand auf und zog auch Noelle hoch.

„Gute Antwort."

Scharfe Krallen bohrten sich in sein Bein. Als er nach unten blickte, sah er, dass das Kätzchen versuchte, an seiner Jeans hochzuklettern. Er packte die kleine Katze und zog sie vorsichtig weg, bevor er sie auf den Boden setzte. Dann griff er nach Noelles Hand, und zusammen gingen sie ins Schlafzimmer.

Nachdem sie vorsorglich die Tür hinter sich geschlossen hatten, umfasste er ihr Gesicht mit beiden Händen und musterte es. „Du bist so unglaublich schön", erklärte er, bevor er den Kopf senkte und sie küsste.

Ihr Mund war weich und nachgiebig, aber als er mit der Zunge über ihre Unterlippe strich, spürte er, dass Noelle mit wachsender Leidenschaft reagierte. Auch in ihm erwachte das

Verlangen nach ihr wieder – es war im Grunde nie ganz weg gewesen. Jetzt schoss es durch seinen Körper und brachte sein Blut zum Kochen, sodass er kaum noch einen anderen Gedanken fassen konnte, als den, wie er Noelle möglichst überall berühren … wie er sich in ihr vergraben konnte.

Sie ist ein Geschenk, das ich nicht verdient habe, dachte er, während er die Hände über ihren Rücken bis hinunter zu den Hüften gleiten ließ. Aufreizend langsam wanderte er dann wieder aufwärts und genoss es, ihren Körper zu erkunden, ehe er schließlich ihre Brüste umschloss.

Noelle stöhnte leise, und als sie den Kopf zurückfallen ließ, glitt er mit den Lippen über ihren Hals.

„Bitte sag mir, dass du Kondome besorgt hast", flüsterte er an ihrer Haut.

Sie lachte und griff nach dem Saum ihres Pullovers. „Natürlich." Ihre Augen funkelten amüsiert. „Extra large."

„Braves Mädchen."

Irgendwann nach Mitternacht zog Noelle sich einen Morgenrock über und ging in die Küche. Es war schon zu spät, um sich etwas liefern zu lassen, also würde sie nachsehen, was ihr Kühlschrank noch hergab. Zu schade, dass sie sich nicht ein paar Aufläufe aus der Hütte hatten mitnehmen können. Das Essen dort war köstlich gewesen.

Im Tiefkühlschrank entdeckte sie eine gefrorene Pizza. Das musste reichen. Als sie den Ofen anstellte, kam eine der Katzenmütter in die Küche spaziert und miaute. Der Blick, den die Katze ihr zuwarf, war sowohl neugierig als auch wissend.

„Ja, wir haben es getan", gab Noelle ihrem Hausgast gegenüber zu.

Die Katze miaute erneut.

„Mir sind die Konsequenzen durchaus bewusst. Ich werde schon nicht schwanger werden."

Die Katze blickte sie nur mitleidig an, so, als wollte sie sagen, es gibt noch ganz andere folgenschwere Konsequenzen.

„Du meinst, ich könnte mich verlieben?“, fragte Noelle munter. Die Antwort darauf kannte sie bereits. Sie liebte Gabriel. Sie war sich nicht sicher, wann oder wo es passiert war, auf jeden Fall war es passiert. Natürlich war es völlig idiotisch, aber sie konnte es nicht mehr ändern und wollte es auch gar nicht.

„Was hältst du davon?“, fragte Gabriel und drehte den Laptop so, dass Noelle auf den Monitor blicken konnte.

Mit zusammengekniffenen Augen schaute sie auf das Bild. „Es ist ein Buch.“

„Eine Reihe von Büchern“, korrigierte er sie.

„Und das macht es besser?“, fragte sie lachend.

Sie hatten es sich auf dem Sofa gemütlich gemacht und verbrachten zusammen einen ruhigen Sonntagnachmittag. Seit ihrer gemeinsamen Nacht war Gabriel nicht mehr gegangen. Offiziell war er nicht bei ihr eingezogen, aber während der vergangenen Tage hatte er angefangen, seine Klamotten und sein Waschzeug mitzubringen.

Noelle wusste nicht genau, was diesen Sinneswandel hervorgerufen hatte. Es hatte wohl etwas mit ihrer Krankheit zu tun, aber ihr war nicht klar, ob Gabriel jetzt dachte, dass sie seine Welt besser verstand, oder ob er glaubte, sie wäre taff oder dergleichen. Doch sie hatte nicht vor, ihn danach zu fragen. Wenn ihr Ziel darin bestand, das Leben voll auszuschöpfen, dann sollte sie die Zeit mit Gabriel einfach genießen, solange es dauerte, und akzeptieren, dass er irgendwann weg sein würde. Wenn es so weit war, würde sie sicherlich leiden, aber sie würde sich auch wieder erholen.

Mit ihm zusammen zu sein, ihn zu lieben, hatte ihr bewusst gemacht, dass sie in gewisser Weise Angst gehabt hatte, sich wieder mit einem Mann einzulassen. Als Jeremy sie verlassen hatte, war sie so niedergeschlagen gewesen. Auch wenn sie erleichtert gewesen war, wenigstens *vor* der Hochzeit festgestellt zu haben, dass er nicht daran interessiert war, den ‚in schlechten Zeiten'-Teil des Ehegelübdes zu erfüllen, hatte sie sich völlig alleingelassen gefühlt. Und trotz all ihres Geredes, dass sie gern wieder einen Mann um sich herum haben wollte, hatte sie Angst gehabt, das Risiko erneut einzugehen.

Doch das hatte sie jetzt getan. Sie hatte Gabriel ihr Herz geschenkt, was bedeutete, dass sie es irgendwann auch jemand anderem würde schenken können. Somit konnte sie wohl auch diesen Teil von sich als geheilt betrachten, und das fühlte sich gut an.

Gabriel drehte den Computer noch weiter herum, damit sie besser sehen konnte. „Willst du damit sagen, dass Carter sich nicht über Bücher zu Weihnachten freuen würde? Ich dachte, er liest gern."

„Tut er auch. Aber E-Books. Ich weiß ja, dass es schwer für dich ist, in diesem Jahrhundert anzukommen", neckte sie ihn. „Doch es gibt inzwischen Bücher, die du dir herunterladen kannst auf deinen …"

Sie wollte eigentlich noch mehr zu dem Thema sagen, doch Gabriel hatte den Laptop auf den Couchtisch gestellt und drehte sich um, um sie zu packen. Sie versuchte sich zu befreien, weil sie genau wusste, dass er sie gnadenlos durchkitzeln würde. Die Kätzchen, die auf der Sofalehne herumgeturnt waren, schalteten sich sofort ein und sprangen auf ihre Schulter und Gabriels Rücken. Kleine Krallen bohrten sich in ihre Haut.

Gabriel richtete sich auf und zupfte die Katze von seinem Rücken. Anschließend hielt er sie in die Luft.

„Pass nur auf", drohte er, doch seine Stimme klang sehr viel sanfter als seine Worte. Das Kätzchen schlug mit einer Pfote nach ihm, entspannte sich im nächsten Moment aber, als er es auf den Rücken drehte und ihm den Bauch kraulte.

„Ein E-Book zu verschenken, ist nicht dasselbe", grummelte er. „Wie soll ich das denn einpacken?"

„Okay, ich gebe zu, das Einpacken ist ein Problem." Sie hob ihre Katze auf den Schoß und streichelte ihr den Kopf. „Du könntest ihm ein Auto schenken."

„Er ist dreizehn."

„Ja, aber er versucht die ganze Zeit, seinem Vater einzureden, es wäre nie zu früh, um Auto fahren zu lernen."

Gabriel drehte sich und zog dann Noelle an sich. Nachdem er einen Arm um sie geschlungen hatte, gab er ihr einen Kuss auf den Scheitel. Seine Katze begann, an seiner Brust hochzuklettern.

„Kein Auto", erklärte er bestimmt. „Na, dann suche ich eben weiter. Für alle anderen habe ich meine Geschenke beisammen."

Geschenke, die er während der vergangenen Tage online bestellt hat, dachte sie. Sie wurden hierhergeliefert. Er hatte ihr auch schon gesagt, dass er bestimmt Hilfe beim Einpacken brauchen würde.

„Wie lange ist es her, dass du Weihnachten mit deiner Familie verbracht hast?", wollte sie wissen.

„Ewig. Damals war ich, glaube ich, noch im College. Während des Medizinstudiums konnte ich nicht immer weg, weil ich so viel lernen musste."

„Jedenfalls hast du ihnen das erzählt."

„Ja, das auch."

Sie sah ihn an. „Lass mich raten! In der Army hast du dich immer freiwillig für den Dienst über Weihnachten gemeldet, mit der Begründung, dass du es tust, damit die anderen zu ihren Familien können. Aber in Wahrheit wolltest du nur selber vermeiden, nach Hause fahren zu müssen."

„Du hältst dich wohl für ziemlich clever, was?"

„Ja, ich kann es sogar beweisen, ich habe nämlich den Aufnahmetest fürs Jurastudium bestanden."

Er lächelte sie an. „Es war gar nicht so sehr das Nachhausefahren. Zu der Zeit war das Haus meiner Eltern gar nicht mehr mein Zuhause. Aber du hast recht. Ich wollte mich nicht mit ihnen auseinandersetzen. Das tat mir zwar für meine Mom leid, aber auf die Streitigkeiten mit meinem Dad hatte ich wirklich keine Lust."

„Es gefiel ihm nicht, dass du anders warst. Er hat dich einfach nicht verstanden."

„Tut er immer noch nicht."

„Männer wollen, dass ihre Söhne so wie sie werden. Für sie ist es schwierig, diese Vorstellung aufzugeben."

„Jetzt klingst du schon wie Felicia."

Sie lachte hell auf. „Wow, was für ein erstaunliches Kompliment! Aber du weiß natürlich, dass ich recht habe. Dein Dad wurde dazu erzogen, an Ehre und an den Dienst fürs Vaterland zu glauben. Er ist altmodisch. Sobald etwas nicht nach seinen Vorstellungen läuft, ist es falsch."

Er nickte, als er sich zurücklehnte. Die kleine Katze hatte sich auf seinem Oberkörper zusammengerollt und schlief. Gabriel verschränkte die Arme vor der Brust, damit sie nicht herunterrutschte.

„Darüber sollte er jetzt langsam mal hinwegkommen", meinte Gabriel. „Und falls du mir erklären willst, dass es sehr unwahrscheinlich ist, dass das passiert, kann ich nur sagen, das ist mir inzwischen auch klar geworden. Ich vermute ..." Er hielt inne. „Ich vermute, mir gefällt es nicht, was für eine Enttäuschung ich für ihn bin. Statt mich dem jedoch zu stellen, bleibe ich lieber weg."

„Du bist Arzt", sagte sie und überlegte, dass Gabriels Vater definitiv seine Wertvorstellungen überdenken sollte.

„Ich bin aber kein Soldat.“

„Er ist dumm, wenn er deine Verdienste nicht anerkennt.“ Sie kuschelte sich enger an ihn. „Es tut mir leid, dass dein Dad es dir so schwer macht, mit deiner Familie zusammen zu sein.“

„Ich werde künftig wieder engeren Kontakt zu Gideon halten. Er hat sich hier ein Leben aufgebaut. Carter ist ein toller Junge, und wer würde Felicia nicht lieben? Auf brüderliche Art und Weise natürlich.“

„Wie gut, dass du das noch angefügt hast“, neckte sie ihn. „Sonst würde dein Bruder dich in winzige Stücke zerreißen.“

„Ich weiß. Gut für ihn.“

Da schwingt doch etwas in seiner Stimme mit, überlegte sie. War es Sehnsucht? Wünschte er sich insgeheim auch das, was sein Bruder gefunden hatte? Liebe? Einen Ort, an den er gehörte?

All diese Fragen machen dich nur verrückt! schalt sie sich. Gabriel würde bald wieder abreisen. Selbst wenn er bleiben sollte, glaubte sie nicht, dass er auch nur im Mindesten daran interessiert war, eine längerfristige Beziehung einzugehen. Das hatte er von Anfang an klargemacht, und es war klug, das nicht zu vergessen.

Das Klingeln ihres Handys unterbrach ihre Gedanken.

Noelle stand schnell auf und ging hinüber zu dem kleinen Tisch im Flur, wo sie es abgelegt hatte. Bevor sie es in die Hand nahm, setzte sie die Katze ab.

„Hallo?“

„Noelle? Hier ist Chief Barns. Oben in den Bergen ist eine Lawine runtergekommen. Eine ziemlich große, und es waren eine Menge Leute dort unterwegs zum Skilaufen und Snowboarden. Es gibt bestimmt Verletzte. Wissen Sie vielleicht, wo Gabriel Boylan ist? Die Bürgermeisterin meinte, er sei Traumatologe. Solche Leute werden wir brauchen.“

Die Polizeichefin sprach so ruhig, dass Noelle einen Moment brauchte, ehe ihr die Tragweite der Worte bewusst wurde. Doch dann traf es sie wie ein Schlag, und sie fürchtete schon, ohnmächtig zu werden oder sich übergeben zu müssen.

„Er ist hier", sagte sie mühsam beherrscht und drehte sich um, um zum Sofa zurückzugehen. Doch Gabriel stand bereits neben ihr.

„Was ist?", fragte er.

Sie reichte ihm stumm das Telefon.

Er griff danach und hörte Chief Barns zu. Während Noelle das Gefühl hatte, kreidebleich geworden zu sein, blieb Gabriel äußerlich ganz gelassen. Nachdem er eine Reihe von Fragen gestellt hatte, bekam er eine Wegbeschreibung und versprach, gleich da zu sein. Noch ehe er das Gespräch beendet hatte, eilte er schon zur Garderobe.

„Bleib hier", sagte er zu Noelle. „Ich weiß, dass du helfen möchtest, aber dort oben in den Bergen bist du nur im Weg. Organisiere lieber hier in der Stadt alles. Die Leute werden Hilfe benötigen. Nicht nur diejenigen, die verletzt wurden, sondern auch die Familienangehörigen."

Sie verstand, was er meinte. „Ich tue, was ich kann."

Er reichte ihr die Katze, gab ihr noch einen Kuss auf den Mund und war aus der Tür, noch ehe sie Luft holen konnte. Sie starrte aus dem Fenster und sah ihm hinterher, als er davonfuhr.

Auch wenn sie nicht viel über Lawinenunglücke wusste, hatte sie das ungute Gefühl, dass es ganz schrecklich ausgehen konnte. Also griff sie wieder nach dem Handy und begann, herumzutelefonieren.

13. KAPITEL

Der Himmel über dem Gold Rush Ski Lodge and Resort strahlte in einem unglaublichen Blau. Die Straßen waren geräumt, die Temperaturen lagen knapp unter dem Gefrierpunkt. Es war der perfekte Tag zum Skifahren und Snowboarden. Doch durch den Schneesturm, der kürzlich getobt hatte, war reichlich Schnee auf die Altschneedecke gefallen. Gabriel vermutete, dass einige dieser Schichten eher pudrig gewesen waren, und dazwischen hatte sich dann wie bei einem Sandwich nasser Schnee befunden. Das Gewicht des Neuschnees hatte darauf gedrückt und zu einer Lawine geführt.

Er folgte mehreren Polizeiautos und zwei Krankenwagen auf einen Parkplatz. Menschen liefen herum, die meisten in dicke Daunenjacken und Skihosen gehüllt. Nachdem er den Wagen geparkt hatte, eilte er in das Gebäude, das offenbar zur Kommandozentrale erhoben worden war.

„Dr. Gabriel Boylan“, identifizierte er sich gegenüber einer großen Feuerwehrfrau, die die Helfer entsprechend ihrer Qualifikation aufteilte. „Traumatologe.“

„Gut“, sagte sie und deutete zu einem großen Hotel. „Der Ballsaal befindet sich auf der Hinterseite. Dort wird die Unfallstation eingerichtet. Sie sind verantwortlich für die Erstaufnahme.“

„Wie viele Leute werden vermisst?“

Die Frau – ein Schild wies sie als C. Dixon aus – verzog das Gesicht. „Wir wissen es nicht. Die Polizei ist dabei, die Nummernschilder von den Autos auf dem Parkplatz in den Computer einzugeben, um die Namen herauszufinden. Es waren Einheimische unterwegs, Leute, die für einen Tag hier nach oben gekommen sind, und natürlich die, die in der Stadt Urlaub machen. Eine ganze Menge Schulen nutzen jetzt so kurz vor den Ferien die Zeit für Ausflüge. Es ist gut möglich, dass sich so zwei- bis dreihundert Leute auf dem Berg in der Nähe des Lawinenabgangs aufgehalten haben. Eventuell geht es allen gut …“ Sie schluckte. „Oder auch nicht.“

Er nickte und machte sich auf den Weg zum Hotel. Bevor er dort jedoch eingelassen wurde, musste er sich noch einige Male ausweisen, und konnte erst dann im Laufschritt zum riesigen Ballsaal eilen.

Die Notfallgerätschaften wurden schon hereingeschafft. Lastwagen standen am Hintereingang des Ballsaals und luden die Sachen aus. Gabriel registrierte, dass man Tragen und Infusionsständer an einer Wand aufstellte.

„Gabriel!“

Er drehte sich um und sah Felicia auf sich zulaufen. Sie warf sich in seine Arme und klammerte sich an ihn.

„Gideon und Carter waren Snowboarden“, sagte sie. Ihr Körper zitterte, während sie sprach. „Deine Eltern waren Skilaufen, aber mit denen habe ich schon gesprochen, ihnen geht es gut. Ich sollte eigentlich mit ihnen fahren, aber ich bin in solchen Sportarten nicht sonderlich gut.“ Sie hob den Kopf und sah ihn mit Tränen in den Augen an. „Was für eine alberne Bemerkung. Liegt wohl am Schock und an der Angst, aber trotzdem. Wen interessiert es, ob ich Skilaufen kann oder nicht?“

Er packte sie bei den Schultern und sah ihr in die Augen. „Tief durchatmen“, befahl er. „Atme. Du musst dich konzentrieren. Was auch immer geschehen ist, du kannst es nicht mehr ändern. Aber du kannst etwas bewirken, indem du hier bei der logistischen Bewältigung des Unglücks hilfst. Nicht nur für Gideon und Carter, sondern auch für alle anderen. Wir brauchen dich, und dafür ist es wichtig, dass du stark bleibst.“

Das waren nicht unbedingt die Worte, die er bei jedem benutzt hätte, aber Felicia neigte dazu, alles rational zu betrachten.

Eine Sekunde lang fürchtete er, sie würde in Tränen ausbrechen, doch stattdessen schien sie sich zusammenzureißen. „Du hast recht. Ich besitze ausgezeichnete organisatorische Fähigkeiten. Davon können alle profitieren. Wenn ich zusammenbreche, nützt das niemandem."

„Sie haben die ersten Leute geborgen", rief jemand.

Einen Herzschlag lang herrschte absolute Stille im großen Ballsaal, doch plötzlich bewegten sich alle Freiwilligen. Gabriel zögerte einen Moment, doch Felicia schob ihn von sich.

„Mir geht es gut", sagte sie. „Geh. Du wirst gebraucht."

Also eilte er zu dem Team von Ärzten und Pflegern, das sich bei der medizinischen Ausrüstung versammelt hatte, und stellte sich vor. Hastig zog er einen weißen Kittel über und öffnete eine der großen Erstversorgungskisten. Keine fünf Minuten später wurden die ersten beiden Verletzten hereingebracht. Sie waren um die zwanzig, und Gabriel stellte fest, dass er sie nicht kannte. Die Frau war bewusstlos, während der Mann darauf beharrte, dass bei ihm alles in Ordnung sei.

„Der hier hat ein gebrochenes Bein", erklärte jemand, der dem Mann half. „Was mit ihr ist, wissen wir nicht."

Gabriel war schon auf dem Weg zu der Frau. Das, was um ihn herum geschah, trat völlig in den Hintergrund, als er mit seiner Untersuchung begann.

Gabriel war sich bewusst, dass die Zeit verging, aber er hatte keine Ahnung, ob er zehn Minuten gearbeitet hatte oder zehn Stunden. Die Verletzten wurden meist in kleinen Gruppen gebracht. Mal waren es zwei, dann wieder fünf Verwundete. Glücklicherweise handelte es sich in der Regel um eher harmlose Verletzungen, obwohl einige der Skifahrer auch eine Weile im Schnee begraben gewesen waren. Er diagnostizierte gebrochene Knochen, Unterkühlung und Schock. Eine Frau kam schreiend herein und suchte ihren Sohn, der jedoch nur kleinere Kratzer und blaue Flecken abbekommen hatte.

Als sie den Teenager in ihre Arme riss und immer wieder rief, wie dankbar sie sei, musste Gabriel sich ermahnen, Geduld zu bewahren. Die Frau konnte ja nicht wissen, dass dies hier wirklich nichts war, wenn man es mit einer Granate oder Sprengsätzen verglich. Es würde nur wenige Tote geben, und die meisten Verletzungen waren nicht schlimm.

Trotzdem war die Arbeit befriedigend. Immer mehr medizinisches Personal traf ein, unter anderem ein großer Mann mit Narben im Gesicht, der sich als Dr. Simon Bradley vorstellte. Gabriel erinnerte sich, dass er von ihm gehört hatte. Er war der Facharzt für plastische Chirurgie, der sich auf Brandopfer spezialisiert hatte. Gabriel schickte ihn zu den Patienten, die mit Schnittwunden eingeliefert worden waren.

Bürgermeisterin Marsha erschien zusammen mit drei großen Männern, die Überlebensausrüstung trugen.

„Die sind von CDS“, meinte eine der Krankenschwestern, „der Bodyguard-Schule. Sie sollen bei der Suche helfen.“

„Wir brauchen Lawinenhunde“, warf eine andere Schwester ein. „Die Stadt ist inzwischen so groß geworden, da sind solche Dinge wichtig.“

Die Schwestern unterhielten sich weiter, doch Gabriel hörte nicht mehr hin, sondern konzentrierte sich auf seine Patienten. Als Nächstes untersuchte er eine ältere Frau. Sie war wach und munter.

„Wie fühlen Sie sich?“, fragte er, während er ihre Pupillen testete und nach seinem Stethoskop griff.

„Dumm. Ich konnte sehen, wie der Schnee auf mich zukam, war aber auf meinen Skiern nicht schnell genug. Ein Ausläufer der Lawine hat mich dann noch erwischt. Ich bin ein bisschen zittrig, aber es ist nichts gebrochen.“

Er bestätigte ihre Selbstdiagnose und schickte sie anschließend hinüber zu der Gruppe von Patienten, die nicht sichtbar verletzt waren, aber noch unter Beobachtung bleiben sollten. Als er sich umdrehte, um sich um den nächsten Patienten zu kümmern, stellte er fest, dass es eine kleine Verschnaufpause gab. Genau in dem Moment kam Carter zusammen mit seinem Dad in den Ballsaal. Gemeinsam stützten sie einen anderen Jungen, der humpelte. Gabriel ging schnell zu ihnen hinüber.

„Habt ihr Felicia schon gesehen?“, fragte er.

Carter grinste. „Sie hat uns vor Erleichterung fast erdrückt. Sie hat sich echt Sorgen gemacht.“ Er klang sehr erfreut darüber. „Das ist mein Freund Reese. Wir sind nicht in die Lawine geraten. Reese ist auf Eis weggerutscht.“

„Mir geht es gut“, protestierte sein Freund. „Mein Knöchel tut weh, aber das ist nichts Schlimmes.“

„Ich schaue mir das mal an“, sagte Gabriel an seinen Bruder gewandt. „Wie sieht es draußen aus?“

„Ein paar Leute werden noch vermisst. Es sind mehrere Teams unterwegs, um sie aufzuspüren. In Anbetracht der Tatsache, wie schlimm es auch hätte ausgehen können, haben wir nochmal Glück gehabt.“

Noelle fand, zu telefonieren und gleichzeitig Pia Moreno in Auge zu behalten, war schwieriger, als es klang. Felicia hatte vom Hotel aus angerufen und immer wieder neue Zahlen durchgegeben. Aufgrund des Unglücks mussten Familien jetzt auf einmal notgedrungen länger als geplant in der Stadt bleiben, was bedeutete, dass Hotelzimmer gesucht und reserviert werden mussten.

Das Brew-haha war in eine Kommandozentrale umfunktioniert worden. Laptops und Tablets lagen auf den Tischen. Auf dem Tresen stand eine Handy-Ladestation, und auf den Whiteboards wurden ständig die Zahlen der Verletzten erneuert sowie freie Hotelzimmer und Notfallinformationen notiert.

Pia, die bis vor Kurzem noch die Leitung der Festivals innegehabt hatte, war hereingewatschelt gekommen und hatte darauf bestanden, auch zu helfen. Da sie alles und jeden in der Stadt kannte, war das sicher sinnvoll. Aber sie war auch nur noch Tage, womöglich sogar nur noch Stunden davon entfernt, ein Baby zu bekommen.

Noelle beendete ihr Telefonat und wandte sich an Pia. „Bist du sicher, dass alles okay ist? Du siehst irgendwie nicht so aus."

Pia legte eine Hand auf ihren Bauch. „Glaub mir, das hier ist nichts. Beim letzten Mal habe ich Zwillinge bekommen, da hatte ich echt einen unglaublich dicken Bauch. Im Vergleich dazu ist das hier ein Kinderspiel. Keine Sorge. Ich lege die Beine hoch, und Raoul erkundigt sich alle fünfzehn Minuten nach mir und passt auf, dass ich es nicht übertreibe. Alles ist gut."

Sie blickte auf ihre Notizen. „Ich habe die Information bekommen, dass Mr und Mrs Boylan eine Ferienwohnung gemietet haben. Aber die wohnen doch bei Gideon. Ist die Wohnung also frei?"

„Gabriel hat sie genutzt, aber ich kann seine Sachen für ein paar Nächte rausholen."

Pia hob die Augenbrauen. „Oho! So ist das also?"

„Im Augenblick ja."

„Ich setze die Wohnung auf die Liste und gebe Bescheid, ob wir sie brauchen."

Noelle überlegte kurz, ob sie es mit Gabriel absprechen sollte, entschied dann aber, dass es nicht wichtig war. Es würde ihm nichts ausmachen, die Ferienwohnung aufzugeben. Und wenn doch, würde sie ihn daran erinnern, dass es nur für ein paar Tage war.

Liebe als Generalvollmacht, dachte sie lächelnd.

Madeline, Isabels Assistentin, legte das Telefon zur Seite. „Der letzte Vermisste ist gefunden worden", verkündete sie.

„Es gibt ein paar ernsthafte Verletzungen, aber bisher ist niemand gestorben."

Pia seufzte. „Gott sei Dank!" Sie hob die Stimme. „Okay, Leute, wir brauchen mehr Betten für heute Nacht. Telefoniert weiter rum."

Hier in der Notaufnahme des Krankenhauses herrscht kontrollierteres Chaos als im Hotel, dachte Gabriel, als er in die Klinik kam. Nachdem auch der letzte vermisste Skiläufer geborgen worden war, hatte man die Suchmannschaften zurückbeordert und deren Fahrzeuge benutzt, um die Verletzten in die Stadt zu bringen.

Während Gabriel durch den Wartebereich ging, in dem geschäftiges Treiben herrschte, hörte er, wie einige Leute über das neue Krankenhaus sprachen, das gerade gebaut wurde. Man war der einhelligen Meinung, dass die Stadt es dringend brauchte. Er sah sich um und registrierte all die Familien, die sich hier versammelten hatten und die entweder erleichtert oder besorgt aussahen, je nachdem, in welchem Zustand sich ihre Angehörigen befanden.

Er steuerte den Empfangsschalter an und stellte sich vor. Außerdem versicherte er der Schwester, dass er zur Verfügung stünde, sollte zusätzliche Hilfe benötigt werden. Sie sah gestresst aus und nickte, während er sprach.

„Es kann sein, dass wir Sie anrufen", sagte sie. „Sind Sie noch eine Weile hier vor Ort?"

„Auf jeden Fall so lange, bis die Krise überstanden ist."

Sie schrieb sich seine Handynummer auf und wandte sich dann an den nächsten Wartenden. Gabriel blickte zu den Schildern an der Wand und überlegte, dass er sich irgendwo einen Kaffee holen könnte. Bevor er das in die Tat umsetzen konnte, trat jedoch ein dunkelhaariger Mann auf ihn zu.

„Hallo, ich bin Justice Garrett", stellte er sich vor. „CDS."

Gabriel schüttelte ihm die Hand. „Die Bodyguard-Schule."

Justice seufzte. „Wir werden es wohl nie mehr schaffen, das aus den Köpfen der Leute rauszukriegen."

Gabriel grinste. „In dieser Stadt wohl nicht. Was kann ich für dich tun?"

„Ich wollte mich nur vorstellen. Patience, meine Verlobte, ist mit Noelle befreundet." Er zuckte mit den Schultern. „Und wie es so ist – sie reden."

Gabriel war sich sehr wohl darüber bewusst, wie viel Frauen miteinander redeten. Was er nicht wusste war, was geredet wurde.

Justice deutete auf zwei Männer, die ebenso wie er Cargohosen und langärmlige schwarze T-Shirts trugen und jetzt zu ihnen traten. „Meine Geschäftspartner, Angel Whittaker und Ford Hendrix. Was aber wohl mehr von Interesse für dich sein dürfte ist die Tatsache, dass diese beiden deinen Bruder aus den Klauen der Taliban gerettet haben." Er blickte zu seinen Freunden. „Gabriel ist Gideons Bruder."

Angel, ein Mann mit hellgrauen Augen und einer interessanten Narbe am Hals, kam näher. „Freut mich, dich kennenzulernen. Gideon ist ein anständiger Kerl."

Gabriel schüttelte ihm die Hand. Er hatte so viele Fragen, doch im Augenblick fiel ihm keine einzige davon ein.

„Danke", sagte er und drehte sich zu Ford herum. „Wir sind froh, dass wir ihn noch bei uns haben."

Ford lächelte. „Ja, er ist gar nicht so übel." Das Lächeln schwand. „Das war ein guter Tag für uns alle. Und wir waren glücklich, dass wir helfen konnten."

Gabriel wusste, dass sie weit mehr getan hatten, als nur zu helfen. Sie hatten ihr Leben riskiert, um seinen Bruder vor einem entsetzlichen Tod zu bewahren. Gideon war der Letzte aus seinem Team gewesen, der nach über zwei Jahren Gefangenschaft mit fast täglicher Folter noch am Leben gewesen war.

Felicia kam auf sie zugeeilt, ging direkt auf Gabriel zu und presste die Stirn an seinen Oberkörper. „Ich muss mich sehr beherrschen, um nicht die Kontrolle zu verlieren."

Er schlang die Arme um sie. „Du kannst das alles nicht mehr unter Kontrolle haben, denn hier handelt es sich um eine Situation, die außer Kontrolle geraten ist. Das Beste, was du tun kannst, ist, Schadensbegrenzung zu betreiben. Und das tust du."

Er spürte, wie sie tief Luft holte. Dann hob sie den Kopf und sah ihn an. „Danke", sagte sie, bevor sie sich umdrehte und wieder verschwand.

Justice grinste. „Gut zu wissen, dass ihre neue Familie ihr derart am Herzen liegt."

„Sie ist großartig", gab Gabriel zu. „Der intelligenteste Mensch, den ich kenne, und das soll schon was heißen."

„Komm", meinte Ford zu Angel. „Wir holen Kaffee für alle."

„Ich komme mit euch", meinte Justice, bevor er zu Gabriel schaute. „Wie trinkst du deinen?"

Gabriel lachte leise. „Dir ist schon bewusst, dass ich auch in der Army bin, oder?"

„Du bist Arzt." Justice hob beide Hände. „Okay, okay. Also schwarz."

Er lachte noch immer vor sich hin, als er davonmarschierte. Gabriel ging zurück ins Wartezimmer. Dort saß eine Familie mit einem kleinen Jungen, der Wunden auf der Stirn und am Arm hatte. Gabriel überprüfte die Verbände, und als Justice mit dem Kaffee zurückkehrte, unterhielten sie sich noch eine Weile. Gerade als Justice sich verabschiedete, kam eine hübsche Frau in den Zwanzigern zu Gabriel.

„Ich bin Madeline. Ich arbeite für Isabel, die mit Noelle befreundet ist." Sie biss sich auf die Unterlippe. „Es tut mir wirklich leid, Sie zu belästigen, aber meine Nichte ist bei mir zu Besuch, und sie hat sich den Knöchel verstaucht. Zumindest glauben wir das. Wir warten darauf, dass ein Arzt sich die Sache anschaut, aber die sind alle so mit den Lawinenopfern beschäftigt und …" Sie trat von einem Fuß auf den anderen. „Könnten Sie sich den Knöchel vielleicht anschauen? Ich weiß, dass Sie Traumatologe sind, daher ist das wohl nichts, womit Sie sich normalerweise abgeben, aber ich wusste nicht, wen ich sonst fragen sollte."

Gabriel überlegte, ob er sie darauf hinweisen sollte, dass er nicht zum Krankenhauspersonal gehörte. Wobei … es schien sowieso niemanden zu interessieren. Das liegt an der Stadt hier, dachte er sowohl frustriert als auch merkwürdig beruhigt. Anscheinend ging man hier einfach davon aus, dass er ein anständiger Kerl war, der im Notfall einsprang. Natürlich tat er das, aber woher wussten sie das?

Ein weiterer Krankenwagen fuhr an der Notaufnahme vor, und das Krankenhauspersonal lief hin, um den Verletzten in Empfang zu nehmen. Wenn er Madeline und ihrer Nichte nicht half, würden sie noch Stunden hier verbringen.

„Zeigen Sie mir, wo sie ist", sagte er also.

Dreißig Minuten später verließen die beiden Frauen das Krankenhaus. Der Knöchel war leicht geschwollen, aber nicht allzu schlimm verstaucht. Ein bisschen Eis, eine Kompressionsbandage, und alles wäre bald wieder gut. Gabriel hatte sie mit genauen Anweisungen fortgeschickt und sich von Madeline das Versprechen geben lassen, dass sie ihre Nichte morgen noch einmal zu ihrem Hausarzt bringen würde.

Als er zum Empfangstresen gehen wollte, um den Befund in ihre Akte einzutragen, fiel ihm ein, dass es keine Akte gab und er kein Recht hatte, hier zu praktizieren. Ach, verdammt, dachte er und musste lachen.

„Was ist so lustig?", fragte sein Vater, der in diesem Moment zu ihm trat.

„Ach, ich habe nur gerade überlegt, ob ich wohl meine Zulassung verlieren könnte."

Er rechnete schon damit, dass sein Vater ihn wieder einmal anranzen würde, doch der nickte nur. „Du darfst in jeder Militäreinrichtung praktizieren, aber rein formell gesehen ist es dir nicht erlaubt, im Staat Kalifornien deinen Beruf auszuüben", meinte er achselzuckend. „Aber gibt es nicht irgendeine Verordnung, die besagt, dass du in Notfällen aushelfen darfst?"

„Sicher, aber es gibt da auch einige Grauzonen."

Er und sein Vater gingen weiter durch die Notaufnahme zu einem Bereich, der nicht so überfüllt war, und setzten sich einander gegenüber.

„Carter geht es gut", berichtete sein Vater. „Und auch sein Freund ist so weit okay."

„Sehr schön. Sie haben Glück gehabt."

„Das war wirklich eine verdammte Sache." Norm lehnte sich auf seinem Stuhl zurück. „Diese Schneemassen. Wobei … ich vermute, es ist kein unerwartetes Ereignis. Diese Bürgermeisterin Marsha hat ausdrücklich betont, wie dringend die Stadt ein Such- und Rettungsteam braucht. Klingt nach einer interessanten Aufgabe."

Gabriel hob die Augenbrauen.

Sein Vater lachte. „Nicht für mich. Das ist eher was für einen jungen Mann." Er machte eine kleine Pause. „Du weißt, dass deine Mutter und ich überlegen, ob wir uns hier in Fool's Gold niederlassen?"

„Ich habe davon gehört."

„Felicia schwört, dass das für Gideon okay ist. Deine Mutter und ich wollen gern in der Nähe unserer Enkelkinder sein. Teil ihres Lebens werden."

Gabriel nickte, nicht sicher, wohin diese Unterhaltung führen sollte.

„Was willst du tun?", fragte sein Vater.

„Du meinst, ich habe eine Wahl?"

Er hörte die Verbitterung in seiner Stimme und hätte es gern zurückgenommen. Auf einen Streit mit seinem Vater hatte er jetzt definitiv keine Lust, und Norm herauszufordern, führte in der Regel zwangsläufig dazu.

Doch sein Vater überraschte ihn. Der ältere Mann schien ein wenig in sich zusammenzusacken. „Ich verstehe deine Reaktion", meinte er schließlich leise. „Wegen der Dinge, die ich neulich gesagt habe."

„Du meinst, wegen der Dinge, die du *immer* gesagt hast: Die Männer der Boylans sind auf dieser Welt, um ihrem Vaterland zu dienen."

Diese Phrase war ihm seit seiner Kindheit eingebläut worden. Es hatte nie eine Wahl gegeben. Noelle hatte ihn gefragt, was er stattdessen hätte tun wollen, doch er hatte keine Antwort darauf gehabt.

Norm beugte sich vor. Er legte die Unterarme auf die Oberschenkel und verschränkte die Finger miteinander. „Das verdiene ich wohl", gab er zu. „Ich wollte …" Er räusperte sich. „Weißt du, dieser verdammte Hund von Gideon ist ziemlich clever. Er lernt gerne neue Kommandos und tut so gut wie alles, wenn er glaubt, dass am Ende der Lektion zur Belohnung eine Runde Stöckchenwerfen auf ihn wartet."

Gabriel runzelte die Stirn. Sie redeten jetzt über Webster?

„Ich habe mit ihm die grundlegenden Befehle erarbeitet. Platz, sitz und so was in der Art. Jetzt arbeiten wir noch an ein paar anderen. Ich will, dass er auch ohne Leine aufs Wort gehorcht. Carter und ich haben schon überlegt, dass wir mit ihm eine Zusatzausbildung machen, bei der Geschicklichkeit trainiert wird. Das wäre gut für den Hund und auch für den Jungen. Außerdem bietet solch ein Training Carter und mir eine gute Möglichkeit, eine Beziehung zueinander aufzubauen. Etwas, worüber wir reden können."

Sein Vater blickte auf den Boden, als er weitersprach. „Die Sache ist die: Wenn ich Webster anbrülle, verläuft die Übungseinheit nicht gut. Er zieht den Schwanz ein und kann mir nicht mehr in die Augen schauen. Es ist, als hätte ich seinen Willen gebrochen, als könnte er mir nicht mehr vertrauen. Also lobe ich ihn, wenn er etwas richtig macht, und bleibe ruhig, wenn nicht. Er hat begriffen, was ‚Nein' bedeutet."

Sein Vater richtete sich auf. In seinen Augen lag ein Ausdruck von Schmerz. Schmerz und vielleicht auch Reue.

„Du bist genauso."

„Du vergleichst mich mit einem Hund?", fragte Gabriel und überlegte, wohin diese alberne Unterhaltung noch führen sollte. Wut braute sich in ihm zusammen. Sein Vater wollte irgendetwas – so wie immer.

„In gewisser Weise. Ich habe dich und Gideon gleich behandelt, aber ihr seid nicht gleich. Gideon ist wie ich. Er würde lieber kämpfen oder verschwinden, anstatt zu reden. Als Kind hat er seine Probleme mit den Fäusten geregelt. Die Army war der richtige Platz für ihn, und er hat seine Sache sehr gut gemacht. Aber du, du bist anders."

„Du meinst, nicht gut."

Sein Vater schüttelte den Kopf. „Deine Mutter hat mir gesagt, dass du das denkst. Vermutlich liegt das daran, dass ich dir, solange ich mich erinnern kann, immer gesagt habe, dass das, was du machst, nicht richtig ist. Ich dachte immer, wenn ich dich genügend trieze, würdest du dich irgendwann ändern."

Gabriel klammerte sich an seine Wut, denn solange er wütend war, fiel es ihm leicht, sich zu distanzieren. Dann brauchte er keine Gefühle für seinen Vater zu entwickeln. Diese Lektion hatte er schon vor langer Zeit gelernt. Damals hatte er jedoch immer einem ziemlich lautstarken Mann gegenübergestanden, der mehr als deutlich gemacht hatte, dass sein Sohn eine einzige Enttäuschung für ihn darstellte. Norman Boylan entschuldigte sich niemals.

„Du rettest Menschenleben“, fuhr sein Vater fort. „Du rettest jeden Tag Menschen. Du bist hochangesehen und ehrenwert. Verdammt, einen Soldaten wie mich findet man an jeder Straßenecke, aber nicht viele Menschen können das, was du tust. Das habe ich bisher dir gegenüber nie anerkannt, vermutlich weil ich zu verbohrt war, um etwas anderes als meine Erwartungen zu sehen. Es ist mir gar nicht richtig klar geworden, wie stolz ich auf dich bin, Gabriel.“

Die Wut schwand, und mit ihr brachen auch Gabriels Abwehrmechanismen zusammen. „Dad“, begann er und stolperte auf einmal in unbekanntes Terrain. Wenn sein Vater ihn nicht anbrüllte, weil er mit seinen Entscheidungen nicht einverstanden war, was blieb dann noch?

Seufzend fügte sein Vater hinzu: „Ich sage ja nicht, dass wir ab jetzt immer miteinander auskommen werden. Dazu sind wir viel zu unterschiedlich. Aber ich möchte, dass du weißt, dass ich dich immer geliebt habe und es auch immer tun werde. Ich erzähle jedem von meinem Sohn, dem Arzt.“ Er lächelte unsicher. „Dann fragen meine Freunde immer, mit wem deine Mom jene Nacht verbracht hat, weil es unmöglich sein kann, dass ich einen so cleveren, erfolgreichen Sohn habe.“

Norm räusperte sich. „So, jetzt will ich dich nicht länger aufhalten. Ich weiß, dass du hier noch ziemlich beschäftigt bist. Ich wollte nur kurz vorbeischauen und dir erzählen, dass ich Gideon mit Carter beobachtet habe. Ich habe euch beide so großgezogen, wie ich erzogen wurde und wie schon euer Großvater erzogen wurde. Gideon macht es anders, und so langsam glaube ich, dass seine Art auch etwas Gutes hat.“

Mit diesen Worten stand sein Vater auf und ging zur Tür. Gabriel saß fassungslos da und begriff noch immer nicht, was hier gerade abgelaufen war. Auch wenn er versuchte, sich einzureden, dass es nichts zu bedeuten hatte, dass es nichts änderte, hatte er das dumme Gefühl, dass er sich da gewaltig täuschte.

14. KAPITEL

Noelle saß in Dellinas Wohnzimmer. Um sie herum standen drei große Schüsseln mit personalisierten und verpackten Schokoladentäfelchen sowie ein Stapel mit kleinen Stoffbeuteln. In jeden Beutel sollten jeweils zwei von jeder Schokoladensorte als kleines Präsent für die Hochzeitsgäste. Keine sonderlich einschüchternde Arbeit, bis Noelle einfiel, wie viele Leute wahrscheinlich zur Trauung dabei sein würden. Vermutlich der Großteil der Einwohner von Fool's Gold. Was bedeutete, dass es viele, viele Beutel zu füllen galt.

Dellina hatte ihr langes Haar zu einem Pferdeschwanz zusammengebunden und trug Jeans sowie einen knallgrünen Weihnachtspullover.

„Danke, dass du mir hierbei zur Hand gehst", sagte sie. „Ich weiß ja, dass du in deinem Laden auch ziemlich eingespannt bist. Schließlich haben wir in weniger als einer Woche Weihnachten."

„Kein Problem. Wir schließen trotzdem immer um sechs."

Gabriel hatte versprochen, noch ein wenig mit den Katzen zu spielen, ehe er losging, um mit seinen Eltern zu Abend zu essen. Auch wenn er nicht viel gesagt hatte, war ihr aufgefallen, dass er in den letzten Tagen entspannter mit ihnen umging. Sie fragte sich, ob seine Arbeit während des Lawinenunglücks das bewirkt hatte. Auf jeden Fall hatte sich etwas geändert, und das war gut.

Erneut griff sie sich zwei Schokoladentafeln aus jeder Schüssel und ließ sie in einen Beutel fallen, bevor sie ihn zuzog. Nachdem sie eine kleine Schleife gebunden hatte, legte sie das fertige Geschenk in einen weißen Karton und griff nach den nächsten Schokoladen.

„Wie kommst du mit den Hochzeitsvorbereitungen voran?", fragte sie.

„Es ist fast alles geschafft." Dellina nickte zu einem Stapel Papier auf ihrem Küchentisch. „Jetzt beginnt die Phase, wo man fast durchdreht. Eine Hochzeit vorzubereiten ist ja sowieso schon viel Arbeit, aber hier muss man alles mal drei nehmen, und obendrein ist alles noch geheim. Und zu allem Überfluss droht Mrs Robson damit, sich zur Ruhe zu setzen."

Noelle runzelte die Stirn, während sie versuchte, den Namen einzuordnen. „Ihr gehört Plants for the Planet, der Blumenladen?"

„Genau. Unsere andere Floristin ist nach Hawaii gezogen, daher bleibt uns nur noch diese eine. Keine Ahnung, wie alt Mrs Robson ist. Ich würde ja sagen hundertsechs, aber natürlich weiß ich, dass das nicht stimmt. Trotzdem, eines Tages macht sie ernst, und dann? Ich liebe ihre Arbeit. Die Ware ist frisch und hübsch, und sie verkauft sie zu einem angemessenen Preis."

Dellina holte tief Luft. „Tut mir leid, es geht mir immer an die Nieren, wenn ich daran denke. Die Stadt braucht dringend eine weitere Floristin."

„Wir sollten eine Anzeige in einer der nationalen Zeitungen schalten."

„Glaubst du etwa, ich hätte nicht schon längst mit Bürgermeisterin Marsha gesprochen?"

„Ist denn sonst alles okay?", wollte Noelle wissen.

Dellina seufzte. „Ja. Das Menü steht. Ana Raquel und Greg haben mich mit allen möglichen Gerichten aus dem neuen *Fool's Gold Kochbuch* gequält, das sie gerade schreiben. Im vergangenen Monat habe ich fünf Pfund zugenommen! Sie haben wirklich alles vorgeschlagen, angefangen bei Risotto mit gebackenen wilden Champignons bis hin zu einer Pie mit weißer und dunkler Schokolade und Cookies."

„Das klingt doch alles ziemlich lecker. Willst du dich wirklich ernsthaft beschweren?"

„In gewisser Weise schon", antwortete Dellina, grinste dann aber und meinte: „Okay, nein. Aber es war schon heftig. Das Problem ist einfach die unglaubliche Masse. Wir reden hier schließlich von sechs- bis siebenhundert Leuten. Das ist eine Menge an Essen. Ich musste mir die Erlaubnis einholen, noch ein paar Leute mehr in das Geheimnis einweihen zu dürfen, damit wir Hilfe beim Kochen und beim Lagern bekommen. Einige der Restaurantköche helfen uns sowie ein paar von den wirklich guten Köchinnen in der Stadt."

Sie warf einen fertigen Beutel in den Karton. „Hinzu kommen noch all die anderen logistischen Fragen. Es wird schon spät sein, wenn die Trauung stattfindet, das heißt, die kleinen Kinder sind vermutlich müde und unausstehlich. Wir planen eine ruhige Ecke mit Schlafsäcken, wo Eltern, die gerne mitfeiern möchten, ihre Kinder zum Schlafen hinlegen können. Ich habe ein paar Teenager engagiert, die beim Babysitten helfen sollen. Das hieß jedoch, dass ich sie anheuern musste, ohne ihnen sagen zu können, worum es geht. Na ja, ich kann nur sagen, die durchschnittlichen sechzehnjährigen Mädels von heute wollen Details, ehe sie einen Job annehmen."

Sie füllte einen weiteren Beutel. „Es spielt eine Live Band, und wir brauchen Sitzgelegenheiten für all die Leute. Es ist ein logistischer Albtraum. Ich weiß ja, dass es eine Überraschung werden soll, aber ich befürchte, inzwischen ist diese Hochzeit ein offenes Geheimnis."

„Du hast dein Bestes gegeben", beruhigte Noelle sie. „Ehrlich, ich kann mir nicht vorstellen, wie du das alles schaffst. Ich würde vermutlich irgendwo zusammengerollt in einer Ecke liegen und nur noch vor mich hinjammern."

„Es gibt Nächte, da geht es mir genauso. Aber sag das bloß niemandem weiter." Dellina sah sie an. „Was ist mit dir? Ist all dieser Hochzeitstrubel für dich okay?"

„Ja, sicher.“ Sie hielt kurz inne und seufzte. „Ich gebe zu, manchmal verspüre ich einen Anflug von …“ Was war das richtige Wort dafür? „Sehnsucht, vermute ich mal. Ich möchte, dass die drei glücklich werden, aber ich wünsche mir dasselbe auch für mich. Ich wünschte …“

„Dass dein schnuckeliger Arzt mehr als nur Sex im Kopf hätte?“

Noelle zuckte zusammen. „Ist es so offensichtlich?“

„Nein, ich habe nur geraten.“

„Dann hätte ich dich gern in meinem Team, wenn wir das nächste Mal Scharade spielen.“ Noelle griff nach der nächsten Schokolade. „Gabriel ist großartig. Mehr als großartig. Aber er ist nicht an einer langfristigen Beziehung interessiert, und selbst wenn er es wäre, reist er ja bald wieder ab. Ich dagegen möchte hierbleiben und Wurzeln schlagen.“

„Es tut mir leid, dass er nicht der Richtige ist“, sagte Dellina. „Aber der Sex ist toll, oder? Das macht mich total neidisch.“

Noelle grinste. „Aha, so ist das also?“

„Auf jeden Fall. Ich bin nicht auf der Suche nach Liebe. Ich will nur ein paar heiße Nächte. Gern auch zwanzig heiße Nächte.“

„Aber mit Liebe hast du nichts am Hut?“, hakte Noelle nach.

„Nein. Meine Eltern sind gestorben, da war ich sechzehn. Als ich achtzehn war, habe ich die Vormundschaft für meine beiden Zwillingsschwestern übernommen.“

„Wow, das ist eine ziemliche Bürde.“

„Wäre es für jeden, aber für mich war es echt hart, weil ich ziemlich oberflächlich und nicht sonderlich verantwortungsbewusst war. Meine Eltern haben mir mehr durchgehen lassen, als gut für mich war. Ich war nicht einmal annähernd bereit, so viel Verantwortung zu übernehmen, doch mir blieb gar keine andere Wahl.“

Dellina machte eine Pause, als würde sie sich an die Zeit erinnern. „Ich habe meine Schwestern durch die Highschool und durchs College gebracht. Inzwischen sind sie selbstständig, glücklich und gehen ihren eigenen Weg. Jetzt bin ich an der Reihe. Auf keinen Fall werde ich in absehbarer Zeit irgendwelche Verantwortung übernehmen." In ihren braunen Augen blitzte Humor auf. „Das Einzige, womit ich mich beschäftigen will, ist ein charmanter Typ, der mich fragt, ob ich oben liegen will."

Noelle wusste, dass sie zwar scherzte, dass aber auch ein Fünkchen Wahrheit in ihren Worten steckte. „Ich verstehe, was du meinst", gab sie zu. „Immer diese Angst, nicht gut genug zu sein, oder die Befürchtung, dass einen die Liebe erdrücken könnte. Und außerdem will man sich nicht noch mehr aufhalsen."

„Ich glaube, ein gut ausgebildeter Psychologe würde sagen, ich leide unter Bindungsangst", meinte Dellina fröhlich. „Ein Makel, mit dem ich gut leben kann. Eines Tages werde ich bereit für die Liebe sein. Nur jetzt noch nicht."

So habe ich auch mal gedacht, überlegte Noelle. Nachdem sie ihre Krankheit überwunden und Jeremy sie sitzengelassen hatte. Sie hatte sich davor gefürchtet, ihr Herz erneut aufs Spiel zu setzen. Doch nach einer Weile war ihr klar geworden, dass das Schicksal ihr eine zweite Chance geschenkt hatte. Sollte sie daraus die Lektion ziehen, dass es okay war, mit der Angst zu leben?

In ihren Augen brauchte sie es nicht zu bedauern, dass sie Gabriel liebte. Er war ein toller Mann. Wie konnte sie ihn da nicht lieben? Nur leider änderte das nichts an der Tatsache, dass sie hierbleiben würde, während er fortgehen wollte. Und wenn er das tat, würde ihr Herz mit ihm gehen.

Gabriels Mutter strich ein weiteres Objekt durch. „Das hat Treppen."

„Warum sollten wir kein Haus mit Treppen kaufen?", fragte Norm und beugte sich hinüber, um seine Frau zu küssen. „Wir sind doch noch nicht alt. Schau dich doch an, Karen! Sämtliche Kerle hier im Restaurant haben ein Auge auf dich geworfen. Vermutlich wären sie nachher alle gern an meiner Stelle."

Gabriel umklammerte mit beiden Händen sein Bier und erinnerte sich daran, dass auch dies hier irgendwann vorübergehen würde. Weniger das Essen mit seinen Eltern, was ganz okay verlaufen war. Nein, die Veränderung, die sein Vater durchgemacht hatte. Denn es fiel ihm schwer, mit dieser netteren, sanfteren Version des sonst so polternden Vaters umzugehen.

Die ruhigere Stimme war toll, genauso wie das echte Interesse seines Vaters an dem, was andere Menschen taten. Dass er das Restaurant genoss, statt sich wie sonst zu beschweren, war ebenfalls gut. Aber dass sein Vater jetzt ständig mit seiner Frau flirtete, konnte Gabriel wirklich kaum ertragen. Es freute ihn, dass seine Eltern eine liebevolle und leidenschaftliche Beziehung führten, aber, Himmel, er war ihr Kind! Er wollte wirklich nicht, dass sie das direkt vor seiner Nase auslebten.

„Treppen stören uns jetzt vielleicht noch nicht", entgegnete Karen ihrem Mann. „Aber was ist, wenn du achtzig bist?"

„Dann werden wir immer noch …"

„Dad!", unterbrach Gabriel ihn scharf. „Mach mal 'ne Pause, okay?"

Norm lehnte sich auf seinem Stuhl zurück und grinste. „Du solltest dich darüber freuen, dass bei mir noch alles funktioniert …"

„Norman", schalt seine Frau. „Du bringst deinen Sohn in Verlegenheit."

„Er ist Arzt. Er weiß über Sex Bescheid."

Karen strahlte ihren Mann an, und Gabriel gab dem Kellner ein Zeichen, indem er seine Bierflasche hochhielt. Glücklicherweise befand sich das Margaritaville in der Nähe von Noelles Haus, sodass er zu Fuß heimgehen konnte. Vielleicht konnte er sich ja so betrinken, dass er der Unterhaltung nicht mehr folgen konnte.

Eine Frau um die vierzig blieb an ihrem Tisch stehen. Sie hatte dunkles Haar und braune Augen. Schüchtern lächelte sie Gabriel an. „Dr. Boylan?"

„Ja."

Sie berührte seine Schulter. „Vielen Dank für die Arbeit, die Sie oben in den Bergen geleistet haben. Mein Sohn wurde verletzt. Mehrere Knochenbrüche und innere Blutungen. Sie haben ihn stabilisiert, sodass er bis zur OP durchgehalten hat. Es geht ihm gut, und er wird wohl wieder vollständig gesund werden. Sein Vater und ich sind so dankbar, dass Sie dort waren."

Er stand auf und schüttelte ihr die Hand. „Gern geschehen. Es freut mich, dass ich helfen konnte. Und vielen Dank, dass Sie mich haben wissen lassen, dass es ihm wieder besser geht."

Sie schenkte ihm ein zittriges Lächeln, so als würde sie gleich in Tränen ausbrechen. „Ob ich Sie wohl bitten darf, natürlich nur, wenn Sie nicht zu beschäftigt sind, einmal im Krankenhaus vorbeizuschauen? Mein Sohn würde Ihnen gern persönlich danken."

Gabriel nickte, obwohl er wusste, dass der Junge ihn nicht wiedererkennen würde. Er hatte zu den wenigen gehört, die wirklich schwer verletzt worden waren – und war die ganze Zeit bewusstlos gewesen.

Die Frau ging wieder, und Gabriel setzte sich. Sein Vater grinste ihn an. „Guck dir das an! Du bist ein Superstar."

„Das ist es gar nicht", meinte Gabriel nachdenklich und sah der Frau hinterher. „Normalerweise erfahre ich nie, was aus meinen Patienten geworden ist, wenn sie erst einmal aus meiner

Station weg sind." Als er im Irak und in Afghanistan stationiert gewesen war, hatte sein Job darin bestanden, die Verletzten so weit zusammenzuflicken und zu stabilisieren, dass man sie in ein besseres Krankenhaus oder in den Operationssaal bringen konnte. Selbst in Deutschland behandelte er die Leute selten längerfristig. Er war immer an vorderster Front, und da gab es keine Nachrichten über die, die man verlegt hatte.

Der Kellner brachte ihm sein zweites Bier, und seine Mutter reichte ihm ein paar weitere Objektbeschreibungen von Häusern, die sie besichtigt hatten. In Fool's Gold war der Alltag wieder eingekehrt.

Nach dem Essen verabschiedete Gabriel sich von seinen Eltern und machte sich auf den Weg zu Noelles Haus. Gerade als er am Brew-haha vorbeiging, kam die Bürgermeisterin heraus und begrüßte ihn.

„Ah, genau der Mann, den ich zu treffen gehofft hatte", sagte sie. „Darf ich Ihnen einen Kaffee spendieren? Es ist schon spät, aber sie haben auch entkoffeinierten im Angebot."

Gabriel war müde und wollte gern nach Hause. Es gefiel ihm, mit den Katzenkindern zu spielen, und er freute sich darauf, Noelle zu sehen. Doch die Bürgermeisterin war fast alt genug, um seine Großmutter zu sein, und seine Eltern hatten ihn zur Höflichkeit erzogen.

„Sicher. Danke."

Er folgte ihr ins Café und setzte sich ihr gegenüber.

Bürgermeisterin Marsha sah aus wie immer. Ein konservativ geschnittenes Kostüm, Perlen, hochgesteckte Haare. Er fragte sich, wie sie wohl vor vierzig Jahren ausgesehen hatte – als sie noch jung gewesen war und das Leben noch vor sich hatte.

„Vermutlich denken Sie, man hat Ihnen schon genug gedankt, für das, was Sie geleistet haben, aber ich wollte Ihnen noch einmal versichern, wie sehr wir es zu schätzen wissen, dass Sie nach dem Lawinenunglück sofort zur Stelle waren und Ihre Hilfe angeboten haben."

„Ich freue mich, dass ich hier war und helfen konnte."

Ein Teenager brachte ihm seinen Kaffee, und die Bürgermeisterin nippte an ihrem Latte.

„Die Stadt wächst. Während der vergangenen fünf Jahre hat die Bevölkerung rapide zugenommen. Immer mehr junge Paare lassen sich hier nieder und bekommen Babys. Unsere demografischen Zahlen bessern sich."

„Haben Sie schon immer hier gelebt?", wollte er wissen.

„Ja, ich wurde hier geboren und bin hier aufgewachsen." Ihre blauen Augen funkelten vergnügt. „Ich bin die Bürgermeisterin mit der längsten Amtszeit in ganz Kalifornien, wussten Sie das?"

„Ich hatte davon gehört. Herzlichen Glückwunsch."

„Manchmal denke ich zwar daran, in Rente zu gehen, aber was sollte ich dann mit meiner Zeit anfangen? Ich stecke noch voller Tatendrang. Ich habe eine wunderhübsche Enkelin und Urenkel. Ich bin reich gesegnet."

„Aber darüber wollten Sie bestimmt nicht mit mir reden", meinte er sanft, wohl wissend, dass sie jetzt gleich zum Verkaufsgespräch kommen würden.

„Nein, das stimmt." Sie lächelte. „Haben Sie die Gentlemen von CDS bereits kennengelernt?", fragte sie.

Er nickte. „Ford und Angel haben meinen Bruder gerettet."

„Ja. Sie sind eine wunderbare Bereicherung für unsere Gemeinschaft. Angel muss noch lernen, die Schmerzen der Vergangenheit loszulassen und sich neu zu verlieben, aber ich hoffe, dass das bald passiert. Demnächst können wir auch eine neue PR-Firma in der Stadt begrüßen. Sie heißt score. Drei ehemalige NFL-Football-Spieler ziehen dann hierher." Sie seufzte. „Ich weiß, dass sie uns auch Ärger bereiten werden, aber irgendwann lernen sie schon, sich einzufügen. Das Gute an der ganzen Sache ist, dass sie uns helfen können, die Stadt landesweit bekannter zu machen."

„Das klingt nach einer guten Sache."

„Wir sind noch immer dabei, die Planung für ein Such- und Rettungsteam voranzutreiben", fügte sie hinzu. „Darüber denke ich schon seit Jahren nach, aber das, was jetzt gerade passiert ist, hat mir noch einmal vor Augen geführt, wie dringend die Sache ist. Natürlich wird es eine große Herausforderung darstellen, die nötigen Gelder zusammenzubekommen, aber wir schaffen das schon." Sie blickte ihn an. „Ihre Eltern wollen in der Stadt bleiben."

„Ich habe gerade ein paar Objektbeschreibungen gesehen von den Häusern, die vielleicht in Betracht kommen."

„Und Sie?"

„Ich reise nach Weihnachten ab."

„Darf ich fragen, warum?"

Weil ... weil ... Gabriel starrte in seinen Kaffee, als könnte er dort die Antworten finden. „Ich muss zurück zur Army."

„Oh, ich dachte, Sie hätten Ihre Zeit abgeleistet."

„Ja. Ich kann mich jetzt neu verpflichten."

„Aber Sie haben Ihre endgültige Entscheidung noch nicht getroffen", sagte sie. „Sie überdenken noch immer Ihre Möglichkeiten."

Er war sich nicht sicher, ob sie fragte oder es ihm erzählte. Beide Optionen waren irgendwie beunruhigend. Die Bürgermeisterin schien definitiv zu viel über ihn zu wissen, und er hatte keine Ahnung, wie sie zu dem Wissen gelangt war. Noelle hätte eine Unterhaltung mit der Bürgermeisterin sicherlich erwähnt, und er konnte sich nicht vorstellen, dass seine Eltern mit ihr geredet hatten. Oder vielleicht doch?

„Felicia wird bald schwanger werden", fuhr die Bürgermeisterin fort. „Gideon mit einem Baby. Das wird mal ein Anblick ..."

Gabriel lachte. „Die beiden werden ihre Elternrolle bestimmt ziemlich ernst nehmen."

„Carter sorgt dafür, dass sie geerdet bleiben. Er ist ein starker Junge und wird einmal ein ganz besonderer junger Mann werden. Ich kann mir vorstellen, dass Sie in Ihrem Beruf viel von den Schattenseiten des Lebens gesehen haben. Das dünne Band, das jeden Moment durchtrennt werden kann."

Der Themenwechsel traf ihn unvorbereitet. „Es ist immer heikel, ja", gab er zu. „Von einer Sekunde zur anderen kann ein Soldat, der eben noch lachend dagestanden hat, in Stücke zerfetzt vor einem liegen. Daran gewöhnt man sich nie."

„Das könnte niemand", murmelte sie. „So ist es hier nicht. Wir haben natürlich auch unsere Tragödien. Es gibt Unfälle, und Menschen sterben. Aber wir sind eine Gemeinschaft, im wahrsten Sinne des Wortes. In Fool's Gold gehören die Menschen dazu. Wir arbeiten daran, diejenigen, die am Rand leben, nicht durchs Netz fallen zu lassen. Nicht immer gelingt uns das, aber wir bemühen uns weiter."

Sie griff nach ihrem Becher. „Sie wissen von Noelles Vergangenheit?"

„Ja", antwortete er und fragte sich, wie Bürgermeisterin Marsha das herausgefunden hatte.

„Ich bewundere ihren Mut. Sie hat so viel durchgemacht und das alles überlebt, und dann wird sie ausgerechnet von dem Menschen verlassen, der sie für immer lieben sollte. Ein weniger starker Mensch wäre daran zerbrochen, doch sie hat sich zusammengerissen und einen Neuanfang gewagt. Das nötigt mir großen Respekt ab."

„Mir auch."

„Dann bleiben Sie und beweisen Sie, dass für Sie beide ein Happy End möglich ist."

Er rutschte auf seinem Stuhl hin und her, diese sanfte Attacke kam überraschend, war aber merkwürdig effektiv.

Sie trank einen Schluck, stellte den Becher wieder ab und griff nach ihrer großen Umhängetasche. Nachdem sie sie geöffnet hatte, zog sie einen Umschlag heraus.

„Die sind für Sie", sagte sie.

Diese abrupten Themenwechsel brachten ihn völlig aus dem Konzept. Da er nicht wusste, was er sagen sollte, öffnete Gabriel den Umschlag und blickte fassungslos auf Dutzende von Karten und Briefen, die alle an ihn adressiert waren. Sie waren von seinen ehemaligen Patienten – Soldaten, die er in den ersten kritischen Stunden versorgt und somit dem Tod entrissen hatte. Es gab Zeichnungen und Fotos von deren Kindern. Männer und Frauen, einige mit schlimmen Narben oder mit fehlenden Gliedmaßen, aber sie alle lächelten und schienen glücklich. Und sie waren zu Hause, dort, wo sie hingehörten.

Gabriel blätterte die Karten durch und las Worte der Dankbarkeit. Sätze, die ihn an längst vergessene Momente erinnerten, wenn er zum Beispiel einem Soldaten versprochen hatte, dass er ihn nicht sterben lassen würde und dass dieser auf keinen Fall aufgeben sollte.

Er blickte zu der älteren Frau, die ihm gegenübersaß. „Woher haben Sie die?"

„Ich habe so meine Verbindungen. Man wird nicht so alt wie ich, ohne ein paar Leute kennenzulernen." Sie stand auf und zog sich ihren Mantel an. „Wir brauchen Sie, Gabriel. Nicht nur wegen Ihrer beruflichen Fähigkeiten, sondern weil Sie der sind, der Sie sind. Fool's Gold braucht Sie. Aber was genauso wichtig ist: Sie brauchen uns. Sie gehören hierher. Machen Sie einen Schritt nach vorn. Haben Sie ein wenig Vertrauen. Ich verspreche Ihnen, es wird belohnt."

Noelle schrieb sich die Informationen auf. „Okay, ich hab alles", sagte sie strahlend. „Sag ihr, ich freue mich riesig."

Sie beendete das Telefongespräch und legte ihr Handy auf die Küchenarbeitsplatte, bevor sie sich zu Gabriel herumdrehte. „Pia hat ihr Baby bekommen. Einen Jungen. Er heißt Ryder. Es geht ihnen beiden gut und …“ Sie lachte. „Du hast keinen blassen Schimmer, von wem ich rede, oder?“

„Nicht den geringsten“, gab er zu. „Aber wenn du glücklich bist, bin ich es auch.“

Und das stimmt auch, dachte er, als sie zu ihm kam und dabei über mehrere Kätzchen hinwegsteigen musste. Inzwischen konnten sie alle sehen und liefen munter durchs Haus. Sieben kleine Katzen samt ihrer beiden Mütter sowie Dutzende von Kartons, die seit seiner Online-Einkaufsorgie vor gut einer Woche hier eingetrudelt waren, stritten sich um den wenigen Platz in Noelles kleinem Haus.

Noelle ließ sich auf seinen Schoß fallen, schlang ihm die Arme um den Hals und presste einen zärtlichen Kuss auf seinen Mund. „Du bist so ein typischer Mann.“

„Das heißt, du glaubst mir nicht, dass ich mal eine Frau war?“

„Eher nicht. Obwohl du auf jeden Fall einzukaufen weißt.“

„Ich hab’s wohl ein wenig übertrieben.“

„Meinst du?“

Sie stand wieder auf, und nur widerwillig ließ er sie gehen, weil er sie bei sich spüren wollte. Von Tag zu Tag verging die Zeit schneller. Heute war schon der zweiundzwanzigste Dezember, und er sollte noch vor Neujahr abreisen. Was erst noch Wochen gewesen waren, waren jetzt nur noch Tage, und schon bald würden es nur noch Stunden sein.

„In Ordnung“, meinte Noelle. „Wir müssen das jetzt mal geordnet angehen. Am besten richten wir mehrere Einpackstationen ein. Das dauert zwar anfangs länger, beschleunigt aber hinterher den Ablauf. Ich räume mal den Tisch für das eigentliche Einpacken der Geschenke frei. Die Bänder können wir dann in der Küche drumbinden, und zum Schluss stapeln wir die Geschenke auf meinem Schreibtisch im Arbeitszimmer."

Sie bückte sich und hob eins der Kätzchen auf. „Vor allem müssen wir aufpassen, dass wir diese kleinen Pfoten und Krallen von all den Versuchungen fernhalten", meinte sie, während sie die Katze streichelte.

„Du solltest damit anfangen, die Kartons durchzusehen", fuhr sie fort und drehte sich wieder zu ihm herum. „Am besten sortierst du alles nach Größe. Die Geschenkanhänger liegen dort drüben." Sie deutete mit ihrer freien Hand in die Richtung. „Die kannst du als Erstes schreiben, damit wir wissen, wer welches Geschenk bekommt."

Sie trug das Kätzchen in ihr kleines Arbeitszimmer und kam mit ihrem Laptop zurück. Nachdem sie ihn neben die Spüle gestellt hatte, loggte sie sich in ihr E-Mail-Postfach ein. „Oh, sieh mal, es spricht sich schon herum, dass Pia ihr Baby bekommen hat."

Er wusste immer noch nicht, wer Pia war, aber es gefiel ihm, dass Noelle sich für sie freute. Die Bürgermeisterin hatte recht gehabt – in dieser Stadt kümmerte man sich umeinander.

Die Unterhaltung mit der älteren Frau hatte ihn richtiggehend erschüttert. Sie wusste zu viel, und er hatte keine Ahnung, woher sie ihre Informationen bezog. Doch statt das herauszufinden, hatte er entschieden, dass er sich einfach über die Briefe und Karten freuen würde.

„Oh, hier ist ein Foto!"

Er blickte auf und sah, dass Noelle auf den Bildschirm zeigte. Er stand auf und ging hinüber, um das pixelige Foto eines Neugeborenen zu betrachten. Das Baby hatte rote Haut, und die Augen waren zusammengekniffen. Aber es sah trotzdem niedlich aus. Ein neues Leben, dachte Gabriel.

Noelle reichte ihm die Katze. „Ich muss mal ins Bad. Ruf, wenn noch mehr Fotos kommen."

Er griff nach der Katze. „Du bist doch nur dreißig Sekunden weg", neckte er sie. „Du schaffst es nicht, es so lange auszuhalten, ohne zu wissen, ob ein neues Foto eingetroffen ist?"

Empört stemmte sie die Hände in die Hüften. „Willst du Hilfe beim Verpacken all deiner Geschenke oder nicht?"

Er lachte. „Ich rufe, wenn ein Foto kommt."

„Danke."

Als er ihr hinterhersah, erfreute er sich am Schwung ihrer Hüften und an der vorsichtigen Art, wie sie sich einen Weg über all die Hindernisse bahnte – seien sie nun lebendiger oder statischer Natur. Ihr Haus war das reinste Chaos, was größtenteils seine Schuld war. Sobald sie all die Geschenke eingepackt hatten, würde er sie zu seinem Bruder fahren. Außerdem hatte er schon darüber nachgedacht, Gideon zu bitten, mal wegen der größeren Kätzchen herumzufragen. Sie hatten angefangen, normales Futter zu fressen, was bedeutete, dass sie bald alt genug sein würden, um adoptiert zu werden. Er wusste, dass Noelle sich überlegt hatte, die beiden Mutterkatzen zu behalten, aber sie würde auf keinen Fall Mütter *und* Katzenkinder behalten können.

Ihr Computer gab einen leisen Ton von sich. Gabriel drehte sich herum und sah, dass eine neue E-Mail eingetroffen war. Er klickte sie an, weil er davon ausging, dass ein weiteres Foto des Neugeborenen aufleuchten würde, doch stattdessen wurde er mit drei bitterernsten Sätzen konfrontiert.

Dr. Nelson hat es bestätigt. Der Krebs ist zurück, und es sieht schlimm aus. Ich wünschte, es gäbe bessere Nachrichten.

Gabriel nahm nichts mehr um sich herum wahr. Er sah nur noch die E-Mail. Die Worte verschwammen vor seinen Augen, ehe er wieder klar sehen konnte und begriff, was geschehen war. Bei Noelle war die AML wieder ausgebrochen. Auch wenn das unwahrscheinlich war, konnte es passieren. Was er nicht gewusst hatte, war, dass Noelle sich Sorgen gemacht hatte und zur Untersuchung gegangen war. Sie hatte keinen Ton gesagt.

Sein Magen verkrampfte sich, während sein Verstand sich weigerte, das Offensichtliche anzuerkennen. Er dachte daran, was Noelle schon alles hatte durchmachen müssen. Dachte an das Foto, das sie ihm gezeigt hatte, und daran, dass sie fast gestorben wäre. Er dachte an all das, was sie verloren hatte, und wie sie sich danach ein neues Leben aufgebaut hatte. Sie ist glücklich, dachte er verbittert, erbost über die Ungerechtigkeit dieser Situation. Sie hatte das einfach nicht verdient.

Ihre Freunde würden sich geschlossen hinter sie stellen, das wusste er. Die Stadt wäre für sie da, aber das war nicht dasselbe wie eine Familie. Sie brauchte jemanden, auf den sie sich hundertprozentig verlassen konnte.

„Schon was Neues?“

Er drehte sich um und sah ihr entgegen, als sie ins Wohnzimmer kam. Sie sieht so gut aus, dachte er. Munter, gesund, und auch ihre Haut wirkte ganz frisch, und doch war das alles eine Lüge.

„Heirate mich“, platzte er heraus, nicht sicher, woher diese Worte auf einmal kamen. Aber er meinte sie aus ganzem Herzen. „Heirate mich. Ich bleibe hier und kümmere mich um dich. Ich kann damit umgehen, Noelle. Ich werde dich nicht verlassen. Ich bin nicht Jeremy. Du kannst darauf vertrauen, dass ich bleibe.“

Sie zog die Augenbrauen zusammen. „Wovon, um Himmels willen, redest du?“

„Du brauchst mir nichts mehr vorzuspielen. Ich habe die E-Mail gesehen. Du warst beim Arzt.“

„Was? Nein, war ich nicht.“

„Es steht hier doch“, sagte er und wies auf den Computer. „Ich möchte gerne helfen. Ich möchte für dich da sein.“

Noelle hatte das Gefühl, als wäre sie mitten in einen Film geplatzt, in dem jeder den Plot kannte, nur sie nicht. Gabriel sah völlig erschüttert, aber nicht geistig verwirrt aus. Was eine Kopfverletzung wohl ausschloss. Trotzdem. Irgendetwas stimmte mit dem Mann nicht.

Auch wenn sein Heiratsantrag sie wirklich freute, stimmte auch damit irgendetwas nicht. Er hatte gesagt, er würde sie heiraten, aber von Liebe hatte er keinen Ton verlauten lassen. Warum also wollte er sie auf einmal heiraten?

Er wollte bei ihr bleiben? Was zum Teufel war …

Sie stöhnte. „Ich habe eine Nachricht von Tammy bekommen“, sagte sie leise, bevor sie sich an Gabriel vorbeidrängte und auf den Computerbildschirm starrte. Die Nachricht war kurz und bündig.

Tränen traten ihr in die Augen. Sie wischte sie weg und holte tief Luft, ehe sie Gabriel ansah.

„Es betrifft nicht mich. Tammy ist eine Freundin von mir. Wir haben uns im Krankenhaus kennengelernt. Offenbar ist bei ihr der Krebs wieder ausgebrochen. Sie war nie sehr stark. Es wird jetzt vermutlich schnell gehen. Sie wollte, dass ich das weiß.“

Ich muss ein paar Anrufe tätigen, dachte sie. Einen Besuch einplanen. Tammy lebte in San Francisco, also würde sie für ein paar Tage hinfahren. Tammy hatte eine große Familie, die bei ihr sein würde, aber Noelle wollte sie auf jeden Fall noch ein letztes Mal umarmen.

Sie schüttelte den Kopf und drehte sich dann wieder zu Gabriel herum, der sie anstarrte, als könne er ihr nicht glauben. „Mir geht es gut“, sagte sie entschieden. „Ich bin nicht krank.

Du brauchst mir keinen Heiratsantrag zu machen. Ich werde nicht sterben."

„Bist du sicher?"

Einc schlichte Frage, die sich wie ein Messer in ihr Herz bohrte.

„Ich bin mir sicher."

Er atmete tief durch. „Ich dachte, na ja, du weißt, was ich gedacht habe."

Sie starrten einander an, bevor sie beide den Blick abwandten. Hatten sie noch vor wenigen Minuten sorglos miteinander reden können, fühlten sie sich jetzt beide unbehaglich und befangen.

Er hat Mitleid mit mir gehabt, erkannte Noelle. Weil Gabriel wusste, dass sie mehr oder weniger allein war, hatte er ihr angeboten, für sie da zu sein. Allerdings nicht aus Liebe. Er hatte nie gesagt, er würde sie lieben.

Plötzlich wurde ihr einiges klar – über sie beide. Sie straffte die Schultern und wappnete sich, bereit, die Wahrheit auszusprechen.

„Ich bin zu stark für dich", sagte sie tonlos. „Ich weiß gar nicht, warum mir das vorher nicht aufgefallen ist. Vermutlich haben mich dein gutes Aussehen und dein Charme geblendet. Und die Gefühle, die du in mir auslöst. Das, was wir miteinander erlebt haben, war wunderbar, und du bist auch ein toller Mann, aber du bist nicht der Richtige für mich."

Sie holte tief Luft. „Ich verdiene jemanden, der die nächsten achtzig Jahre mit mir zusammen sein will, nicht nur acht Wochen. Es geht nicht ums Sterben, denn du hast recht: Wir können morgen schon alle tot sein. Aber was ist, wenn wir es nicht sind? Was ist, wenn ich hundert werde? Ich möchte mit einem Mann zusammen sein, der das feiern würde."

Gabriel starrte sie verständnislos an. „Ich wollte helfen", sagte er leise. „Ich hätte mich um dich gekümmert."

„Das brauche ich nicht“, erklärte sie ihm. „Ich kann das, was auch immer kommt, allein bewältigen. Das habe ich schließlich bewiesen. Ich habe Sachen überlebt, die du dir nicht einmal vorstellen kannst. Ich gehe jeden Tag neue Risiken ein, und ich habe jemanden verdient, der das mit mir gemeinsam tut.“ Sie nahm ihren Mut zusammen. „Ich schaue mir einen Sonnenaufgang an und sehe das Versprechen eines neuen Tages. Du siehst einen Sonnenaufgang und zählst die Stunden bis zum Sonnenuntergang. Das Leben ist ein Geschenk, und wir sollten es voller Dankbarkeit und mit offenem Herzen annehmen. Ich möchte nicht mit jemandem zusammenleben, der das nicht genauso sieht.“

„Ich wäre bei dir geblieben“, meinte er zögernd.

„Ich weiß. Aber aus den falschen Gründen.“

„Ich bin noch nicht bereit, dich zu verlassen.“

„Liebst du mich?“

Er machte einen einzigen Schritt zurück, und das genügte.

„Leb wohl, Gabriel.“

15. KAPITEL

Der dreiundzwanzigste Dezember ging schnell vorüber. Im Laden war viel los, was Noelle dabei half, nicht nachzudenken. Ihr ging es schlechter, als sie für möglich gehalten hätte. Gabriel zu verlieren, war sogar noch schmerzhafter als der Verlust von Jeremy damals. Aber auch wenn der Schmerz in ihrem Herzen noch so groß war, sie wusste, dass sie die richtige Entscheidung getroffen hatte. Sie war bereit gewesen, alles zu geben, und sie brauchte jemanden an ihrer Seite, der bereit war, es genauso zu halten. Gabriel war nicht willig, ihr einen Vertrauensvorschuss zu schenken, und sie konnte und wollte nicht die Einzige in der Beziehung sein, die das tat.

Doch sämtliche Logik der Welt ändert nichts daran, dass ich ihn schrecklich vermisse, dachte sie, als sie nach Hause ging. Schlimmer noch, die Leute waren vorbeigekommen und hatten nach ihm gefragt, weil sie sich für seine Hilfe bedanken wollten, oder um ihm fröhliche Weihnachten zu wünschen. Noelle hatte keine Lust gehabt, Einzelheiten zu erzählen, deshalb hatte sie nur geantwortet, dass er bei seiner Familie sei. Eine Erklärung, die in einer Stadt wie Fool's Gold problemlos akzeptiert wurde.

Als sie jetzt ihre Einfahrt hochging, redete sie sich ein, dass sie schon wieder werden würde. Es war nur eine Frage der Zeit. Irgendwann würde sie Gabriel nicht mehr lieben. In der Zwischenzeit konnte sie stolz darauf sein, die richtige Entscheidung getroffen zu haben, auch wenn es hart war. Er hatte auch das Richtige tun wollen, aber leider aus den falschen Gründen. Sie wusste seine Bemühungen zu schätzen, doch es war nicht genug.

Sie ging in ihr kleines Häuschen und schaltete das Licht an. Die Katzen kamen auf sie zugestürmt, und sie versuchte, so viele wie möglich von ihnen zu streicheln, bevor sie in die Küche ging, um ihnen ihr Futter fertig zu machen. Nachdem alle gefüttert worden waren, kümmerte sie sich um die Katzenklos. Gerade als sie sich die Hände gewaschen hatte, klingelte es an der Haustür.

„Hat eine von euch Pizza bestellt?", fragte sie die Katzen auf dem Weg zu Tür. „Haben wir darüber nicht schon gesprochen? Bringt mich nicht dazu, meine Kreditkarten wegschließen zu müssen."

Sie öffnete die Tür und sah Felicia, Isabel und Patience auf ihrer Veranda stehen. Hinter ihnen hatten sich noch weitere Freundinnen von ihr versammelt, einschließlich Jo aus Jo's Bar. Jo trug einen großen, sehr professionell aussehenden Mixer in der Hand.

„Wir haben's gehört", sagte Isabel, kam herein und umarmte sie. „Es tut mir so leid. Männer können solche Idioten sein. Sollen wir das alles in die Küche bringen?"

Alle strömten ins Haus. Jede von ihnen hatte etwas mitgebracht, Chips, Brownies oder Wein. Innerhalb von wenigen Minuten waren die Kätzchen aufgehoben worden und wurden beschmust. Jos Mixer summte vor sich hin, und das Essen wurde in Schüsseln und auf Tellern angerichtet.

„Ich verstehe das nicht", sagte Noelle. „Wobei ich nichts gegen die nette Gesellschaft einzuwenden habe."

„Ich habe es ihnen erzählt", gab Felicia zu. „Das, was mit Gabriel passiert ist. Keine Details natürlich. Hauptsächlich, weil ich keine Details kenne. Er hat nämlich nichts gesagt, bevor er abgereist ist."

Noelle schluckte, weil sie plötzlich einen riesigen Kloß im Hals hatte. „Er ist a...abgereist?", fragte sie mit erstickter Stimme. „Er hat Fool's Gold verlassen?"

Im Zimmer herrschte auf einmal Stille, als alle sich zu ihr herumdrehten und sie anschauten. Noelle versuchte krampfhaft, nicht die Fassung zu verlieren, doch die Gewissheit, dass er weg war, veränderte alles. Als er heute nicht im Laden aufgetaucht war, hatte sie angenommen, dass er über alles nachdenken musste. Aber das hatte er anscheinend nicht mehr gebraucht. Sie würde ihn nicht mehr treffen. Er würde nicht beim Krippenspiel und auch nicht bei der Hochzeit dabei sein. Es würde keine Unterhaltungen mehr mit ihm geben, keine Zärtlichkeiten oder Küsse, sie würde keine Chance bekommen, ihn noch umzustimmen. Bis zu dieser Sekunde hatte sie noch auf ein Wunder gehofft, auch wenn ihr das selbst gar nicht bewusst gewesen war.

„Er ist weg", flüsterte sie und klammerte sich an der Arbeitsplatte fest, weil sie sonst zusammengebrochen wäre. „Er ist wirklich weg."

Und schon flossen die Tränen. Sie rannen ihr über die Wangen, während sie noch versuchte, das Schluchzen zu unterdrücken. Ihre Freundinnen umarmten sie, hielten sie fest und spendeten Trost. Verständnisvoll führten sie sie zum Sofa und versicherten ihr immer wieder, dass sie irgendwann darüber hinweg sein würde.

Noelle ermahnte sich, auf die Ratschläge ihrer Freundinnen zu hören und nicht zu vergessen, dass sie stark war. Sie hatte schon so viel Schlimmeres als dies hier überstanden. Sie hatte entgegen aller Vermutungen überlebt. Sie würde auch ein gebrochenes Herz überleben.

Irgendwann.

Am Heiligabend schloss Noelle ihren Laden früher als sonst. Nicht nur, weil sie mit einem schrecklichen Kater kämpfte, sondern auch, weil sie noch eine Menge erledigen musste.

Am Abend vorher waren ihre Freundinnen für sie da gewesen – und leider auch Jos sehr starke Margaritas. Nachdem ihr Gefühlsausbruch einigermaßen abgeklungen war, hatten sie getrunken, gegessen und sich über Männer im Allgemeinen und Gabriel im Besonderen mokiert. Felicia hatte von ihren Strapazen mit Gideon berichtet; der Mann war ziemlich starrköpfig gewesen. Dakota Andersson hatte erzählt, dass sie sogar nach Alaska hatte fliegen müssen, um Finn davon zu überzeugen, dass sie zusammengehörten. Jede der Frauen hatte ihre eigene Geschichte, wie sie um die Liebe gekämpft hatte. Noelle hatte fasziniert gelauscht, an ihr eigenes Happy End aber nicht mehr geglaubt. Gabriel hatte von Anfang an betont, dass die Liebe für ihn nichts war, selbst wenn es sie geben sollte. Noelle war dumm genug gewesen, ihm nicht zuzuhören.

Drei Kannen Tee, ein paar Kräcker und zwei Aspirin später war der Kater so weit abgeklungen, dass sie wieder einigermaßen funktionierte. Sie ging vom Laden zu ihrem Haus und wusste, dass sie sich beeilen musste. Gleich hatte sie eine Verabredung, und sie wollte nicht zu spät kommen.

Sie schloss die Tür auf und begrüßte ihre Katzenfamilie. Anschließend beseitigte sie all die Spuren des gestrigen Abends.

Pünktlich auf die Minute klopfte es an der Tür, und Noelle ließ Patience und ihre aufgeregte Tochter herein. Lillie hüpfte vor Begeisterung auf und ab, als sie ins Haus kam.

„Wir sind schon in der Tierhandlung gewesen", sprudelte Lillie. „Wir haben ein Katzenklo gekauft und das Futter, das du auch hast. Und natürlich noch ein paar Spielzeuge und ein Körbchen. Wir haben auch ein Buch, in dem steht, wie man sich um ein Kätzchen kümmert, das habe ich sogar schon zweimal durchgelesen. Mom hat gemeint, dass das Kätzchen ein paar Tage lang traurig sein wird, weil es seine Familie vermisst, aber dann wird es ihm wieder gut gehen. Ich muss nur Geduld haben."

Lillie blickte sie hoffnungsvoll an. „Ich werde bald elf, und ich kümmere mich bestimmt gut um sie."

Noelle hatte noch immer das Gefühl, als hätte man ihr das Herz aus dem Leib gerissen, aber als sie jetzt Lillie zuhörte, erinnerte sie sich daran, dass es in ihrem Leben so viele wunderbare Momente gab. Freunde, denen sie etwas bedeutete, und Dinge, über die sie sich freuen konnte. So wie jetzt, als sie Lillie ihr erstes Kätzchen schenken konnte.

„Weißt du schon, welches du möchtest?", fragte sie.

Lillie nickte und zeigte auf die kleine schwarz-weiße Katze, die gerade an der Seite des Sofas herumkrabbelte. „Die da."

Noelle sah zu Patience, die nickte.

„Fröhliche Weihnachten", sagte Noelle.

Lillie strahlte über das ganze Gesicht, bevor sie losstürmte und die Katze hochhob. Das kleine Tier entspannte sich in den Armen des Mädchens und schlug spielerisch nach einer von Lillies Locken.

„Vielen Dank", sagte Patience. „Sie ist so aufgeregt."

Noelle lachte. „Eine weniger, jetzt sind es nur noch sechs. Sag es gern weiter."

Gabriel hatte sich auf den Weg nach Mexiko gemacht. Auf der I-5 war er Richtung Süden gefahren, nur um seine Meinung zu ändern, als er in San Diego ankam. Die Nacht hatte er in einem billigen Motel neben einem Fernfahrerrastplatz verbracht und sich am Morgen spontan entschlossen, Richtung Osten zu fahren. Vielleicht wäre Florida ja ganz nett. Auf halbem Weg durch Arizona machte er wieder kehrt. Gegen zwei Uhr nachmittags am Heiligabend befand er sich an der Grenze zu Oregon, bog auf einen Rastplatz ab und überlegte, wann er sich wohl endlich die Wahrheit eingestehen würde.

Er konnte nicht weg. Er fuhr seit zwei Tagen durch die Gegend und befand sich noch immer nur wenige hundert Meilen von seinem Startpunkt entfernt.

Du musst loslassen, redete er sich ein. Er musste weiterziehen. In Fool's Gold gab es nichts, was ihn hielt. Weder Freunde noch Verwandte und ganz sicherlich nicht Noelle. Die Sache war nur die: Er war nie sonderlich gut darin gewesen, sich selbst zu belügen. Alles, was ihm wichtig war, wartete dort auf ihn, und er wusste nicht, warum er solche Angst hatte, das einfach zu akzeptieren.

Auf dem Rastplatz stieg er aus seinem Wagen und stand dann da, ohne zu wissen, was er als Nächstes tun sollte. Am liebsten hätte er die Fäuste erhoben, aber gegen wen? Und weshalb? Es gab niemanden, auf den er sauer sein konnte außer auf sich selbst. Er hatte sie verlassen. Das war die erbärmliche Wahrheit. Er hatte Noelle verlassen und ihr bestimmt schrecklich wehgetan. Sie hatte angedeutet, dass sie ihn liebte, und er war wie ein verängstigtes kleines Kind davongerannt.

Er ging den Gehweg entlang zurück zum Wagen und redete sich ein, dass er keine Wahl gehabt hatte. Was hätte er denn tun sollen? Ihr sagen, dass er sie auch liebte? Ihr noch einmal einen Antrag machen, diesmal aber einen ernst gemeinten? Das ging nicht. Sechs Wochen konnte er ihr zugestehen. Er wäre jede Sekunde für sie da gewesen. Er hätte …

Gabriel fluchte laut vor sich hin und erschreckte damit eine ältere Frau, die mit ihrem kleinen Hund Gassi ging. Sie blieb erschrocken stehen, starrte ihn an und wechselte hastig die Richtung.

„Tut mir leid", rief er ihr hinterher. „Ich bin nicht verrückt oder gefährlich."

Die Frau ging immer schneller.

Gabriel stieg ins Auto, wo er wenigstens vor sich hinfluchen konnte, ohne andere Leute zu stören, und überdachte noch einmal seine merkwürdig verquere Logik. Er war bereit gewesen, Noelle beim Sterben zu helfen, aber ihr Leben wollte er nicht mit ihr teilen? Das war doch verrückt! Sechs Wochen waren okay, aber was war mit acht Wochen? Oder zwölf? Wäre er bereit, ihr ein Jahr zuzugestehen, aber nicht zwei?

Das Leben ist nun einmal unberechenbar, dachte er sich. Es konnte jeden Augenblick vorbei sein. Das hatte er unzählige Male erlebt.

Aber er hatte auch miterlebt, wie sein Vater Zärtlichkeiten mit seiner Mutter austauschte, und das nach vierzig Jahren Ehe. Er hatte glückliche Paare jeden Alters erlebt, die das, was sie hatten, genossen. Alle wussten, dass das Leben irgendwann endete, aber trotzdem lebten sie nicht in ständiger Angst. Sie lebten voller Freude. Sie liebten und lachten, und wenn es vorbei war, egal, wie lange es gedauert hatte, dann konnten sie zumindest sagen, dass sie nichts bereuten.

Er ließ den Motor an und lenkte den Wagen wieder auf die I-5. Dieses Mal fuhr er in Richtung Süden und folgte den Schildern nach Sacramento. Von dort würde er hinüber nach Fool's Gold fahren. Das Krippenspiel hatte er schon verpasst, aber es gab ja noch den Tanz des Winterkönigs und anschließend die Hochzeit. Aber noch viel wichtiger ... am allerwichtigsten ... war Noelle. Seine bezaubernde, hübsche und mutige Noelle, die Katzen liebte, ein äußerst interessantes Konkurrenzdenken an den Tag legte, wenn es um Schaufensterwettbewerbe ging, und aus Kürbissen geschnitzte Krippen verkaufte. Noelle, die der stärkste Mensch war, den er kannte, und die ihn, aus Gründen, die ihm völlig unverständlich waren, liebte. Sie liebte ihn.

Als ihm bewusst wurde, was er fast aufgegeben und fast verloren hätte, brach ihm kalter Schweiß aus. Er umklammerte das Lenkrad, wohl wissend, dass es gefährlich war, zu schnell zu fahren, doch noch immer konnte er nicht fassen, was für ein Idiot er gewesen war.

Er blickte zur Uhr. Er würde rechtzeitig dort sein. Er *musste* es schaffen.

Noelle zog den Reißverschluss des Brautkleides zu, das einmal ihrer Großmutter gehört hatte. Sie drehte sich vor dem Spiegel hin und her, glücklich darüber, dass es fast perfekt passte. Ein paar Pfund musste sie noch zunehmen, aber das würde mit der Zeit schon kommen. Die Kraft, die ihr geholfen hatte, ihre Krankheit zu überwinden, steckte noch immer in ihr. Und jetzt hatte sie außerdem noch viele neue Freundinnen, ihren Laden und diese Stadt. Hier gehörte sie dazu.

Gabriel zu lieben, war nichts Schlechtes, redete sie sich ein. Ihr Herz wieder zu verschenken, war der letzte Teil ihres Heilungsprozesses gewesen. Sie war bereit gewesen, alles zu riskieren, und das würde sie auch wieder tun. Irgendwann würde sie schon noch den richtigen Mann finden, und dann würden sie zusammen glücklich werden. Bis dahin würde sie das Kleid ihrer Großmutter hüten.

Sie zog den Reißverschluss auf und schlüpfte aus dem Kleid, bevor sie es wieder sorgfältig verstaute. Ihr blieb noch ein bisschen Zeit, bevor sie sich für den Tanz des Winterkönigs und die anschließende Trauung fertigmachen musste.

Das wird bestimmt eine Riesenüberraschung für alle, überlegte sie und freute sich, dass sie an diesem wunderbaren Ereignis teilhaben konnte. Es würden wieder schöne Erinnerungen werden.

Sie wurde aus ihren Gedanken gerissen, als jemand an ihre Haustür hämmerte und zwar ziemlich entschlossen und beharrlich.

Schnell lief sie nach vorn und riss die Tür auf. „Was ist …“

Der Rest ihres Satzes blieb ihr im Halse stecken, als sie auf Gabriel starrte. Er sah erschöpft aus – fast so grau wie an dem ersten Tag, als sie ihn kennengelernt hatte. Dunkle Ringe lagen unter seinen Augen, und sie fragte sich, ob er in den letzten beiden Tagen überhaupt geschlafen hatte. Vermutlich hatte er auch nichts gegessen. Die Anzeichen, die darauf hindeuteten, dass auch er gelitten hatte, hätten ihr eigentlich Genugtuung verschaffen müssen, aber so war es nicht. Sie wollte, dass es ihm gutging.

Er sagte keinen Ton. Stattdessen kam er ins Haus marschiert, schlug die Tür hinter sich zu und zog Noelle in die Arme. Er hielt sie so fest an sich gepresst, dass sie kaum noch Luft bekam. Ein Schauer lief durch ihn hindurch.

„Ich hätte dich verlieren können“, sagte er heiser. „Ich hätte uns verlieren können.“ Dann ließ er sie los und sank vor ihr auf die Knie.

Er nahm ihre Hände in seine und schaute ihr in die Augen. „Noelle, es tut mir so leid. Ich habe mich in allem geirrt. Nicht darin, dass ich mich um dich kümmern wollte, aber darin, dass ich geglaubt habe, das würde reichen. Ich möchte dir alles geben, was ich habe, alles, was ich bin. Was auch immer nötig ist, um dich zu überzeugen, ich werde es tun. Das schwöre ich. Ich liebe dich. Ich möchte immer bei dir sein. Ich möchte an deiner Seite leben, für so lange, wie es uns vergönnt ist, sechs Wochen oder sechzig Jahre. Es tut mir leid, dass ich abgehauen bin. Dafür gibt es keine Entschuldigung, vielleicht abgesehen von der, dass jeder Soldat der Angst ins Gesicht schauen muss, und einige können das mit mehr Anstand als andere. Ich werde nicht wieder davonlaufen. Ich bleibe und kämpfe. Für dich. Für uns. Wenn du mich überhaupt noch haben willst.“

So viele Worte, dachte Noelle und war nicht in der Lage, das alles zu verarbeiten. Doch irgendwo, mitten in seinem Redeschwall, hatte Gabriel da wirklich gesagt, dass er sie liebte?

Anscheinend stand die Frage in ihren Augen, denn er umklammerte ihre Hände noch fester und wiederholte: „Ich liebe dich. Ich habe dich von Anfang an geliebt, aber ich wollte es einfach nicht wahrhaben. Ich möchte dich heiraten, wenn du mich willst.“

Irgendwie gelang es ihr, ihn wieder auf die Füße zu ziehen. Im nächsten Moment fielen sie einander in die Arme und küssten sich stürmisch.

Ein wenig außer Atem löste Gabriel sich schließlich von ihr. „Bin ich zu spät?“

Sie lächelte. „Es sind erst zwei Tage vergangen. Glaubst du wirklich, ich vergesse so schnell?“

Hoffnungsvoll schaute er sie an. „Dann heiratest du mich?“

Grinsend meinte sie: „Du weißt von den Katzen, oder?“

Er lachte und schloss sie wieder fest in die Arme, bevor er sie herumwirbelte, bis ihr fast schwindelig wurde, und er sie wieder auf die Füße stellte.

„Ich habe bei Jenel's Gems angehalten. Das waren die längsten Minuten meines Lebens, aus vielerlei Gründen.“ Er zog einen Diamantring aus der Tasche und steckte ihn Noelle an den Finger.

„Ich liebe dich, Noelle“, sagte er und schaute ihr tief in die Augen.

„Ich liebe dich auch.“

„Also wegen der Hochzeit heute Abend …“

Sie schnappte nach Luft und blickte auf die Uhr am Fernseher. „Oh, ich muss mich fertigmachen! Ich bin doch Trauzeugin.“

„Bist du sicher? Auf dem Weg hierher habe ich nämlich mit Dellina telefoniert. Wenn du bereit wärst, an einer Vierer-Hochzeit teilzunehmen, dann schafft sie das, meinte sie.“

Noelle verschlug es fast die Sprache. Es war nicht zu fassen, wie sich die Ereignisse überschlugen. Als wäre es nicht schon wunderbar genug, dass Gabriel zurück war und ihr seine Liebe gestanden hatte. Nein, jetzt schlug er auch noch vor, dass sie heute Abend heiraten sollten? Unglaublich!

„Du warst ja äußerst umtriebig!“, meinte sie atemlos. „Bist du dir auch wirklich sicher?“

Er lächelte. „Glaubst du etwa, jetzt, wo ich endlich kapiert habe, was du mir bedeutest, würde ich so dumm sein, dich davonkommen zu lassen?“ Leise lachend fügte er hinzu: „Darauf brauchst du nicht zu antworten. Ja, ich bin mir sicher. Ich möchte mit dir unser gemeinsames Leben beginnen. Ich werde aus der Army ausscheiden und hier in Fool's Gold leben. Wie ich hörte, soll es hier bald ein neues Krankenhaus geben, das einen Spezialisten wie mich gut gebrauchen kann.“

Sie warf sich wieder in seine Arme und wusste, sie würde ihn nie wieder loslassen. „Die Hochzeit soll doch eine Überraschung sein“, murmelte sie.

„Dann lass uns daraus eine Riesenüberraschung machen.“

Als die letzten Töne der Musik verklungen waren, trat Evie Jefferson auf die Bühne. „Vielen Dank, dass Sie heute Abend hergekommen sind“, sagte sie, während ihre Tänzer hinter ihr warteten. „Aber bevor Sie gehen, haben wir noch eine kleine Überraschung für Sie vorbereitet.“

Sie verließ die Bühne, und ihre Schüler begannen zu einer speziell arrangierten Musik des Hochzeitsmarsches zu tanzen. Vier Mädchen wirbelten auf die Bühne, jedes von ihnen wie eine Braut gekleidet. Anschließend gingen zwei Jungen den Mittelgang entlang und rollten sorgfältig einen weißen Teppich aus.

Im Publikum wurde immer lauter geflüstert, als die Einwohner von Fool's Gold erkannten, dass dies nicht einfach nur eine Zugabe war. Als wollte sie dieses Gemurmel bestätigen, trat Bürgermeisterin Marsha mit einem Mikrofon in der Hand auf die Bühne.

„Guten Abend! Heute feiern wir das Fest der Liebe, und deshalb freue ich mich ganz besonders, dass ich jetzt die Ehre habe, Ihnen anzukündigen, dass wir gleich die Trauung von vier Paaren miterleben werden. Vier wunderschöne Bräute werden sich mit vier gut aussehenden Männern zusammentun und ihre Reise in den Hafen der Ehe antreten. Wünschen wir ihnen viel Glück und ein Leben voller Liebe!"

Gladys stieß ihrer Freundin Eddie den Ellenbogen in die Seite. „Noch eine Hochzeit! Es ist ein Weihnachtswunder."

„Ich hoffe, eine von ihnen trägt was von Vera Wang. Ich vergöttere Vera Wang!"

Ein neues Musikstück erklang, und Lillie und Carter kamen gemeinsam den Mittelgang entlang. Vor der Bühne angekommen, traten sie zur Seite und standen auf den gegenüberliegenden Seiten eines Podiums, das jemand in Windeseile vor der Bühne aufgebaut hatte. Vier Männer kamen jetzt den Gang entlang, alle gekleidet in schwarze Smokings.

Die gut siebzigjährige Eddie seufzte. „Jetzt, wo sie heiraten, kriegen wir sie bestimmt nicht mehr nackt zu sehen. Aus mir unerfindlichen Gründen haben Ehefrauen irgendwie immer was dagegen."

„Was ist denn mit den Football-Spielern, die bald in die Stadt ziehen? Wir könnten doch vorschlagen, dass wir wieder so einen Wohltätigkeitskalender machen. Die knackigen Hintern von Fool's Gold."

„Gute Idee."

Die Musik schwoll an, und dann erklang der Hochzeitsmarsch. Die Gäste erhoben sich und drehten sich herum, um den vier Bräute entgegenzusehen, die langsam den Gang entlangkamen. Patience, Felicia, Isabel und Noelle.

Die Brautsträuße leuchteten in den unterschiedlichsten Rosatönen, von sehr hell bis zu einem Purpurrot. Alle vier Frauen trugen trägerlose Kleider, die ansonsten aber genauso verschieden waren wie die Frauen selbst.

Dellina beobachtete den Beginn der Zeremonie vom hinteren Ende des Saales aus. Doch als die Paare begannen, das Ehegelübde abzulegen, wandte sie sich wieder der hektischen

Geschäftigkeit im Empfangssaal zu. Riesige Tabletts mit Essen wurden auf dem Büffet abgestellt. Die Tische und Stühle waren bereits aufgestellt und die Kinderecke eingerichtet worden. Dellina war zwar total erschöpft, aber sehr zufrieden. Alles hatte perfekt geklappt.

Noelle stand neben Gabriel und lauschte seinen Worten, als er sein Gelübde ablegte. Lächelnd steckte er ihr den Diamantring an den Finger und besiegelte damit ihre Liebe im Geiste einer Tradition, wie es sie seit Generationen gab. Sie spürte die warme, liebevolle Gegenwart ihrer Mutter und Großmutter, so, als wären sie wirklich dabei. Und eine kurze Sekunde lang hatte sie ihre Zukunft mit Gabriel vor Augen. Jahrzehntelanges Glück, Kinder und Enkelkinder, und das Wunder der Liebe – denn das war die wirkliche Bedeutung von Weihnachten.

– ENDE –

PROLOG

Weihnachten 1981

Juliet saß auf dem braunen Veloursofa, die Arme vor der Brust verschränkt, und sah zu, wie ihre Schwester inmitten von zerfetztem Geschenkpapier und achtlos fallen gelassenen Geschenkbändern spielte. Gemmas blonde Locken hüpften, während sie ihrer neuen Puppe fröhlich vor sich hin plappernd die Haare bürstete. Juliets Blick fiel auf den Taschenrechner, der noch in seiner Verpackung neben ihr auf dem Sofa lag, und ihr wurde ein wenig übel.

Die Puppe hatte auf ihrem Wunschzettel gestanden, nicht auf Gemmas. Offenbar hatte ihre Mutter da irgendwas durcheinandergebracht. Aber Daddy hatte gesagt, Mummy sei im Moment ein bisschen traurig und tue deshalb seltsame Dinge.

Gemma hörte auf, der Puppe die Haare zu kämmen, und blickte auf. „Wann gibt es was zu essen?“, fragte sie. „Ich habe Hunger.“

Ein Blick auf die Uhr auf dem Kaminsims zeigte Juliet, dass es zehn nach vier war. Auch sie hatte Hunger. Das Weihnachtsessen hätte schon vor Stunden stattfinden sollen. Am liebsten wäre sie zu Daddy gelaufen und hätte ihn gefragt, aber als sie sich das letzte Mal in die Küche gewagt hatte, hatte er dort gesessen, tief über den Tisch gebeugt, und leise geweint.

„Bald“, sagte sie zu Gemma und rang sich ein Lächeln ab.

Ihre Schwester nickte und beschäftigte sich weiter mit ihrer Puppe. Juliet blieb einfach sitzen. Jetzt war ihr noch übler.

Einige Augenblicke später stand Gemma auf und drückte ihre Puppe an sich. „Ich gehe zu Mummy und zeige ihr, was ich mit Georginas Haaren gemacht habe.“

Juliet sprang vom Sofa auf und stellte sich in den Türrahmen, um ihr den Weg zu versperren. Genau das hatte sie befürchtet. „Nicht jetzt“, sagte sie leise. „Mummy ist weggegangen, weil sie an die frische Luft musste.“

Überrascht zog Gemma die Brauen hoch, aber sie stellte die Worte ihrer älteren Schwester nicht infrage. Schließlich war sie gerade erst fünf. Juliet hingegen war schon neun, ein großes Mädchen. Alt genug, um die Wahrheit zu kennen. Das hatte Daddy gesagt. Gemma aber sei noch zu klein. Sie könne das noch nicht verstehen, und deshalb solle Juliet aufpassen, dass sie es nicht erfuhr.

Plötzlich hatte sie wieder das Bild vor Augen, wie ihre Mutter aus dem Haus rannte. An ihren Fingern klebte noch die unfertige Füllung für die Weihnachtspute. Sie war in ihr Auto gesprungen und weggefahren. Juliet stockte der Atem, wenn sie sich daran erinnerte. Ein Zittern erfasste sie, aber Gemma schaute aus großen Augen vertrauensvoll zu ihr hoch, also überspielte sie ihre Angst und ihr Entsetzen mit einem Lächeln.

„Kommt sie bald wieder?“, fragte Gemma, die sich offensichtlich nur halbherzig für die Antwort auf ihre Frage interessierte, da sie gerade begann, die Haare der Puppe zu einem Flechtzopf, oder was eine Fünfjährige darunter verstand, zusammenzubinden.

Juliet lächelte krampfhaft weiter, obwohl sie sich fühlte, als hätte sich ein großes schwarzes Loch in ihr aufgetan, in das sie hineingezogen wurde.

„Ja“, sagte sie und blinzelte die Tränen weg, die sich in ihren Augenwinkeln bildeten.

Sie beugte sich zu Gemma hinunter. „Wenn du willst, bringe ich dir bei, wie man Georgina richtige Zöpfe macht. Das kannst du dann Mummy zeigen, wenn sie wieder nach Hause kommt.“

Gemma schlang ihr die Arme um den Nacken und drückte sie heftig. „Du bist so eine tolle große Schwester, Juliet! Ich hab dich lieb.“

Die Leute mochten Gemma besonders gern, denn sie war niedlich und quirlig. Nicht, dass Juliet so genau verstand, was genau sie damit meinten, aber sie vermutete: nicht schüchtern und nervös, wie sie selbst es war. Manchmal hätte sie sich gewünscht, Gemma wäre anders, aber in diesem Moment verstand sie gut, warum alle begeistert waren, wenn ihre kleine Schwester sie mit ihrer ausufernden Liebe überschüttete.

Sie war wirklich eine tolle große Schwester, oder etwa nicht? Also würde sie Gemma auch weiterhin eine tolle große Schwester sein. Die beste große Schwester, die man sich vorstellen konnte.

Im Schneidersitz ließ sie sich auf dem Teppich nieder, und Gemma hockte sich neben sie. Dann nahm Juliet die Puppe und begann, die Stirn konzentriert gerunzelt, ihr die Haare zu Zöpfen zu flechten. „Schau“, sagte sie, „so macht man das …“

Nachdem sie es Gemma einmal vorgeführt hatte, überließ sie ihr die Puppe, damit sie selbst es versuchen konnte. Und während ihre Schwester vor sich hin plapperte und Zöpfe flocht – wobei sie ihre kleinen kurzen Finger fast darin einschnürte –, warf Juliet einen Blick zur Wohnzimmertür.

Vielleicht sollte sie schauen, ob Daddy ihre Hilfe beim Kochen brauchte, solange Gemma beschäftigt war. Irgendwer musste schließlich das Essen zubereiten. Und sie wusste nicht, ob Mummy jemals wieder nach Hause kommen würde.

1. KAPITEL

Juliet blieb mitten im Gedränge stehen. Die anderen Passanten strebten links und rechts an ihr vorbei, während sie ihr Weihnachtsnotizbuch aus der Tasche hervorkramte. Wie jedes Mal, wenn sie es zur Hand nahm, fühlte sie sich plötzlich geborgen und es wurde ihr warm ums Herz. Auch heute war das nicht anders. Ihr Blick fiel auf den hübschen Blumendruck auf dem Einbanddeckel, und sie lächelte. Weihnachtssterne.

Andere Leute hatten Wunschzettel, aber Juliet verschwendete ihre Zeit nicht daran. Wünsche brachten einen keinen Schritt weiter. Wenn etwas vollkommen sein sollte, musste man planen, Listen schreiben, sich informieren. Juliet lag viel daran, ein perfektes Weihnachten auszurichten, und dieses Notizbuch war ihr Fahrplan dorthin, ihr strahlendes Leuchtfeuer mitten im vorweihnachtlichen Chaos. Es war Tagebuch, Terminkalender, Adressbuch und To-do-Liste in einem. Und spätestens ab Anfang November jeden Jahres trug sie es ständig mit sich herum.

Sie schlug es auf und fand schnell die Seite mit der Einkaufsliste für heute, die sie mit einem bunten Klebestreifen markiert hatte.

Ah, ja.

Kandierte Kirschen für die Nasen der Rudolf-Cupcakes, die sie für den Weihnachtsmarkt zu backen versprochen hatte, Zimtstangen und Gewürznelken für den heißen Apfelsaftpunsch nach dem Weihnachtsliedersingen in der Kirche, zwei Rollen Tesafilm und einen Meter rotes Samtband.

Sorgsam verstaute sie das Büchlein wieder in ihrer Handtasche und schlängelte sich geschickt durch den Strom der anderen Weihnachtseinkäufer: Sie entdeckte Lücken, noch bevor sie sich auftaten, schätzte richtig ein, wer in Bewegung bleiben und wer anhalten würde, um die schöne Festtagsbeleuchtung zu bewundern.

Ja, es gab allen Grund, sie zu bestaunen. Juliet war sehr stolz auf ihre Heimatstadt. Gerade um diese Jahreszeit zeigte sich Tunbridge Wells von seiner schönsten Seite. Kein Wunder, dass so viele Supermarktketten und Kaufhäuser ihre aufwendigen Weihnachtswerbefilme jedes Jahr im Oktober hier drehen ließen. Die Kurpromenade „The Pantiles“ diente dabei als bevorzugter Schauplatz, war sie doch eine der ältesten Straßen der Stadt mit ihren herrlichen viktorianischen und georgianischen Gebäuden und den vielen kleinen Läden, die sich unter den zweihundert Jahre alten Kolonnaden aneinanderschmiegten. Zwischen den weißen Säulen hingen Lichterketten, und ihre hellen Lämpchen wanden sich um die Äste der Bäume, die in einer langen Reihe entlang der Mitte der gepflasterten Straße angepflanzt wurden. Jedes Ladenfenster war liebevoll mit Tannengrün und verlockenden Weihnachtsleckereien dekoriert. Von den Marktständen wehte der Duft von Glühwein und gerösteten Esskastanien zu ihr herüber.

Aber Juliet hatte an diesem Nachmittag wirklich keine Zeit, stehenzubleiben und irgendetwas zu bewundern oder zu riechen. Ihr Weihnachtsnotizbuch rief sie aus den Tiefen ihrer Handtasche zur Ordnung, zerrte an ihrem Bewusstsein und erinnerte sie an all die kleinen leeren Kästchen auf ihrer To-do-Liste, die regelrecht danach hungerten, endlich abgehakt zu werden.

Sie warf der altmodischen Uhr über einer der Boutiquen einen kurzen Blick zu. Zehn nach zwei. Um zwanzig nach drei musste sie die Jungs von der Schule abholen. Wenn sie ihre Einkäufe erledigt hatte, würde sie noch ein Paket für ihre ältere Nachbarin aufgeben, und dann hatte sie gerade noch ausreichend Zeit, um zum Schlachter zu sausen und den Truthahn zu bestellen.

Dieser köstliche pralle Vogel war das Herzstück des Weihnachtsessens. Wenn sie diesen Punkt abhaken konnte, würde das ihre Liste in einer Kettenreaktion mit lauter kleinen Häkchen überfluten. Der Gedanke löste ein leichtes Schwindelgefühl in ihr aus, bevor das schöne Bild all der kleinen glücklichen Kästchen auch schon verdrängt wurde und ihr die verzerrten Klänge von ‚All I Want for Christmas Is You' aus ihrer Tasche entgegendröhnten.

Gemma?

Juliet blieb stehen und kramte nach ihrem Handy.

Nicht Gemma.

Nur die Grundschule St. Martin mit einer Mitteilung an alle Eltern, dass an der Schule schon wieder Kopfläuse aufgetreten waren. Großartig. Zu Hause warteten vier Köpfe, die auf Läuse untersucht werden mussten. Sie würde den Nissenkamm den ganzen Abend nicht aus der Hand legen können. Ein absoluter Zeitfresser! Genau das hatte ihr jetzt noch gefehlt.

Sie schloss die SMS und suchte auf dem Display nach weiteren Nachrichten, aber nichts piepte, nichts blinkte. Kein neues Icon poppte auf. Frustriert stopfte sie ihr Handy zurück in die Handtasche. Jetzt war sie noch wütender auf ihre Schwester, als sie ohnehin schon gewesen war. Aber hatte sie etwas anderes erwartet?

Natürlich wusste sie, wie Gemmas Arbeitstag aussah, wie schwierig es für sie war, persönliche Anrufe zu tätigen oder entgegenzunehmen, und dass ihr oft nur wenige Sekunden blieben, um Textnachrichten am späten Abend zu beantworten. Schließlich hatte sie oft genug damit geprahlt, wenn sie auf einer ihrer Stippvisiten zu Hause war.

Na ja, vielleicht tat sie ihrer Schwester unrecht, was das anging.

Gemma prahlte nicht wirklich. Sie hatte nur diese gewisse Art, von ihrer Arbeit beim Film zu erzählen, von den interessanten Leuten, die sie beim Drehen kennenlernte, von den exotischen Orten, die sie besuchte ... Nun, wahrscheinlich konnte sie kaum verhindern, dass ihre Berichte klangen, als wäre sie viel interessanter als die durchschnittliche Vorstadt-Hausfrau.

Das letzte Mal, dass sie Gemma gesehen hatte, war auf dem Grillfest anlässlich der Feiertage im August gewesen. Dabei war es Juliet endlich gelungen, ihre Schwester in die Enge zu treiben und darum zu bitten, sich dieses Jahr am Riemen zu reißen und sich an den Weihnachtsvorbereitungen zu beteiligen. Zu ihrer nicht geringen Überraschung hatte Gemma sich einverstanden erklärt, aber zurzeit herrschte die totale Funkstille zwischen ihnen. Einmal mehr war es Gemma gelungen, sich unbemerkt aus der Affäre zu ziehen – wie immer, wenn eine Familienfeier anstand.

Die ganze Situation drohte ihr allmählich über den Kopf zu wachsen. Da sie mit Gemmas Hilfe gerechnet hatte, war sie vielleicht ein bisschen übermütig geworden, als sie die Weihnachtsplanungen in Angriff genommen hatte. Inzwischen ging es nicht mehr darum, dass sie sich von ihrer Schwester ein bisschen schwesterliche Solidarität wünschte. Nein, sie war vermutlich sogar darauf angewiesen, und diese Vorstellung jagte ihr Angst ein.

Lesen Sie auch von Susan Mallery:

Susan Mallery
Der Weisheit letzter Kuss
Band-Nr. 25857
9,99 € (D)
ISBN: 978-3-95649-207-5
eBook: 978-3-95649-463-5
336 Seiten

Susan Mallery
Kuss und Kuss gesellt sich gern
Band-Nr. 25844
9,99 € (D)
ISBN: 978-3-95649-190-0
eBook: 978-3-95649-438-3
352 Seiten

Susan Mallery
Drum küsse,
wer sich ewig bindet
Band-Nr. 25812
9,99 € (D)
ISBN: 978-3-95649-103-0
eBook: 978-3-95649-394-2
384 Seiten

Julia Williams

Tatsächlich Weihnachten

Das Eingreifen eines Engels beweist vier Menschen mit schwerem Schicksal, dass zu Weihnachten Wunder und lang gehegte Träume wahr werden können.

Band-Nr. 25883

9,99 € (D)

ISBN: 978-3-95649-245-7

eBook: 978-3-95649-499-4

432 Seiten

Fiona Harper

Der Weihnachtstausch

Juliets Schwester Gemma wird Weihnachten mit ihren Nichten und Neffen und Juliets nettem Nachbarn Will verbringen. Dagegen übernimmt Juliet Gemmas Luxustripp in die Karibik – inklusive ungeplanter Abenteuer …

Band-Nr. 25869

9,99 € (D)

ISBN: 978-3-95649-226-6

eBook: 978-3-95649-485-7

352 Seiten

„Schriller Humor, bissige Dialoge und unvergessliche Charaktere“

Library Journal

Sarah Morgan

Weihnachtszauber wider Willen

Band-Nr. 25882
9,99 € (D)
ISBN: 978-3-95649-244-0
eBook: 978-3-95649-498-7
384 Seiten

Als Skifahrer war er unschlagbar – aber als Dad ist Taylor O'Neil weit von einer Goldmedaille entfernt. Um seiner 13-jährigen Tochter zu beweisen, wie sehr er sie liebt, will er ihr das schönste Weihnachtsfest aller Zeiten bereiten. Das Snow Crystal Skiresort seiner Familie bildet dafür schon mal die perfekte Postkartenidylle. Doch bei den restlichen Details braucht er Unterstützung. Wer könnte ihm besser beibringen, was zum Fest der Liebe gehört, als eine Lehrerin? Gut, seine alte Schulfreundin Brenna ist genau genommen Skilehrerin, dennoch scheint sie auch den Slalom weihnachtlicher Bräuche perfekt zu beherrschen. Der guten alten Tradition des Kusses unterm Mistelzweig kann Taylor jedenfalls schnell etwas abgewinnen …

„Intensiv und einfühlsam mit einer gesunden Portion Herzschmerz.“

Romantic Times Book Reviews